JOACHIM VON MENTZ

# MÉXICO
# TACUBA

## autobiografía de una dama de alcurnia

EDICIONES B
MÉXICO

BARCELONA · MÉXICO · BOGOTÁ · BUENOS AIRES · CARACAS
MADRID · MIAMI · MONTEVIDEO · SANTIAGO DE CHILE

*México-Tacuba, autobiografía de una dama de alcurnia*
Primera edición, agosto de 2011

D.R. © 2011, Joachim von Mentz
D.R. © 2011, Joachim von Mentz, por las ilustraciones
D.R. © 2011, Ediciones B México, S.A. de C.V.
　　　Bradley 52, Anzures DF-11590, México
　　　*www.edicionesb.com.mx*
　　　*editorial@edicionesb.com*

ISBN: 978-607-480-172-9


Impreso en México | *Printed in Mexico*

# Advertencia a mis lectores

Esta no es una novela histórica ni un cuento, es más bien una fantasía histórica porque está basada en libros de historia que han utilizado textos de cronistas, y archivos para contarnos lo que sucedió, pero también di rienda suelta a mi fantasía porque sé que así es más accesible para ustedes lo que de otro modo sería una tediosa lección de historia.

Mi propósito es que conozcan algunos de los hechos que han caído en el olvido y que sepan que la calzada México-Tacuba es la calle más antigua del continente americano. Sí, tal como lo leen, la calzada más antigua de toda América. Estimo que la México-Tacuba fue construida durante el reinado de Acamapichtli, entre los años de 1377 a 1389, tiempos en que los mexicas eran mercenarios de los tepanecas de Azcapotzalco. Aunque hay en América caminos más antiguos como la calzada de los Muertos en Teotihuacan, o caminos como los sacbé mayas, todos fueron abandonados después del florecimiento de estas culturas o dejaron de ser transitados cuando las urbes fueron abandonadas. Sólo la calle de Cusco podría hacerle competencia a la México-Tacuba porque ha perdurado desde su origen, pero sus inicios se remontan a la creación del imperio inca por Pachacútec, en la década de 1430 a 1440, así que es casi cincuenta años más joven que la México-Tacuba.

Si otros países tuvieran nuestra calzada, seguro que organizarían excursiones para que todo el mundo caminara sobre tan histórica vía, implementarían visitas guiadas y habría pabellones informativos cada cierto tramo del camino. Desafortunadamente, y a pesar de ser una reliquia tan relevante, salvo en algunas partes dentro del centro histórico de la ciudad, hoy la México-Tacuba está descuidada, sucia, invadida por vendedores ambulantes y prácticamente en el olvido; por eso, lo que encontrarán en este libro son los acontecimientos ocurridos desde su fundación hasta nuestros días. Además, como esta calle está ubicada en el corazón de la ciudad de México, haremos un recorrido a través de la historia de nuestro país.

Vale decir que esta obra no pretende ser completa pues son innumerables los hechos que han sucedido durante siglos y millares las personas que han vivido en la México-Tacuba. En las últimas páginas encontrarán algunas referencias en las que me basé para escribir esta fantasía histórica y que les ayudarán a conocer más sobre la rica historia de la que somos herederos. Queda aún mucho por escribir sobre la historia de esta calzada, pero si logro que ustedes, queridos lectores, se interesen por ésta y les den ganas de conocerla, habré cumplido con mi objetivo.

Finalmente quiero agradecer a los integrantes del taller de literatura que dirige la maestra Beatríz Graf por todo el apoyo que me dieron para que este libro saliera a la luz. Sin la ayuda de mis compañeras no hubiera logrado sacarlo adelante.

capítulo

I

$\mathcal{Y}$A ESTOY VIEJA, ESTROPEADA, vejada por la indiferencia y la ignorancia. He vivido plenamente, he sufrido y gozado durante más de seiscientos años, pero pocos recuerdan lo que alguna vez fui, posiblemente por eso soy altiva. Ahora, cuando veo que mis fuerzas merman, cuando ya no soy tan útil como antaño, he decidido dar a conocer mi historia antes de que surjan cuentos falsos, chismes, dimes y diretes.

Mi padre fue Tacuba. De él heredé el nombre, derivado de su pueblo llamado Tlacopan, «lugar de varas», en náhuatl. Mi madre fue una laguna, el apacible espejo en donde se reflejaba el diáfano cielo azul. El líquido amniótico en el cual me gesté se llamaba lago de Texcoco, el más grande de un conjunto de lagos que en la época arcaica ocupaban el valle de México. Por eso siempre me he sentido mexica.

Mi padre me contaba que durante los tiempos prehistóricos, cuando esta cuenca estaba rebosante de lagos, se establecieron varios grupos nómadas. Al Norte surgió Teotihuacan, una enorme ciudad que durante siglos dominó toda la región.

Al derrumbarse ese imperio, sus pobladores se dispersaron y algunos se asentaron en los márgenes de los ríos y los lagos de este valle. Los lagos de Chalco y Xochimilco eran de agua dulce, formados por los deshielos de los volcanes nevados y los ríos; los demás eran de agua salobre. Entre los poblados más importantes que surgieron estaban Azcapotzalco, Tacuba, Texcoco, Xochimilco, Culhuacán e Ixtapalapa, nombres que han sobrevivido durante siglos. Sus habitantes vivían en una paz muy precaria, pues eran constantes las guerras y alianzas por la posesión de las tierras y los derechos de pesca en las riberas. Cuando la ciudad de Azcapotzalco era la más importante y tenía sojuzgados a varios de los pueblos vecinos, se asentó una tribu en la parte oeste del lago, en un islote no muy lejos de la orilla. Esta tribu estaba emparentada con los tepanecas de Azcapotzalco, pero su señorío fue independiente. Entre los siglos VI y VII fundaron su ciudad, Tlatelolco.

Los tlatelolcas eran guerreros fieros y hábiles comerciantes. Vivir en una isla les dio enormes ventajas respecto a las otras tribus. El agua fue la mejor defensa contra sus enemigos, quienes no podían llegar fácilmente a la isla. Además, mientras a los otros les tomaba días llegar a Texcoco o Iztapalapa al tener que caminar y rodear lagunas cargando sobre sus espaldas todos sus productos, los tlatelolcas movían con facilidad muchos artículos desde y hacia los otros pueblos ribereños por medio de barcas, y en cuestión de horas podían llegar a las otras ciudades; además, construyeron una vereda a través del lago que los unía con sus parientes de Azcapotzalco. Este camino se apoyaba en un islote llamado Nonoalco, que significa «lugar de extranjeros». En esos tiempos mi padre era un caserío tranquilo,

con habitantes a la orilla de la laguna que se alimentaban en gran parte de los productos que obtenían de ella.

Poco tiempo antes del año 1300 llegó al valle otro pueblo
nómada proviniente de Aztlán. Eran los mexicas —también
conocidos como aztecas— que llevaban décadas del tingo
al tango sin poder establecerse. Eran un grupo fiero de costumbres crueles al que ningún pueblo quería de vecino. Sólo
los tepanecas se atrevieron a tenerlos cerca y les permitieron
asentarse en el cerro de Chapultepec. Pero guerreros al fin,
al poco tiempo hubo serias disputas, y hacia 1319 los mexicas fueron expulsados a Tizapán, lugar inóspito gobernado
por los culhuas, que significa «verdadera casa de serpientes».
Ahí los mexicas demostraron su gran fiereza, pues al poco
tiempo las serpientes formaron parte de su dieta.

Conociendo lo rudos que eran, los culhuas les ofrecieron
su libertad a cambio de que los apoyaran en su lucha contra
los xochimilcas. Cuando los mexicas vencieron, presentaron
al señor de Culhuacán, Achitometl, los ocho mil pares de
orejas que habían cortado a sus prisioneros y le pidieron que
les concediera a su hija para tenerla como reina de Tizapán.
Achitometl accedió y les entregó a Yaocíhuatl, su hija. Los
mexicas, bárbaros como eran, siguieron las órdenes de su dios
Huitzilopochtli, quien les ordenó que Yaocíhuatl fuera deso-
llada, que un sacerdote vistiera su piel y que llamaran al señor
culhuacano para que viera danzar a su hija.

Cuentan que cuando Achitometl notó de quién era la piel
que bailaba, rabiando de ira ordenó a sus guerreros a que ma-
taran a los bárbaros. Los mexicas huyeron y después de estar
otra vez de un lado para otro, fueron a dar a un área pantanosa cerquita de Tlatelolco en donde había pequeños islotes y

tulares. Esta zona estaba gobernada por los tepanecas, quienes les permitieron quedarse, pero esta vez los condicionaron: debían ser sus guerreros. Los pueblos ribereños se alegraron de que la fastidiosa e incómoda tribu se asentara lejos, en ese inhóspito lugar. Sin embargo, con el tiempo, ese sitio resultó tener gran valor estratégico y político para los aztecas: tratándose de una isla, la defensa era sencilla, sólo podía ser atacada por agua y los poderosos señores de Texcoco y Culhuacán, posibles enemigos, estaban lejos. Fue ahí donde esta tribu bárbara fundó Tenochtitlan, su ciudad.

La construcción de Tenochtitlan fue lenta y difícil. Los aztecas tuvieron que intercambiar con los pueblos ribereños piedra y madera por pescado y ranas que obtenían del lago. Por medio de canoas acarrearon los materiales necesarios para afianzar poco a poco la isla e iniciar algunas pequeñas construcciones.

Los tepanecas, aparte de ocupar a los mexicas como mercenarios, les impusieron una serie de tributos. Estas exigencias, que no sólo debían cumplir ellos sino otros pueblos de los alrededores, se volvieron cada vez más insoportables y los mexicas, guerreros por naturaleza, pronto pensaron en librarse de ese yugo. Fue entonces que fraguaron una alianza con mi padre Tlacopan, y los pueblos de Tlatelolco y Texcoco. Para poder combatir estratégicamente a los tepanecas decidieron construir un camino que uniera a Tlacopan y Tenochtitlan. Ese camino era yo.

Me concibieron ancha, fuerte y aprovecharon algunos bajos e islas que quedaban en el camino, por eso no tengo una figura recta y sí forma de arco hacia el Norte. En mi infancia fui bajita, apenas sobresalía unos palmos del nivel del

lago. Para los mexicas la alianza con Tlacopan fue benefi-
ciosa, pues así aseguraron el abasto de piedra, madera y tierra, materiales indispensables para construirme. A la isla de
Popotla, que en español quiere decir «en donde crece el po-
pote», le podaron el bosquecito de ahuehuetes que tenía para
hundir los troncos y morillos en el fango a manera de pilotes. Con las canoas acarrearon piedras, que luego hundían
entre los troncos. Cada cierto tramo, mis constructores dejaron unos espacios para permitir el paso de las canoas de un
lado al otro de mi camino; estos cortes fueron cubiertos por
vigas que después se convirtieron en puentes.

Todavía puedo reconstruir algunas imágenes de los
hombres que me edificaron. Veo a uno arrojando piedras al
fondo del lago desde su canoa; veo a otros, con el agua hasta
la cintura, clavando con gran esfuerzo los troncos en el lodo.
Recuerdo los golpes, los gritos, algunos indios lastimados y
uno que otro accidente mortal. Fue así como surgí, lentamente, entre los tulares que poblaban la ribera de Tlacopan,
avanzando hacia Tenochtitlan.

Cuando quedaron unidas las ciudades aliadas, iniciaron las batallas.

## LA GUERRA CON LOS TEPANECAS
## Y EL ESPLENDOR DE TENOCHTITLAN

Cuando los mexicas y los tlatelolcas se negaron a seguir pa-
gando elevados tributos y a guerrear por Azcapotzalco, los
tepanecas pusieron el grito en el cielo, pues esta rebelión significaba para ellos una gran pérdida. Mi padre, Tlacopan,

no tenía un gran ejército, pero apoyó a sus aliados dándoles libre paso por sus dominios. Y así presencié por vez primera los horrores de la guerra.

Sentí las pisadas guerreras de hombres armados con macanas, lanzas, arcos y flechas. Vi correr sangre y sudor. Escuché los alaridos fieros del ataque, los rechinidos de los dientes; los ayes y quejidos de los heridos, los gritos de júbilo de los vencedores, la resignación de los prisioneros. Sentí la dura caída de cuerpos heridos o muertos y los pasos lastimeros de las mujeres que colmaban de llantos el aire y llegaban al final de cada batalla. Escuché los gritos de desesperación, las llamadas de auxilio. Al terminar la lucha, los cadáveres eran arrojados a la laguna, los cuerpos de los sobrevivientes heridos eran arrastrados para intentar curarlos. Y yo con lo único que me quedaba era con un fétido olor a putrefacción.

La guerra fue larga, cruel, con muchas batallas, un vaivén de ataques, retiradas y sin un vencedor definitivo. Los rebeldes llegaban hasta Azcapotzalco sin poder conquistar la ciudad. Los tepanecas avanzaban hasta Popotla. Las cortaduras defensivas con las que fui diseñada probaron su eficacia: los tepanecas no podían cruzar las anchas aberturas cuando eran retiradas las vigas que hacían de puente, y como tenían pocas canoas, se tenían que replegar, pues los aliados, desde sus embarcaciones les lanzaban flechas, lanzas y piedras.

En una de las batallas, los mexicas realizaron una emboscada magnífica. Fingieron una retirada de pánico y dejaron algunas vigas en la cortadura cercana a la ribera. Los tepanecas, ni tardos ni perezosos, siguieron a sus enemigos, pero en el siguiente canal, los mexicas levantaron el puente que unía a uno de mis tramos con otro mientras docenas de canoas levantaban las vigas del puente por donde los tepanecas habían cruzado. Los señores de Azcapotzalco quedaron atrapados y tuvieron que capitular.

Al ver el triunfo de los mexicas, otros pueblos decidieron apoyarlos, entre ellos el importante reino de Texcoco; hasta que, finalmente, la supremacía de tantos acabó con los tepanecas. Vencido el enemigo común, Itzcóatl fue nombrado nuevo jefe o tlatoani y, como era costumbre entre los mexicas, creó una nobleza palaciega formada por sus parientes. Los mexicas junto con los aliados se repartieron el botín que, aparte de bienes materiales, consistía en esclavizar a los vencidos y llevarse a mujeres y niños. Los mexicas obtuvieron gran parte de este botín y pronto enfrentaron nuevos problemas.

En el centro de Tenochtitlan existía un pequeño manantial que había abastecido a la población de la ciudad mientras la gran mayoría estaba en guerra. Pero ahora, en plena paz y con el incremento del consumo, se vio la necesidad de llevar agua dulce al islote. El manantial más cercano estaba en Chapultepec donde los aguadores llenaban sus barcas con el preciado líquido. Esta práctica era tediosa y poco efectiva, por lo que se decidió construir un acueducto a través de una parte del lago que llevara el agua hasta Tenochtitlan.

Ésta fue una magna obra. Levantaron otro camino que cruzaba las aguas, pero a diferencia de cuando me hicieron a mí, ahora contaban con suficiente mano de obra. Esta vez yo no vi las espaldas sudorosas de los mexicas y tlacopenses sino que sentí los pies cansados de los prisioneros enemigos que recibían latigazos hasta desfallecer. Igual que como lo hicieron conmigo, talaron árboles para fijar la cimentación de la vía que soportaría el peso de la construcción, extrajeron piedras de las canteras, mismas que transportaron en canoas y hundieron en la laguna hasta que emergió un dique. Este dique fue angosto, suficiente para levantar el muro de piedra que serviría de soporte al tubo conductor del agua.

El acueducto partía en línea recta desde el manantial hasta topar conmigo en un islote que se llamaba Tlaxpana y ahí torcía en dirección a Tenochtitlan, apoyado sobre mí hasta llegar a la ciudad. Para compensar el espacio que ocupaba el tubo, me ensancharon tantas veces que ya casi era una calzada. Los cortes en mi trayecto también fueron ampliados y profundizados. El acueducto, que partía de Chapultepec a considerable altura, al llegar al centro ceremonial de Tenochtitlan, descendía a nivel de suelo. Cuando hincaron los pilotes en el fango supe que ya no estaría tan sola en el mundo. Con él a mi lado y el crecimiento de Tenochtitlan me convertí en una calle importante.

Desde el momento en que estuvieron establecidos, los mexicas construyeron en el centro del islote una pirámide dedicada a Huitzilopochtli, el «colibrí zurdo», el dios que los había guiado en su peregrinar. Con el triunfo sobre los tepanecas, Huitzilopochtli se convirtió en el dios sol, el más importante; sin embargo los mexicas tenían muchos dioses. La lluvia, por ejemplo, era indispensable para la tierra y el dios que la representaba era Tlaloc. Huitzilopochtli y Tlaloc eran dioses igualmente significativos, por eso los sacerdotes decidieron dedicar su templo principal a ambos. Cuando esto ocurrió, me prolongaron en línea recta hasta llegar al frente del templo; entonces ya no hubo duda alguna de mi alcurnia. Cada nuevo tlatoani ampliaba y elevaba esa construcción, además de que mandaba construir otros templos.

Tenochtitlan, Tlacopan y Texcoco, la conocida Triple Alianza, continuaron conquistando a los pueblos cercanos. Al paso de varias generaciones extendieron su hegemonía hasta territorios muy alejados. Una gran parte del transporte siguió a través del lago, pero me utilizaban cada vez más. Transitaban sobre mí ejércitos enteros, cientos de prisioneros, enormes bultos, reyes en andas y esclavos arrastrándose, comerciantes, artesanos, mujeres y niños. Trajeron muchas piedras extraídas de las canteras con las que construyeron templos, palacios, y algunas sirvieron para esculpir imágenes de sus dioses y representar sus conquistas.

Uno de los grandes aciertos de los mexicas era que no sólo avasallaban a los pueblos conquistados sino que adoptaban aquello que les podía ser útil. Las elites de las tribus vencidas, por lo general los sacerdotes, eran llevadas a Tenochtitlan en donde, si convenía, las incorporaban con todo y sus dioses. De esta manera los mexicas se adueñaron de vastos conocimientos que provenían de todo lo que hoy se denomina Mesoamérica y así llegaron a ser expertos astrónomos con un perfecto sistema calendárico.

Poco a poco llegaron dioses nuevos a la capital mexica, entre ellos Tezcatlipoca, «espejo humeante», dios del día y de la noche, Quetzalcóatl, dios del viento, y Huehuetéotl, el dios viejo del fuego. En algún momento, los jerarcas decidieron construir un gran centro ceremonial, edificar templos a los otros dioses, crear habitaciones dignas para los sacerdotes y escuelas para la elite. Este centro religioso del imperio formaba un gran cuadrado cercado por una barda decorada con motivos de serpientes que aislaban su interior sagrado de la vida mundana del pueblo. Para poder ingresar a la morada de los dioses había cuatro accesos desde los puntos cardinales; yo era uno de ellos. El portal que marcaba el fin de mi trayectoria sobre el lado oeste de la isla era el ingreso al centro ceremonial, por eso siempre lo consideré *mi* entrada.

No estoy aquí para alardear, pero fui yo quien marcó las directrices de este templo pues fue diseñado alrededor de un eje este-oeste, justo como el mío, por eso también lo consideré una prolongación de mi camino. En el centro había dos templos que coronaban la pirámide principal, la cual tenía una amplia escalinata doble, prolongando mi ruta a través de ella. También se erigieron otras construcciones sobre este eje, como el juego de pelota ritual, localizado cerca de *mi* entrada. Este juego no era un simple deporte, al contrario, simbolizaba el eterno ir y venir del sol y la luna. El movimiento de la pelota reflejaba el tránsito de las esferas celestes en dirección este-oeste y si aquélla se detenía, eso significaba el fin del mundo.

Yo también fui concebida dentro del cosmos azteca, en relación estrecha con los astros y las deidades. Los sabios sacerdotes construyeron perfectamente recta la parte de mí que quedaba dentro de la ciudad, para que siguiera con precisión la trayectoria del sol. Además, tuvieron el acierto de alinearme con el monte sagrado dedicado a Tlaloc, dios con el que tengo una relación muy especial. El cerro de Tlaloc es la montaña más elevada de la cordillera oriental del valle, exceptuando, desde luego, los dos volcanes nevados. Es gracias a esta disposición que desde *mi* acceso veía de frente, dos veces al año, cómo la esfera de fuego se elevaba detrás del monte dedicado al dios de la lluvia y lanzaba sus rayos precisamente entre los dos templos. Seguro que esto nadie lo recuerda, por eso ahora se los cuento.

Al sur del centro ceremonial se dejó un amplio espacio vacío para que las multitudes asistieran a las fiestas y otros eventos. Este sitio, que era algo así como una plaza, estaba delimitado al Este y al Oeste por las Casas Nuevas y las Casas Viejas de Moctezuma, respectivamente. Al Sur fluía uno de los principales canales que surcaban la ciudad, de modo que el corazón de la isla podía ser abastecido por medio de canoas. Durante las múltiples fiestas, una por mes en su calendario de 18, se efectuaban bailes y ritos, había música de caracoles y flautas, bailes al ritmo de tambores y cascabeles. Yo me divertía de lo lindo con los espectáculos.

Pasó poco tiempo para que los mexicas construyeran otras vías de acceso a la isla. De la puerta sur del centro ceremonial se trazó una calzada en línea recta que llegaba a Ixtapalapa; era parecida a mí, aunque más extensa, y desde entonces la consideré como mi hermana. De la puerta norte salía un camino corto que terminaba en una acequia que atravesaba la isla, pero la calzada que unía a la isla con la orilla en dirección hacia el Norte partía de un espacio que había frente a mi puerta para luego comunicarse con el magnífico mercado de Tlatelolco, con una alta pirámide dedicada al dios Tezcatlipoca, y que topaba con el cerro que llaman del Tepeyacac.

Algunos afirman con mala fe que hacia el este del centro ceremonial partía una cuarta calzada, pero esto no es cierto, son habladurías. ¿Cómo iba a ser este tramo una cuarta calzada si, evidentemente, era la prolongación de mi trayectoria hacia el Este, interrumpida brevemente por el recinto sagrado? Ahí, a unos centenares de metros estaba la ribera del lago de Texcoco donde sí concluía mi camino. Desde entonces alcancé mi largura final: de la ribera de la laguna frente al pueblo de Tlacopan hasta donde hubo un embarcadero de canoas en Tenochtitlan.

Pero ya me distraje porque quería contarles un poco sobre los dioses, en específico de Tlaloc. Los mexicas pronto reconocieron lo voluble que era el dios de la lluvia; nomás se enojaba tantito y no paraba de llover durante días, entonces subía el nivel del lago e inundaba la ciudad; se dormía si estaba cansado, entonces no llovía y la hambruna se aproximaba. Por eso siempre había que tenerlo contento y la forma de lograrlo era mediante sacrificios. Aparte de realizarlos sobre su pirámide, una vez al año los ejecutaban en la montaña donde moraba este dios.

En la época de más calor, poco antes del inicio de la temporada de lluvias, se efectuaba una solemne procesión en la que los sacerdotes de Tlaloc, junto con el tlatoani en turno y los altos dignatarios del reino, se subían a unas canoas —las que estaban justo al final de mi camino— y cruzaban el lago de Texcoco con rumbo al pie del cerro. Luego ascendían al templo que se encontraba en la cima para implorar por una buena temporada de lluvias y entonces se efectuaban sacrificios, principalmente de niños, que se convertirían en los tlaloques, ayudantes del dios. En una de las barrancas de las faldas de ese monte había una cantera donde se esculpió la imagen de la diosa de las aguas, Chalchiuhtlicue.

Al conquistar más y más pueblos, los mexicas acumularon riquezas y la capital del imperio y los jefes se llenaron de lujos. La población estaba dividida, algunos pertenecían a la nobleza, otros eran sacerdotes y unos más guerreros, pero dentro de cada grupo había diferentes niveles. Los que no pertenecían a estas clases era gente común y esclavos.

Todos los barrios estaban surcados por calles angostas y canales, por lo que las casas tenían dos accesos, una puerta hacia la calle y otra a la acequia, en donde cada habitante guardaba su canoa. Pero para que se formen una idea de cómo era Tenochtitlan mejor les daré un paseo por esa ciudad reconstruyéndola con mis recuerdos.

Partiremos de Tlacopan, un pueblo de casitas blancas y parques con ahuehuetes. A la derecha e izquierda resplandece el agua de la laguna. A lo lejos brilla la nieve de los dos majestuosos volcanes. Atravesamos una zona pantanosa y pasamos por encima de algunas cortaduras cubiertas por vigas hasta llegar a la islita de Popotla, en donde encontramos una pirámide y otro jardín con ahuehuetes que proporcionan grata sombra. Avanzamos por el dique y en la Tlaxpana se incorpora el acueducto que viene por el lado derecho desde Chapultepec, es como un muro ancho que sostiene dos tubos; a partir de aquí me ensancho.

Pasamos ahora por encima de otras vigas y libramos dos cortaduras, en donde las canoas llenas de gente y carga pasan por debajo. Como la altura del puente no es mucha, los pasajeros se tienen que agachar para no golpearse. Al fin llegamos a la orilla de la ciudad después de atravesar varias zanjas más y lentamente dejamos atrás los barrios con sus casitas hasta toparnos con la barda que circunda al espacio frente a mi puerta de acceso al centro ceremonial.

A la izquierda parte el camino que va a Tlatelolco y al cerro del Tepeyacac, a la derecha se abre el amplio espacio de la plaza. Nos asomamos al centro ceremonial y apreciamos la imponente mole de la pirámide doble con sus 114 escalones, coronada por los dos templos que ostentan una alta crestería y almenas, el del lado izquierdo dedicado a Tlaloc, el derecho a Huitzilopochtli. Ingresamos al recinto sagrado y vemos muchos templos diseminados en el amplio espacio, además de las construcciones que son las habitaciones de los sacerdotes, los colegios y otros adoratorios y edificios, en total 78.

Desde la Tlaxpana nos ha acompañado el ducto de agua, que al entrar al Templo Mayor se divide para alimentar varias fuentes. Pasamos a un lado del juego de pelota, rodeamos el templo de Quetzalcóatl y nos detenemos frente a la gigantesca pirámide. Tiene cuatro cuerpos, en los descansos arden enormes braseros alimentados por los sacerdotes que están de guardia. Menos mal que estos braseros despiden un agradable olor a copal, porque sólo así se cubre la hediondez a sangre, esa pestilencia insoportable que se podía percibir desde lejos y que llena por completo la plaza central.

Ya les relaté que Huitzilopochtli se convertía en el sol, pero no les he dicho que para desgracia de los pueblos vecinos se alimentaba sólo de sangre humana. Como los mexicas eran creyentes fervorosos, se sintieron comprometidos a proveer al sol de su alimento para mantenerlo con vida y darle fuerzas en su lucha diurna. ¡Vaya obligación moral!

Los sacrificios se celebraban en la cúspide de la pirámide, frente al templo del dios. El sacerdote abría el pecho de la víctima, arrancaba su corazón y le ofrecía su alimento al dios sol mientras el cadáver era arrojado por las escalinatas. Abajo, al pie de la pirámide doble, se encontraba una enorme piedra redonda colocada en posición horizontal con el relieve de la diosa perdedora, Coyolxauqui, la luna. De esta manera, al caer los cuerpos inermes sobre la losa, se recalcaba la victoria del sol sobre la luna. Los cadáveres de los sacrificados eran retirados, pero la sangre coagulaba en el piso y con los días despidía ese tufo nauseabundo que percibimos en nuestro recorrido.

Dejamos atrás la gran mole de piedra cubierta con estuco, y después de apreciar otros templos más pequeños salimos por la puerta este. Desde aquí alcanzamos a ver el embarcadero, cercado por un dique llamado Ahuízotl, en honor a su constructor, y que sirve para contener las aguas del lago de Texcoco y evitar que la ciudad se inunde. Más lejos, dentro del agua, se ve el albarradón de Netzahualcóyotl, una escollera diseñada y construida por el célebre rey de Texcoco que retiene las aguas de la laguna cuando, embravecidas por los fuertes vientos, amenazan a la ciudad. La escollera tiene varias compuertas y es sumamente larga, abarca desde el cerro del Tepeyacac hasta Ixtapalapa. Ahí termino yo, ahí termina este recorrido sobre mis espaldas.

## LOS MEXICAS

Ahora que ya tienen una idea sobre cómo era la gran Tenochtitlan, quisiera que conocieran un poco más a los mexicas, en específico a dos de sus jefes, Axayácatl y Moctezuma.

En una de las esquinas con la plaza principal, se avecinó un hueytlatoani. Este gran jefe, como sus antecesores y sucesores, fue un gran conquistador. Se llamaba Axayácatl y entre sus triunfos se contaba la conquista del valle de Toluca. Este valle pertenecía a los tlatelolcas quienes, aunque aliados, siempre habían rivalizado con los mexicas. El conflicto comenzó por una rencilla entre entre primos, ya saben, uno de esos frecuentes pleitos entre familias.

Contaban por ahí que fue una razón muy personal la que hizo que Axayácatl atacara al rey tlatelolca. Éste, Moquihuix, un guerrero valiente, se había casado con la hermana del azteca, pero lo hizo sólo por motivos políticos, pues Chalchiutlanetzin era poco agraciada. Las malas lenguas aseguraban que esta chica era endeble, de feo rostro, delgaducha y sin carnes y que para colmo le hedía la boca. Afirmaban también que Moquihuix la despreciaba y la obligaba a dormir en un rincón, además de que nunca se acostaba con ella y sí que lo hacía con sus mancebas. Cuando llegaron estas habladurías a oídos de Axayácatl decidió vengar el grave insulto.

Claro que había otros motivos menos personales, cuestiones políticas que hacían atractiva la guerra. Si Tlatelolco quedaba fuera de la alianza, los mexicas se beneficiarían al recibir tributos de los pueblos conquistados por los tlatelolcas. Por otro lado, los tlatelolcas controlaban la extensa red comercial que abastecía su enorme mercado, el más famoso e importante de su época, y estas ganancias quedaban fuera del control mexica. La guerra comenzó, tanto Moquihuix como Axayácatl se sentían suficientemente fuertes para vencerse uno al otro.

La lucha fue cruel, larga. Dicen que Tlatelolco perdió porque la princesa azteca sirvió de espía, pero esas pueden ser las típicas excusas del perdedor. Cuando los tlatelolcas se dieron cuenta de que su ciudad estaba cercada, las mujeres combatieron al lado de sus hombres, aunque esta proeza fue inútil. Al ver perdida la guerra, Moquihuix se arrojó de lo alto del templo y murió en las manos de Axayácatl. Con esta derrota Tlatelolco dejó de ser independiente y se convirtió en un tributario más de los aztecas, quienes con saña les exigían los más extravagantes productos.

Axayácatl mandó construir una gigantesca mansión sobre mi avenida, precisamente en contraesquina del centro ceremonial. El tecpan de Axayácatl —así llamaban a las residencias donde habitaban los reyes— era una verdadera fortaleza rodeada por un alto muro de piedra y tezontle con unos torreones en cada esquina; su entrada estaba ubicada del lado de la gran plaza. Por dentro había un sinnúmero de aposentos, salones y viviendas, todos con sus patios, donde vivían los miembros de su administración. Era tan grande esta residencia que ahí mismo se construyó el gran salón del consejo, donde los jefes llevaban a cabo las reuniones con sus súbditos; había salas en donde se celebraban los juicios, había una alhóndiga para almacenar alimentos; estaba también la llamada Casa de los Mayordomos; la Casa del Canto o Cuicacalli; la prisión conocida como Malcalli y enormes almacenes en donde se guardaban los tributos del reino y las armas para defenderlo. Por si esto no fuera suficiente, Axayácatl mandó construir para su solaz diversión estanques llenos de peces, una casa de aves, jaulas para fieras y habitaciones para su colección de personas deformes o albinas. La residencia tenía en total más de cuarenta edificios.

Cuando murió Axayácatl, ese conjunto de edificios siguió funcionando como centro administrativo del imperio azteca. Allí reinaron sus sucesores Tizoc y Ahuízotl. El hijo de Axayácatl, Moctezuma Xocoyotzin, también gobernó desde la residencia de su padre, pero erigió un palacio de tamaño similar al otro lado de la plaza para su uso personal. Esta nueva mansión absolutamente lujosa.

Moctezuma recibía a sus familiares y concubinas en los jardines y se deleitaba con suculentos banquetes. Para antender los asuntos de gobierno el jefe era llevado en andas hasta el palacio de Axayácatl que más tarde se conoció como Casas Viejas de Moctezuma; en la llamada sala del Trono gobernaba Moctezuma. En la sala del Consejo de Guerra estaban sus consejeros, hombres sabios. En el enorme tecpan de Axayácatl también había aposentos para visitas, espacios en donde Moctezuma hospedaba a reyes o enviados de pueblos amigos o aliados que llegaban con un séquito numeroso.

Moctezuma fue también un gran guerrero que hizo nuevas conquistas, con lo que expandió su imperio. A mí también me benefició: durante su reinado mandó agregar un segundo tubo al acueducto; fue así como reforzaron el muro que hacía de soporte y de paso me ensancharon al grado de convertirme en una auténtica calzada.

Yo conocí a Moctezuma desde niño, cuando era sometido a una rigurosa educación en el calmecac. Moctezuma creció junto con su primo Netzahualpilli y les puedo afirmar que cambió radicalmente cuando fue elegido hueytlatoani. Sí, sí, el poder se le subió a la cabeza y Moctezuma se convirtió en un fanático religioso. Además de gobernador y jefe militar, también era el sumo sacerdote. Durante varios años vi cómo lo llevaban casi todos los días desde su palacio al centro ceremonial. Ingresaba por la puerta sur y lo cargaban a la cumbre de la gran pirámide para que ejecutara personalmente los sacrificios.

Moctezuma era tan religioso como supersticioso. En su reinado comenzaron a suceder cosas extrañas. Primero apareció un cometa, luego se incendió el templo de Huitzilopochtli y después un rayo cayó sobre uno de los templos. Espantado, Moctezuma consultó con los sabios y con gente que tenía poderes paranormales. Todo apuntaba a lo mismo: eran señales que anticipaban el fin del imperio, la llegada de los dioses para castigar a los mexicas. Uno tras otro, continuaron los sucesos mágicos que anunciaban una catástrofe. Temeroso y dubitativo, Moctezuma consultó a Netzahualpilli, quien entonces era rey de Texcoco.

Netzahualpilli era experto en artes ocultas, hechicería y videncia. Después de ponerlo al tanto de todo lo que ocurría, el sabio gobernador de Texcoco le confirmó al emperador que los dramáticos presagios anunciaban el fin del mundo azteca.

Cuando me enteré me pareció una locura creer en esas cosas sobrenaturales, hasta el día en que vi llegar corriendo a unos mensajeros desde la calzada Ixtapalapa que cruzaron la plaza y solicitaron audiencia urgente con Moctezuma. Estos hombres cargaban unas pieles cubiertas de dibujos extraños que anunciaban la llegada de casas flotantes llenas de monstruos y dioses barbados y blancos a las costas del imperio. ¿Acaso era posible? Parecía que la profecía se cumpliría.

capítulo

2

# Los sucesos en
## el palacio de Axayácatl

Conforme avanzaban las semanas, la tensión aumentaba, las reuniones de los jefes eran casi permanentes. Las Casas Viejas de Moctezuma parecían un panal de avispas del que entraban y salían guerreros presurosos. Moctezuma se reunía frecuentemente con los caciques de su reino, en especial con el consejo de ancianos. Sus visitas al centro ceremonial también aumentaron; de hecho, el templo redondo de Quetzalcóatl se convirtió en su favorito; allí hizo ritos y conjuros de todo tipo con animales y con hierbas.

Algunos asesores instaban al emperador a mandar un ejército a la costa, luchar y destruir al invasor. La mayoría, sin embargo, en especial los más viejos, aconsejaban prudencia y sugerían esperar, observar a los extraños para ver si tenían poderes divinos y entonces buscar la manera de contrarrestarlos. Los dos bandos se obstinaron en sus posiciones. Los que insistían en aniquilarlos argumentaban que no eran dioses, sino simples hombres a quienes no les había dado el sol y que había que acabar con ellos de inmediato. Los otros, en cambio, sugerían prudencia pues aquellos hombres eran, cuando menos, los enviados de Quetzalcóatl que venían a castigarlos; la prueba más fuerte era que habían llegado justo en el año *ce ácatl*, año del nombre de este dios y su advocación, la estrella de la mañana, *tlahuizcalpantecuhtli*; así que lo mejor era apacigüarse y así reducir cualquier castigo.

Los rostros de los principales reflejaban preocupación. No era para menos, si yo misma no lo hubiera vivido, no lo creería. Dicen que las paredes oyen, y los muros gruesos levantados sobre mi acera sur que hacían esquina con el centro ceremonial recuerdan incrédulos estos hechos.

Los informantes le describían a Moctezuma unas armas pavorosas, lanzadoras de fuego que revelaban el poder de los extraños sobre el rayo y el trueno. Le dijeron que también tenían unas afiladas varas capaces de atravesar a cualquier enemigo; que de los hombros lanzaban fuegos mortales; que sus cabezas y cuerpos estaban protegidos con hojas brillantes, imposibles de perforar, y que montaban animales más grandes que los venados.

Un día, de las salas del palacio en las que tenían guardados los tesoros, sacaron joyas, chalchihuites, objetos de oro, plata y pluma, para que los emisarios del hueytlatoani los llevaran como presentes. Yo quedé asombrada con dos discos tan grandes que un hombre apenas los abarcaba con los brazos abiertos; uno era de oro y simbolizaba al sol, el otro era de plata con la efigie de la luna. Al momento de sacarlos de la sala surgió un reflejo cegador que nos dejó pasmados a todos. Los discos eran un regalo para invitar a los invasores a que volvieran por donde habían llegado.

Iluso cometido. Aquellos obsequios mostraron la riqueza de estas tierras y abrieron el apetito voraz que los intrusos tenían por el oro o, como le llamaban los mexicas, por la mierda de los dioses. Pero los mexicas no entendieron esto y enviaron más regalos a los mensajeros. Las noticias que llegaron después de esta ofrenda fueron funestas: los invasores se habían aliado con los pueblos tributarios del imperio y venían en camino a Tenochtitlan. Ni las batallas con los tlaxcaltecas, ni los conjuros de los brujos, o las celadas pudieron deternerlos y el día llegó.

Sabía que mi vida iba a cambiar radicalmente, para bien o para mal. Lo que estaba por ocurrir era un suceso inaudito, nunca se había visto nada similar, de eso estaba convencida. Recuerdo cómo salió Moctezuma en andas de su casa; se reunió con los altos dignatarios en la plaza y partió hacia el Sur, sobre mi hermana, la calzada Ixtapalapa, para dar la bienvenida a los desconocidos. Yo estaba impaciente. ¡Imagínense! ¡Dioses o seres extraños en nuestra ciudad!, ¡hombres venidos de otro mundo que podían haber salido de uno de los trece cielos, o, funesta posibilidad, de alguno de los niveles del inframundo! A pesar de mis temores, me sentía gozosa de vivir estos hechos. Por fin, a lo lejos, pude ver las siluetas de aquéllos que eran tenidos por dioses.

Llegaron a la plaza siguiendo a unos caciques principales. A la cabeza de su ejército venía Hernán Cortés, el capitán general, quien cruzó la acequia al Sur y en medio de la plaza detuvo al animal que montaba —ésa fue la primera vez que vi a un caballo—. Volteaba a todos lados. El asombro también se reflejaba en los rostros de Gonzálo de Sandoval, Juan Velázquez, Pedro de Alvarado y Cristóbal de Olid, los capitanes que lo acompañaban, pues los mitos, tantas veces escuchados se habían vuelto realidad: Tenochtitlan era una ciudad más allá de cualquier fantasía, un lugar de ensueño y ahora, después de inumerables adversidades y batallas, tenían frente a ellos los templos del centro ceremonial que sobresalían del muro de serpientes y a los costados las altas bardas de las Casas Nuevas y las Casas Viejas de Moctezuma. Estaban maravillados, pero pronto comenzaron a preocuparse.

Habían tomado a la ligera las advertencias de sus aliados tlaxcaltecas y veían que se habían metido en una ratonera: si eran retiradas las vigas que hacían de puente en las anchas cortaduras que permitían el acceso al centro ceremonial nadie podría salir y, en estas condiciones, sus caballos y armas de fuego serían inútiles. Además, dependían de sus anfitriones para tener alimentos y estaban rodeados por miles de guerreros. Yo los miraba atenta y fue entonces que escuché a Cortés recomendarles que se movieran con diplomacia y astucia. A la señal del capitán los nobles guerreros que los guiaban reanudaron su marcha e ingresaron por el amplio portón del palacio de Axayácatl. Uno a uno desaparecieron los contingentes. Primero los de a caballo, luego los ballesteros, siguieron los soldados a pie, la artillería y al final los tlaxcaltecas, acérrimos enemigos de los aztecas. Como el palacio era inmenso, ahí se alojó todo el ejército español, incluídos los caballos y los tlaxcaltecas.

Cortés inspeccionó lo que sería su fortaleza por si la guerra se desataba y supo que los altos muros del palacio podían convertirse fácilmente en su prisión y última morada. Entonces desplegó de inmediato su estrategia militar: repartió los aposentos, organizó las guardias, instaló las caballerizas, mandó reforzar la única entrada y prohibió cualquier salida del recinto. Al caer el sol ordenó colocar en la azotea los cañones, que entonces me parecían bocas que sacaban fuego y de pronto a la señal de uno de ellos los artilleros dispararon los cañones. Las llamaradas iluminaron la plaza y los templos cercanos. Un eco sordo retumbó hasta los barrios más alejados, el estruendo de la docena de cañones disparados al mismo tiempo fue descomunal. Los truenos, las llamas, las nubes de rojo cobrizo y amarillo sulfuroso se repitieron varias veces.

Francamente me asusté, hasta podría jurar que di un salto. Nunca había visto nada igual. Los intrusos creaban a voluntad rayos, truenos y nubes que despedían un olor desagradable, picante y que presagiaba muerte. Todos los habitantes estábamos seguros de que habían llegado los dioses para castigarnos.

A la mañana siguiente Moctezuma fue a los aposentos de los extraños. Era una visita de cortesía para reiterarles su amistad y dio órdenes de que fueran atendidos con todos los honores. Cortés tardó pocos días en devolver la visita; un pequeño grupo atravesó la plaza y entró en las Casas Nuevas llevando obsequios. Hasta entonces todo estaba en paz, en aquella tensa paz que permite el equilibrio de fuerzas militares, pero Moctezuma ya había ordenado que se investigara la divinidad de los instrusos.

Convencidos de que no serían traicionados, los soldados españoles empezaron a recorrer la gran ciudad en pequeños grupos fuertemente armados, maravillándose por las calles rectas y la gran cantidad de canales. Cuando me cruzaron y tomaron el camino hacia el Norte, sentí por primera vez las hirientes pisadas de su pesado calzado de cuero, tan diferente de los huaraches mexicas. Visitaron el mercado de Tlatelolco, subieron a la pirámide desde donde obtuvieron un buen panorama de su situación y luego cabalgaron sobre mí hacia el Oeste para examinar las posibilidades de fugarse en caso de ser atacados. Lo novedoso para mí fue el olor a equino, los golpes secos de los cascos de los caballos y —¡lo que tiene uno que soportar en esta vida!— las pestilentes plastas de estiércol y orines.

Días después de las visitas y los paseos, una cabeza barbada llegó a casa de Moctezuma, se la enviaba Quauhpopoca, uno de los caciques mexicas. Al enterarse, Cortés profundamente ofendido —seguro que asustado también— cruzó la plaza acompañado de sus cuatro capitanes, Marina —a quien conocen ustedes como la Malinche—, un soldado que también traducía y un pelotón fuertemente armado; se dirigían con paso firme al tecpan de Moctezuma. Era evidente que esa visita no tenía nada que ver con cuestiones de etiqueta.

Cuando los recibieron, Cortés recriminó con encono al hueytlatoani la muerte de varios soldados españoles en la costa y exigió un castigo ejemplar. Moctezuma prometió encontrar a los culpables, pero Cortés lo culpó de ser el autor intelectual de esos asesinatos y le pidió como garantía de paz que se mudara a donde vivían los españoles. Moctezuma se resistió y ofreció a otros rehenes. Cortés rechazó la oferta. Marina trató de convencer al hueytlatoani, pero éste se negó y, nuevamente, intentó negociar. Entonces, en pleno atolladero, Velázquez desenvainó la espada y, bajo tremenda amenaza, Moctezuma accedió a la petición de Cortés, convirtiéndose en su rehén. Fue así, detrás de este elevado muro de piedra y tezontle, en una de sus decenas de salones y habitaciones con puertas ricamente ornadas y dinteles labrados, como quedó confinado el emperador más poderoso de América.

Por supuesto que Cortés se sintió tranquilo al tener a Moctezuma prisionero, pero no bajó la guardia; al poco tiempo mandó construir unos bergantines en el embarcadero por si él y sus hombres tenían que huir a través del lago. Además, hizo que Moctezuma ordenara a Quauhpopoca a presentarse en Tenochtitlan para quemarlo vivo. Cuando el cacique llegó a la gran ciudad, Cortés aprovechó para exigir que la pira fuera armada con los arcos, las flechas y lanzas que estaban almacenados en el palacio de Axayácatl. Este movimiento fue perfecto porque así eliminó buena parte del arsenal azteca.

El cautivo Moctezuma siguió recibiendo a sus jefes y dando órdenes; de hecho, le traían sus más de cien platillos predilectos diariamente, podía subir a la azotea del edificio para contemplar la vista de su ciudad, y su hija preferida, Tecuichpo Ixquixóchitl, vivía con él. Tecuichpo —de quien les hablaré más al rato— tenía nueve años, acompañaba a su padre a todos lados, lo consolaba, lo alegraba y escuchaba. En aquellos días, desde una de las torres, Moctezuma observaba tarde con tarde cómo las velas de los bergantines parecían volar sobre el lago. Maravillado, pidió que lo pasearan en uno de ellos.

Acompañado por una escolta y Tecuichpo, Moctezuma caminó hacia el embarcadero, en donde lo esperaba la tripulación. Subieron a uno de los veleros. En el último momento la princesa decidió no ir. Soltaron las amarras. Una leve brisa llenó la vela y el bergantín enfiló hacia el Este. En un santiamén llegaron a una de las islas del lago en donde el hueytlatoani cazaba.

Moctezuma quedó impresionado: cuando les pedía que cambiaran de rumbo, un guerrero que iba atrás giraba el remo, otro jalaba la vara con la manta, y el viento los empujaba como cumpliendo órdenes. La alegría del rey azteca no podía ocultarse, nunca antes había tenido una sensación similar.

Retornaron del paseo después de algunas horas. El hueytlatoani caminaba con paso lento hacia su prisión; no podía ocultar su euforia, pero callaba. Cuando vio a Tecuichpo no paró de hablar. Le dijo que lo habían llevado a cazar a la isla sólo con la ayuda del viento y que cuando éste soplaba fuerte casi volaban. Había experimentado una profunda alegría cuando las olas al frente le salpicaban el cuerpo y había sentido como si hubiera tocado a su dios. También le confesó que sabía por la prueba de Cuauhpopoca — quien pagó con su vida por cumplir sus órdenes— que los invasores no eran dioses porque morían como ellos; pero que después de este viaje estaba seguro que tenían un pacto con Ehécatl, el dios del viento, pues el mismo Quetzalcóatl les daba lo que necesitaban porque en ningún momento habían realizado un conjuro, una plegaria o un sacrificio. Nada, ni siquiera lo tuvieron que solicitar, el viento sopló hacia donde los blancos lo requirieron.

A mí me pareció muy extraña la actitud del hueytlatoani. Aunque continuó recibiendo visitas de parientes y altos dignatarios, Moctezuma cayó en un vasallaje casi humillante. Él, que se creía la viva encarnación de su dios y castigaba con la muerte a quien se atreviera a mirarlo a la cara; él, que no pisaba la tierra y llevaba los pies cubiertos por finos paños o tapices; él, a quien veían como un dios lejano y omnipotente, no opuso resistencia cuando le colocaron los grilletes para que presenciara la quema de Cuauhpopoca. Además, su admiración hacia Cortés era tanta que le ofreció a su hermosa hija para que se casara con ella y fuera su legítima mujer

—claro que Cortés se salió por la tangente, argumentando que ya tenía esposa y que si acaso volviera a casarse, su esposa debía convertirse al cristianismo— y a los caciques que lo visitaban les explicaba que Huitzilopochtli había hablado con él y le había ordenado obedecer.

Pronto se levantaron voces porque los mexicas se daban cuenta de que Cortés era quien gobernaba a través de Moctezuma. Convencido de que había que entrar en acción, Cacama, rey de Texcoco, decidió liberar a su tío por la fuerza y reunir a sus tropas, pero cometió el error de informar a Moctezuma de su plan. Éste, temiendo que el verdadero motivo de Cacama fuera eliminarlo para coronarse, delató la conspiración. El propio hermano del rey texcocano lo aprehendió y lo remitió a Cortés. Hubo entonces otro prisionero, y pronto se sumaría uno más, el rey de Tlatelolco.

Así continuaron las cosas, hasta que un feliz día, al estar buscando un sitio adecuado para instalar su altar en el palacio de Axayácatl, los aventureros encontraron una puerta recién tapiada. Llenos de curiosidad, la derribaron y se encontraron frente a un salón colmado de joyas, ¡era el tesoro de los aztecas!

Cortés, hábil conocedor de las debilidades humanas, dio permiso para que sus soldados se cercioraran de la enorme riqueza que les esperaba. La codicia se exaltó con los montones de objetos de oro, joyas, piedras preciosas, exquisitos trabajos de plumas, en suma, los más excelsos tributos del imperio. A la vista de ese posible botín, la ambición enardecida afianzó la lealtad de la tropa. Sin embargo, el capitán de inmediato mandó volver a tapiar la puerta porque todavía no había llegado el momento del saqueo.

# EL JURAMENTO

El poder de convencimiento de Cortés era enorme. Logró que Moctezuma accediera a volverse súbdito del emperador español junto con todo su reino. Una mañana, cuando el sol apenas había rebasado el monte de Tlaloc, vi que frente al palacio de Axayácatl se había reunido un vasto número de indígenas. Algunos habían pernoctado aquí y estaban sentados alrededor de fogatas para protegerse del frío matutino; otros llegaban caminando por las calzadas, la mayoría, sin embargo, arribó en canoa. Casi no hablaban y cuando lo hacían era en voz baja. Me di cuenta de que provenían de distintas regiones por el color de su piel, la vestimenta y la diferencia entre las lenguas. Moctezuma los había convocado y tuvieron que asistir bajo pena de muerte.

El sol ya calentaba cuando se abrió el gran portón de acceso al tecpan. Un pelotón de españoles, todos envueltos en sus armaduras, se apostó a la entrada, acompañado por un buen número de indios, los aliados tlaxcaltecas. Lentamente la concurrencia se puso en movimiento hacia la puerta, en donde los soldados españoles despojaron a los guerreros de todas sus armas. Discutieron. Escuché palabras agresivas en voz alta. Varios tlatoanis se negaron a entregar sus arcos, macanas y lanzas, con lo que les era negado el acceso. Finalmente, todos tuvieron que acatar la disposición de entrar desarmados para poder cumplir con el llamado de Moctezuma. Al franquear el acceso, pasaron entre una angosta valla de jinetes, todos fuertemente armados. Aquí, la mayoría de los jefes por primera vez percibió el penetrante olor a caballo, escuchó el relincho y el inquieto pataleo de las bestias.

Pasaron del amplio patio frente a la entrada por unos corredores soportados por gruesas columnas e ingresaron al salón del trono que estaba en penumbra, pues carecía de ventanas. Al fondo se encontraba el estrado con un único asiento. De pie, a ambos lados de la estera, esperaban los capitanes españoles, todos con la espada desenvainada en el puño y pegados a las paredes del recinto. Los tlatoanis, que habían colmado la estancia, hablaban en voz baja cuando de pronto se escucharon órdenes y el leve murmullo cesó.

Un pelotón le abrió paso al séquito. Cortés, erguido, con semblante adusto, seguro de sí mismo, la espada desnuda apuntando hacia abajo, entró al salón y con una rápida mirada comprobó que tenían dominada la situación. Lo seguía de cerca Moctezuma con la vista perdida en el espacio. A su paso, los caciques inclinaron la cabeza, no se atrevieron a mirar la cara del todavía omnipotente emperador; sin embargo, se dieron cuenta de que el hueytlatoani estaba caminando sobre la tierra, ensuciándose sus huaraches. Tecuichpo no se despegaba del monarca, le hablaba en voz baja, como consolándolo. Tras ellos venían los traductores Marina, vestida toda de blanco, y Jerónimo de Aguilar. Al último entraron varios caciques prisioneros con sus guardias.

Cortés y Moctezuma subieron al estrado. El emperador se sentó en la estera tejida de tule. A su lado se colocaron Cacama y Totoquihuatzin, los otros dos reyes de la Triple Alianza, ambos esposados, también había más jefes tribales con grilletes, entre ellos Itzcuauhtzin, tlatoani de Tlatelolco. Todos se acomodaron alrededor, dejando un respetuoso espacio. Cortés llamó a los intérpretes, y con aire solemne le dijo algunas frases a Aguilar, que éste le repitió en maya a Marina, quien a su vez le habló en náhuatl a Moctezuma. El hueytlatoani, con una voz apenas perceptible, se dirigió a los asistentes repitiendo las palabras de Cortés.

Fue así como el conquistador presentó un largo discurso, en el que explicó que ellos habían venido de muy lejos, del otro lado del mar, en donde servían a un emperador muy poderoso que regía sobre muchos países con miles de habitantes. Les habló del emperador Carlos, de quien todos ellos eran vasallos, y quien había sostenido muchas guerras saliendo siempre victoriosos. También dijo que su majestad era un soberano católico y que en todo su territorio se observaba la fe cristiana. El largo y tedioso discurso se extendió. Una y otra vez Cortés repitió que a todos los habitantes de estas tierras les convenía volverse súbditos de ese gran rey. Concluyó la extensa alocución. Cortés, por medio de Moctezuma les pidió a los presentes que aceptaran ser vasallos del gran señor Carlos y levantando el brazo le juraran obediencia.

Se hizo una pausa sepulcral, ninguno de los caciques se atrevió a decir sí y menos a decir que no. El ambiente se volvió tenso. Nadie se movía ni pronunciaba palabra. La mirada de Moctezuma seguía en el vacío y los jefes apretaban los labios. En ese momento temí que se rebelaran, que al fin brotara la chispa que haría explotar el ambiente, lo que hubiera desencadenado una matanza de caciques desarmados. Por fin, Moctezuma se movió de su asiento, se incorporó, levantó el brazo y dijo con voz audible: «Sí Malintzin». Se escuchó un murmullo, volvió el silencio y luego los jefes tribales, uno tras otro, con un hosco gruñido, se sometieron.

Aprovechando hábilmente el momento, Cortés les pidió también obediencia a su persona como el nuevo gobernador de estas tierras. Con renuencia, algunas manos se volvieron a levantar a medias. Moctezuma, aún de pie, aceptó en voz alta, entrecortada, y sus súbditos se adhirieron. Concluyó la ceremonia. El notario tomó nota y certificó el acto, que cumplía con las leyes españolas vigentes. A una señal, la escolta se formó alrededor del monarca azteca y lo condujo de nuevo a su prisión.

A mí me parecía que estaba viviendo una pesadilla. Dentro de estos muros de piedra y tezontle se había legalizado la entrega de un territorio vastísimo con un sinnúmero de súbditos al emperador Carlos V de Alemania, Carlos I de España. El juramento de obediencia había sido absolutamente legítimo. Ahora, ¿qué nos esperaba, siendo vasallos de un monarca poderoso que vivía muy, pero muy lejos?

El capitán general exploró los alrededores de la isla y poco a poco fue presionando a Moctezuma a concederle más y más prerrogativas. Los deseos del conquistador se convertían en las órdenes del hueytlatoani. El único punto en el que no cedió fue en relación a sus creencias. Aunque a regañadientes permitió que los españoles instalaran su altar en el Templo Mayor, él se negó a aceptar la nueva religión que le querían imponer. Y así fue como en el centro ceremonial, en la misma prolongación de mi calle, sobre la parte superior de la gran pirámide, los españoles colocaron una cruz y la imagen de la Virgen. Parece increíble, ¿verdad? Pronto presencié cómo allí arriba se decía misa en idioma latín.

El cuadro no podía ser más grotesco: la dulce figura de la Virgen junto a las efigies de Tlaloc y Huitzilopochtli, además estaba rodeada de terribles esculturas como la Coatlicue, Xochipilli, Macuilxóchitl; la cruz, símbolo del perdón hacia los enemigos colocada junto a la piedra de sacrificios. Los sacerdotes protestaron airadamente, pero Cortés puso oídos sordos a sus reclamo.

Como el gobernador que ahora era, prohibió los sacrificios humanos. Probablemente no midió las consecuencias de esta orden que ofendía a las creencias mexicas en lo más profundo de su dogma: sin sacrificios el sol podía dejar de moverse y ocurriría un cataclismo. Los sacerdotes y el pueblo estaban furiosos. Cuando el gobernador se enteró que a pesar de su veto los sacrificios habían continuado, lleno de rabia subió los 114 escalones del teocalli y armado con una barreta de hierro, arremetió contra las efigies de Tlaloc y Huitzilopochtli dentro de sus templos hediondos a sangre podrida, destrozándolas. Ofuscado, no se dio cuenta que ese hecho había rebasado la rabia refrenada de los mexicas y provocó un conflicto que sólo podía resolverse con la muerte y derrota de una de las partes.

Los invasores se pusieron en alerta máxima, pues había suficientes motivos para temer un feroz ataque. Cortés, sospechando a cada instante el levantamiento de los aztecas para liberar a su emperador y acabar con ellos, ordenó a sus soldados estar armados en todo momento, de día y de noche. Imagínense, ¡dormir con la armadura puesta! El trato por parte de los aztecas se tornó hostil, a regañadientes los alimentaban, redujeron las raciones y se produjo una abierta enemistad. Únicamente por las órdenes expresas de Moctezuma los seguían soportando.

Pero también las murmuraciones de descontento entre los españoles aumentaron. Cortés se dio cuenta de que la tropa necesitaba un aliciente y qué mejor que un estímulo dorado. Reunió a los soldados y mandó sacar el tesoro que habían encontrado. Lo repartirían. Allí salieron a relucir las joyas, mucho oro, piedras preciosas, perlas, arte plumario. El representante de la corona separó el quinto del rey, Cortés tomó el suyo, como desde un principio había sido acordado con los soldados. Luego descontaron los costos de la expedición, es decir lo que cada capitán y soldado había contribuido en la compra de los barcos, la artillería, las armas. También separaron lo que les correspondía a los soldados estacionados en Veracruz, etc. A pesar de que el tesoro era vastísimo, con tantas deducciones, al soldado raso casi no le quedó nada, de modo que algunos, ofendidos, rechazaron lo que ellos consideraban una limosna.

La rebeldía estaba a punto de estallar cuando Cortés, a sabiendas de que no podía prescindir del apoyo incondicional de sus hombres y experto político al fin, hizo una hábil maniobra: en voz alta anunció que donaba su propio quinto. La tropa quedó satisfecha con este gesto, y de nuevo estuvo dispuesta a arriesgar su vida en las aventuras con Cortés. Lo lamentable para la posteridad fue que para facilitar la distribución, fundieron gran parte del oro en lingotes, o tejos, lo cual simplificaba su pesaje y tasación.

Francamente fue desagradable, nunca se había visto nada igual: de uno de los amplios patios del edificio empezaron a emanar nubes negras, oscureciendo el aire, y dispersando un tufo a algodón, a plumas, a desperdicio quemado. Los soldados hicieron combustible de cualquier cosa que ardiera. Había bastante madera, pero también gran cantidad de mantas, un tributo muy común de los pueblos sojuzgados que era almacenado en las bodegas. Todo lo que no era dorado fue desechado y por eso quedaron tiradas como basura las valiosas obras de jade, las de nácar y el arte plumario, sumamente apreciadas por los indígenas y despreciadas por los españoles. Los objetos de pluma les fueron regalados a los aliados tlaxcaltecas como parte del botín, atizando el odio entre esos dos pueblos.

Cuando Moctezuma fue informado del saqueo no se inmutó. Tan apático estaba que ni siquiera intentó ocultar su tesoro personal, escondido en la Casa de las Aves, que también fue descubierto por los conquistadores. Sometidos el antes emperador y los pueblos que gobernaba, volvió la calma a Tenochtitlan, esa tensa calma previa a la tormenta.

## Narváez

Recuerdo muy bien aquel día en que unos mensajeros, —que eran veloces corredores— llamaron al portón de las Casas Viejas pidiendo urgente audiencia con Moctezuma. Cuchichearon con él por largo rato, pues habían ocurrido graves hechos en la costa. A poco tiempo un jinete cruzó la plaza a galope, golpeó el portón y exigió hablar de inmediato con Cortés. Le informó que había llegado una imponente flota de 18 naves a Veracruz. En ella venían mil soldados, ochenta caballos y veinte cañones al mando de Pánfilo de Narváez.

Durante unos días pensé que el destino estaba a favor de Moctezuma, pues Narváez le mandó decir en secreto —con los mensajeros que días antes habían llegado— que venía con órdenes de apresar a Cortés, acusado de insubordinación. Pero pronto inició una febril actividad dentro de los altos muros, el ejército de Cortés se preparó para enfrentar a sus compatriotas. Basado en los informes detallados que su gente le había enviado desde Veracruz, el capitán decidió enfrentar de inmediato a Narváez. Además, no tenía alternativa, estaba entre la espada de Narváez y la pared de los aztecas.

Una madrugada vi partir al grueso de las fuerzas; aquí en la ciudad sólo quedó una pequeña guardia al mando de Pedro de Alvarado. Luego me enteré que Cortés demostró una vez más su gran habilidad militar. A marchas forzadas llegó a la costa mucho antes de lo que Narváez imaginaba. Con sus experimentados soldados decidió atacar durante una noche lluviosa, mientras la tropa recién llegada e inexperta estaba descansando tranquilamente, resguardándose del mal tiempo. Durante el repentino asalto, Narváez fue herido en un ojo y apresado. Su ejército, no acostumbrado a luchar en la oscuridad y la lluvia, pronto se rindió. Entonces Cortés, urgido de refuerzos, de nueva cuenta hizo gala de sus habilidades persuasivas.

Con abundantes regalos de oro, convenció a aquéllos que lo venían a apresar de apoyarlo y llevar a buen término la conquista que prometía infinitas riquezas. El oro estaba a la vista, los soldados que habían salido de Tenochtitlan ya lo tenían en sus bolsas y lo mostraron a los incrédulos. Entonces, las tropas de Narváez, cegadas por las promesas, se adhirieron a Cortés, pero no se imaginaban el lío en que se estaban metiendo y Cortés ignoraba lo que había sucedido aquí en Tenochtitlan mientras estuvo ausente.

Durante una fiesta religiosa, Alvarado hizo una sangrienta matanza de nobles aztecas, y el pueblo embravecido cercó y atacó al albergue. Como la guardia que había quedado era muy pequeña, imaginé una pronta capitulación, aunque vi salir a galope a un mensajero para pedirle auxilio a Cortés. Moctezuma continuó en su apatía y en vez de apoyar a su pueblo que lo quería rescatar, les mandó decir que cesaran en sus ataques. Esto a todas luces era una traición, y entonces los aztecas nombraron a Cuitlahuac, su hermano, como sucesor.

Cuitlahuac organizó el ataque, ordenó un estrecho cerco al recinto y mandó cortar el suministro de agua y de alimentos. El agua para beber llegaba desde Chapultepec sobre mis espaldas, y una mañana vi cómo varios mexicas con sus macanas golpearon los ductos hasta perforarlos. El líquido se derramó sobre mí, dejando seco al palacio de Axayácatl. Ese mismo día, en su interior, los sitiados comenzaron a escarbar en uno y otro de los numerosos patios buscando agua en el subsuelo. Varios días estuvieron sin agua, recogiendo apenas la escasa lluvia de la temporada que iniciaba. No sé cuántos intentos fracasaron, pero finalmente, por un milagro que los desesperados atribuyeron a Santiago Apóstol, dieron con un pequeño manantial.

Cierto día, lo recuerdo muy bien, la ciudad amaneció distinta a como yo la conocía: no hubo mercado, no circularon barcas por la acequia, es más, nadie transitó sobre mí y la gran plaza estuvo vacía, una situación inaudita. A medio día supe el motivo: el capitán había regresado al frente de un ejército considerable, incrementado por las fuerzas de Narváez. Llegaron soldados bien armados, caballos y cañones entraron a la plaza por la calzada Ixtapalapa. Antes de desaparecer en las Casas Viejas, Cortés se detuvo y mandó a un mensajero a Tlacopan. Creía estar tan reforzado que no se percató de que la trampa se estaba cerrando.

# El ataque

Al poco tiempo llegaron sobre mí varias indias junto a Tecuichpo, quienes habían estado resguardadas en Tlacopan con los parientes de la princesa, mientras duraba la expedición contra Narváez. Al acercarse a la ciudad se dieron cuenta de que los aztecas estaban quitando los puentes levadizos y que los venía siguiendo un gran número de guerreros. A duras penas lograron escapar de sus perseguidores y, heridos, corrieron a informar a Cortés. Éste, de inmediato mandó a Diego de Ordás con cuatrocientos soldados para que investigaran. No habían avanzado más que un pequeño trecho cuando les salió al encuentro tal número de guerreros que tuvieron varias bajas antes de regresar a resguardarse. Por si alguien todavía lo dudaba, los aventureros estaban sitiados y la guerra a muerte había iniciado.

Los aztecas atacaron la fortaleza por todos lados. Los españoles organizaron la defensa y pensaron que su ejército reforzado sería suficiente para repeler los ataques. Sin embargo, las murallas eran largas y los sitiados se tuvieron que dividir. Los mexicas, comandados por Cuitlahuac, los atacaron en más de veinte lugares simultáneamente. Los muros que lograban destruir de día eran reparados con mamparas de noche. Adentro, la falta de alimentos pronto se volvió aguda con tantas bocas por alimentar, la escasa agua del manantial y de la lluvia no alcanzaba para hombres y caballos. De pronto los aztecas atacaron con flechas llameantes. Los techos se incendiaron y los sitiados utilizaron el vital líquido para sofocar las llamas.

Los combates continuaron durante doce días con sus noches. En una acción desesperada, los cristianos decidieron ir a rescatar la imagen de la Virgen que habían dejado sobre el Templo Mayor. Construyeron entonces unas torres móviles de madera para que se cubrieran los escopeteros y ballesteros. Sin embargo, era tal el número de guerreros aztecas que sólo con gran dificultad lograron empujar las estructuras hasta la entrada del centro ceremonial. Cuando intentaron subir a la pirámide, un enorme número de guerreros les impidió el paso. Hubo bajas en ambos bandos. Los españoles se abrieron camino a estocadas. Cada escalón era defendido a muerte. Por fin saltaron a la cúspide, la imagen ya no estaba, la cruz tampoco. Furiosos, los españoles prendieron fuego a los templos y derribaron los ídolos. Al bajar del templo fueron atacados ferozmente. Caían, rodaban por las escalinatas. Abajo, se batieron en retirada. A duras penas lograron regresar a sus aposentos, dejando atrás un buen número de muertos. De las torres sólo quedaron astillas. Los aztecas, animados por esta victoria, intensificaron sus ataques con más coraje. La situación de los españoles se había tornado insostenible.

Desesperado, Cortés le pidió a Moctezuma que apaciguara a su pueblo comunicándoles la promesa de los invasores de abandonar la ciudad al día siguiente. Moctezuma accedió y subió a la azotea. Escuché cómo comenzó a hablarle a su gente; algunos principales lo reconocieron y mandaron calmar a sus guerreros. Moctezuma les indicaba que los españoles estaban dispuestos a salir, pero los aztecas lo interrumpieron, le replicaron que él ya no mandaba, pues habían nombrado a Cuitlahuac como su hueytlatoani. Repentinamente le tiraron tres pedradas a Moctezuma que le golpearon en la cabeza, el brazo y la pierna; además, antes de que pudieran protegerlo, lo hirió una flecha. Bajaron a Moctezuma a su habitación, pero él, profundamente abatido se negó a comer y a ser curado. El desprecio de su pueblo lo había aniquilado moralmente y a los tres días falleció. Los españoles arrojaron el cadáver fuera del palacio, a la entrada de la gran plaza, en donde estaba colocada una venerada escultura de piedra, la «tortuga divina».

Los sitiados estaban descorazonados. A pesar de constituir un imponente contingente, se dieron cuenta de que no podían resistir mucho tiempo; o abandonaban Tenochtitlan, o todos irían a sucumbir flechados y sacrificados a Huitzilopochtli. Escuché cuchicheos, planes de escape, incluso hubo grupos que se negaban a salir. Un soldado llamado Botello, de quien se murmuraba que era nigromante y astrólogo y que había acertado en varias predicciones, les advirtió en voz alta que si no salían esa noche, ninguno iba a quedar con vida. Entonces iniciaron los preparativos para abandonar el recinto que durante siete meses había sido su refugio. Como pieza clave, Cortés mandó construir un puente portátil para librar las aberturas en mi camino; también se preocupó por el arrastre de la artillería, la custodia de los prisioneros, y, parte esencial, el transporte del botín.

El capitán mandó llevar todo lo que restaba del tesoro, que incluía la fortuna personal de Moctezuma, a una gran sala. La tropa se enteró y cundieron los rumores:

—Dicen que todo es para el rey.

—No, yo oí que Cortés se quiere quedar con todo.

—Alguien dijo que van a enterrarlo.

Caballos y más caballos cargaron con el oro, la estancia quedó abarrotada. Entonces, Cortés le ordenó a los oficiales del rey que separaran la parte del monarca; para que lo pudieran transportar, les dio ocho caballos y más de ochenta tlaxcaltecas. Cargaron con todo lo que podían llevar y aunque una buena parte ya había sido fundida, aún quedaba mucho más oro hecho montones en la sala. Entonces escuché cómo el capitán les dijo a su secretario y a los escribanos del rey:

— Dadme por testimonio que no puedo rescatar este oro. Aquí tenemos cerca de 700 mil pesos por todo y veis que no lo podemos pasar…

Los oficiales cumplieron con su deber como lo hicieron cuando Cortés había entregado el quinto real. Al momento el capitán salió del cuarto y con voz entrecortada se dirigió a su expectante y ansiosa tropa congregada afuera:

—Tomad lo que queráis.

Un alarido de alegría se desprendió de cientos de bocas: ¡el sueño de felicidad se les había cumplido! Soldados, o más bien aventureros pobres, que habían pasado toda clase de penurias con tal de hacerse ricos de la noche a la mañana, con los ojos desorbitados se arrojaron sobre ese cerro de oro y joyas. Escarbaban, tasaban, desechaban para seguir buscando; enajenados, volvían a remover. Reían de gozo. Disfrutaban del brillo dorado, se carcajeaban y en bolsas y armaduras guardaban lo obtenido. Yo no distinguía qué brillaba más, si sus ojos o el oro. Fue la rapiña loca, el éxtasis de la codicia, el saqueo vicioso. Cada quien se llevó lo que quiso, más bien lo que se pudo embolsar y cargar. Durante algunas horas cientos de soldados españoles fueron infinitamente felices, habían alcanzado la recompensa por tantas fatigas, innumerables batallas, luchas y tanta sangre derramada, ¡eran ricos, inmensamente ricos!

Por la noche se organizó la columna. Sandoval y una parte de los de a caballo formaron la vanguardia, seguidos de Cortés, un buen número de soldados, los indios tlaxcaltecas, los prisioneros, las mujeres, la artillería, el fardaje y las petacas. Al final, Velásquez de León y De Alvarado con doscientos hombres cubrían la retaguardia. Todo ocurrió en una noche oscura de julio, con neblina y pertinaz lluvia. Cerca de la media noche se abrió el portón, la vanguardia dio vuelta en la esquina y en silencio absoluto empezaron a marchar sobre mis espaldas rumbo a Tlacopan.

## La Noche Triste

En la oscura y lluviosa noche de julio de 1520 la caravana de los fugitivos avanzaba sigilosamente. Apenas se percibía el leve clac-clac de los cascos de los caballos que habían sido envueltos en mantas; más bien se oía el chasquido en los charcos. La mayor dificultad fue el arrastre de los cañones, que frenaba el avance.

Rumbo al pueblo de Tlacopan había siete fosos, a los que los aztecas les habían retirado las vigas que hacían de puente. Al salir de la isla, a la orilla de la laguna, estaba el primer corte, seguían otros y el más ancho y profundo como a doscientos pasos del primero. De ahí en adelante, las demás aberturas hacia el Oeste no eran tan amplias ni profundas.

Los españoles llegaron a mi primera abertura, colocaron el puente portátil y pasaron, uno tras otro, todos los contingentes. La mayor parte de la retaguardia lo había librado cuando de una de las casas aledañas salió una señora vieja con su cántaro en la mano para ir por agua al acueducto, pero la larga fila del ejército en fuga le impidió el paso. Tardó unos segundos en reaccionar, pero en cuanto lo hizo, el cántaro se hizo añicos al caer al piso y ella corrió a casa gritando «¡Huyen, huyen!» La voz corrió de boca en boca. Una y otra vez escuché «¡Huyen, se van!» entre gritos, silbidos y el sonido de los caracoles y los tambores de guerra. Los canales se llenaron de canoas con guerreros, algunos tenían teas de ocote que iluminaban por breves instantes un cuadro fantasmagórico. Piedras, flechas, lanzas cayeron sobre los fugitivos y sus inútiles espadas de acero que no alcanzaban ni siquiera a rozar a las canoas.

Mientras tanto, la vanguardia superaba otra abertura y lograba mover el puente portátil a la cortadura más ancha y profunda. La lluvia de proyectiles continuó. Sería por lo mojado de la madera, o porque se espantaron, el caso es que al cruzar el puente dos caballos resbalaron, su carga se atoró y arrastraron consigo el armazón que se hundió irremediablemente. La caravana se detuvo. Hubo gritos, órdenes, confusión. «¡Adelante, adelante!» Los heridos se quejaban.

La fila de soldados inmóvil fue bombardeada sin misericordia, no había dónde resguardarse. Nadie pudo escapar. Toda la columna, en especial los heridos, empujaban, presionaban hacia adelante. Los que quedaron donde el puente había desaparecido fueron lanzados irremisiblemente a las negras aguas; pronto les pasó lo mismo a los que antes empellaban, pues los desesperados que venían detrás, acosados por las canoas, atropellaban sin cesar, intentando huir. Al abismo negro cayeron soldados y caballos, indios cargadores, mujeres, cañones. Entre los gritos y silbidos de los aztecas se perdían las desesperadas voces de auxilio, se alejaban y se ahogaban entre las olas de la laguna. Pocos sabían nadar, se mantenían a flote un tiempo, pero sus armaduras y el peso del botín los hundían.

Los mexicas, aún en la penumbra, seguían atacando a la columna inmóvil, no necesitaban luz, todos sus tiros daban en el blanco. Pescaban del agua a uno que otro soldado que se creía a salvo, cuando en realidad su destino era el sacrificio en lo alto de algún templo. En las filas españolas la pólvora mojada tornó inútiles los mosquetes y más de uno tiró lejos su arma para salvar el pellejo. Allí sucumbieron capitanes, soldados, tlaxcaltecas, prisioneros aztecas y, sobre todo, los soldados novatos de Narváez, sobrecargados de oro. Algunos, desesperados, se salvaron pasando por encima de los cadáveres de sus compañeros que apilados colmaron el foso. ¡Qué vivencia señores! ¡Cuánto llanto, cuánta sangre, cuántas lágrimas en esa noche, con justa razón llamada por los españoles Noche Triste!

Aquéllos que lograron pasar la fatídica cortadura, aún no estaban a salvo, todavía les faltaba un buen trecho por recorrer bajo los proyectiles aztecas y librar otros de mis fosos. Los esperaban más canoas repletas con guerreros que al grito de «¡Cuilones, cuilones!» —en español «¡Putos, putos!»— se lanzaban sobre los sobrevivientes para apresarlos. A estocadas, los conquistadores se abrían paso y seguían adelante. Apenas unos treinta o cincuenta soldados eran capaces de repeler las embestidas mexicas, los heridos o quienes iban solos, no pudieron escapar. Conforme se alejaban de la ciudad, los ataques perdían ímpetu.

En el islote de Popotla noté que la vanguardia se detuvo para esperar a reunirse con el resto del ejército. Cortés y sus capitanes evaluaron la situación; pensaban que era necesario organizar sus tropas, pero aún no sabían de la desgracia ocurrida en mi cortadura profunda. Vieron sorpendidos cómo llegaban los supervivientes. Unos venían cojeando, clamando ayuda; casi todos mal heridos, aunque la noche los protegió en el último tramo. Tlaxcaltecas y españoles se daban de santos por haber salido con vida de la matanza. Con los sobrevivientes llegaron mensajeros a pedirle a Cortés que regresara a apoyar a un contingente en su lucha, y sobre todo, a rescatar a los heridos.

Se realizó un breve consejo en el que coincidieron que sería suicida volver, pensaban que por un milagro del cielo habían librado esa pesadilla. Retornar a la lucha era imprudente a todas luces. Sin embargo, fue tal la súplica y los ruegos por apoyar a sus compañeros, que Cortés y otros seis, junto con algunos soldados que no estaban heridos, regresaron para efectuar el rescate. No llegaron lejos, pues de la oscuridad emergió Pedro de Alvarado, herido, a pie y con una lanza en la mano. Llegó a la cabeza de ochenta soldados. «Capitán, somos los últimos. En el puente mataron a Juan Velásquez, allí quedó toda la retaguardia que traía, pues no se lograron salvar. Nosotros pasamos sobre los muertos y las petacas y los caballos ahogados. Todos los cortes están llenos de aztecas.»

Al escucharlo, los ojos de Cortés se llenaron de lágrimas. Todo estaba perdido. Intentaron reorganizarse en la oscuridad para seguir huyendo. Avanzaron hacia Tlacopan, y los perdí de vista, pero supe que esa ciudad los recibió con otra serie de proyectiles, arrojados desde las azoteas. Atravesaron lo más pronto posible el caserío, dejando atrás más muertos y continuaron a través de los maizales, guiados por unos tlaxcaltecas. «Llévanos a un lugar en donde nos podamos defender», ordenó Cortés al guía. Escalaron un cerro que se yergue sobre la incipiente ladera, en cuya cima se encontraba un adoratorio. Se atrincheraron detrás de los muros, distribuyeron las guardias, encendieron fuegos y curaron a los heridos. Hambriento, sin pólvora y con muy escasas armas, el diezmado ejército esperó el golpe mortal por parte de los aztecas. No sucedió. Por alguna extraña razón Cuitlahuac ordenó suspender la persecución y con ello perdieron una oportunidad de oro para acabar con los españoles; ¡mil, tal vez dos mil, guerreros hubieran sido suficientes para aniquilarlos!

Incrédulos y jubilosos, los sobrevivientes se dieron cuenta de que los aztecas los habían dejado en paz durante la noche y que eso les permitiría recuperarse. Curaron a los heridos, recuperaron fuerzas y agradecidos entonaron un tedéum; también prometieron erigir un santuario en ese sitio si lograban sobrevivir a la expedición. Después de esa noche lo que quedaba no era mucho. La mayoría de los hombres de Narváez habían sucumbido cargados de oro en los puentes; se perdió toda la artillería con la pólvora, y con las ballestas que salvaron hicieron saetas. De los 1300 soldados, incluidos los 97 de a caballo, 80 ballesteros, otros tantos escopeteros y más de 2 mil tlaxcaltecas;

murieron 870 soldados y escaparon 23 caballos; los prisioneros también murieron o desaparecieron. De Tecuichpo no había noticias. Botello, el astrólogo, también murió junto con su caballo, pero él ya lo sabía: cuando encontraron su libro de anotaciones leyeron que profetizaba su muerte precisamente en esa noche. Pero Cortés había sobrevivido.

Durante los días siguientes los guerreros mexicas me recorrieron con extremada frecuencia. Rescataron a sus heridos y apresaron a los españoles que quedaban con vida y recuperaron espadas, lanzas de acero y yelmos de los intrusos. Además, de los fosos extrajeron una parte del tesoro que regresaron al palacio de Axayácatl. Por un milagro Marina sobrevivió. Todo lo que en mí me quedó fue un fétido olor a muerto.

## El sitio a Tenochtitlan

Pasaron varios meses desde esa memorable noche de victoria para unos y desgracia para otros. La vida en Tenochtitlan parecía volver a la normalidad, sin embargo, había nerviosismo. Se rumoraba que los españoles iban a regresar. Yo no creí ese rumor, me parecía que los aventureros habían aprendido la dolorosa lección. Me equivoqué.

Un día, desde mi embarcadero, distinguí una vela blanca que parecía el ala de una garza que volaba sobre el agua. De inmediato reconocí la manufactura extranjera y supe que los combates se reanudarían.

Cortés sitió la capital del imperio azteca con trece bergantines que fueron transportados por partes a través del bosque desde Tlaxcala, y luego fueron botados al lago en

Texcoco. Mientras las naves llegaban, Cortés se ocupó en obtener el apoyo de los pueblos ribereños y cercanos a la cuenca. Además, llegaron a la costa varias embarcaciones con soldados españoles que reforzaron considerablemente al ejército diezmado.

Como el dominio sobre las aguas era primordial, Cortés asumió el mando de la flotilla. Disponía de velas, cuerdas, herrajes, anclas y los aparejos de sus naves en Veracruz; además, entre su tropa aún había marineros de los que habían salido de Cuba. Aparte de que estas embarcaciones eran veloces cuando las impulsaba el viento, ahora también estaban armadas con cañones ligeros. Los españoles se adueñaron poco a poco del lago de Texcoco, impidiendo la navegación, aunque al oeste de la isla continuó el tránsito, pues los bergantínes no podían entrar en esta zona. Este cierre incrementó el transporte sobre nosotras, las tres calzadas principales, pues los suministros tenían que llegar a la isla cargados sobre las espaldas de los aztecas.

Para cercar por completo a la ciudad, Cortés dividió a su ejército de tal forma que cada sección pudiera impedir el abastecimiento por tierra a la isla. A Sandoval lo mandó a Ixtapalapa, en donde fijó su cuartel. Cristóbal de Olid se fue a Coyoacán, lugar que se comunicaba a través de la calzada de Ixtapalapa; Pedro de Alvarado se instaló en Tlacopan. Con esta estrategia cesó el tránsito de personas y de carga y sucedió algo inusitado, el agua limpia, que por tantos años había fluido por mi acueducto, acompañándome con su murmullo, dejó de correr. Hubo fieros combates en Chapultepec, los aztecas defendían el manantial mientras los españoles intentaban destruir el acueducto. Finalmente, éstos lograron su cometido, el agua para beber había sido cortada. La ciudad de Tenochtitlan estaba sitiada.

Los contingentes atacantes avanzaron por las calzadas para poder conquistar a Tenochtitlan. Los aztecas navegaban a los lados en sus canoas y arrojaban toda clase de proyectiles sobre la tropa española que intentaba internarse. Lo único que podían hacer los conquistadores era repeler el ataque con los escopeteros y ballesteros, armas lentas comparadas con las lanzas, flechas y piedras. El avance por las calzadas se estancó.

Cortés, por su parte, se enfrentó desde los bergantines a los guerreros que combatían en las canoas que, según cuentan algunos, eran más de cuatro mil. Hubo innumerables escaramuzas sobre el lago. Los aztecas pronto se dieron cuenta de que las naves españolas quedaban prácticamente inmóviles cuando la brisa cesaba, y que ése era el momento preciso para lanzarse sobre ellas. En una ocasión observé cómo decenas de barcas rodearon a los veleros para abordarlos. Por su gran número estaban a punto de vencerlos pero, de pronto, una fuerte ventisca —que después atribuyeron a Ehécatl-Quetzalcóatl— permitió que los conquistadores huyeran a toda vela. Así fue como precescencié los primeros combates navales en este lado del mundo.

Con la superioridad que les proporcionaba el viento y la experiencia de los hombres de mar en el manejo de las velas, los bergantines embistieron a cuanta canoa pasó por su camino y obtuvieron el control absoluto del lago de Texcoco. Contando con esa enorme ventaja, Cortés dividió su flota y ordenó que una parte de las naves apoyara la lucha sobre las calzadas. Sin el constante asedio desde las canoas la tropa avanzó lentamente por vía terrestre, cerrando el cerco.

Los ataques ocurrieron en la calzada de Ixtapalapa y, por supuesto, sobre mí; la calzada del Tepeyacac y otras vías secundarias hacia el Norte no jugaron un papel importante en esta contienda pues era complicado el acceso a través de la sierra de Guadalupe.

Cortés esperaba que los sitiados capitularan pronto por falta de alimentos y agua, pero eso no sucedió. Los aztecas, aunque hambrientos, sedientos y débiles, resistieron todos los embates de los conquistadores. Las mujeres y niños fueron evacuados poco a poco para reducir el número de bocas hambrientas, pero el espíritu guerrero no mermó, al contrario, creció. El progreso de los invasores por las calzadas era lento, cegaban las aberturas con piedras, vigas y tierra para poder cruzar con mayor facilidad, pero lo que tapaban en el día, los mexicas lo abrían por la noche. Cuando la lucha llegó al límite de la ciudad, los sitiados combatieron a los conquistadores desde las azoteas de sus casas, y por eso los españoles las fueron destruyendo todas, casa por casa, templo por templo. Ninguno de los bandos progresaba gran cosa en esta estéril lucha, la posibilidad de una victoria estaba lejos; los combates continuos iban diezmando las fuerzas tanto de los guerreros aztecas como de los soldados españoles, por lo que ambos mandos empezaron a idear nuevas estrategias militares.

Cuitlahuac, ahora legítimo hueytlatoani, organizó la defensa de su gente. Sin embargo, un enemigo invisible y traicionero se había introducido entre las filas mexicas: uno de los hombres que había llegado con las tropas de Pánfilo de Narváez estaba infectado de viruela. Los indígenas se contagiaron y murieron por miles, entre ellos, Cuitlahuac. Al quedar vacante el puesto, el consejo de ancianos eligió a Cuauhtémoc, rey de Tlatelolco, para sucederlo.

El nuevo emperador, con gran intuición militar, decidió romper el cerco. Él sabía que Cortés había dividido sus fuerzas y que, lógicamente, cada parte estaba debilitada. Me seleccionó a mí, el camino más corto hasta la orilla, para recuperar el pueblo de Tlacopan. Una madrugada sentí a un enorme contingente azteca que marchaba sigilosamente hacia el Oeste. Todos iban fuertemente armados, pero para su mala suerte, los guardias de Alvarado estaban alertas y los recibieron con un fuego nutrido. Hubo una lucha encarnizada, fiera: las fuerzas aztecas no habían sido suficientes para someter a los invasores y fueron repelidos.

A su vez, Cortés convocó a todos sus capitanes para planear una estrategia que por fin les diera la victoria: un asalto masivo en todos los frentes un mismo día para tomar Tlatelolco y Tenochtitlan. Cortés y Sandoval lideraron la columna principal que entraría por la calzada de Ixtapalapa, apoyado por las tropas de Olid, mientras Alvarado atacaría desde Tlacopan.

Recuerdo bien el día del ataque: vi a los españoles salir de su cuartel y marchar hacia la isla. Sorprendieron a los aztecas, quienes no pusieron resistencia. Tomaron una albarrada, cruzaron un puente, avanzaron, pero los sitiados salieron de su confusión, se reagruparon y los detuvieron en los fosos profundos a la entrada de la ciudad. Frenado el ataque, la lucha continuó cuerpo a cuerpo, sin que ninguno de los bandos doblegara al contrario. El combate llevaba horas sin progreso cuando, repentinamente, aparecieron guerreros aztecas ataviados con penachos y ondeado sus estandartes. Arrojaron delante de los atacantes cinco cabezas recién cortadas, aún sangrantes, mientras gritaban y cantaban. Los españoles reconocieron de inmediato a sus compañeros, cundió la decepción y el desaliento: era obvio, el ataque por el Sur había fracasado. Los guerreros embistieron nuevamente con un movimiento inusitado: las cabezas cercenadas de dos caballos volaron por el aire y cayeron a los pies de los intrusos. El ataque español cesó y se ordenó la retirada. Los aztecas gritaron: «Los mataremos a ustedes igual que a Cortés, a Sandoval y a todos los que venían con ellos.»

Desmoralizadas, las huestes tlaxcaltecas flaquearon, abandonaron la lucha y huyeron. Los españoles se retrayeron ordenadamente, pero pronto se detuvieron horrorizados. Desde la cúspide del templo doble empezaron a retumbar los tambores. Series de golpes pausados, lúgubres, que se escuchaban a leguas, entre los que sobresalía el enorme tambor de Hutzilopochtli con su tono grave. Los españoles ya sabían que eso significaba nuevas muertes para saciar a su dios, aunque los sacrificados ahora eran sus compañeros de armas. Aterrados observaron cómo los arrastraban: uno por uno los jalaron hasta el templo; a empujones y bofetadas les pusieron plumas en las cabezas; a palos los hicieron bailar en el espacio frente al templo; luego los colocaron de espaldas sobre la piedra de sacrificios; entre alaridos les abrieron el pecho mientras el sacerdote arrancaba de un tirón el palpitante corazón, que era presentado al dios de la guerra. Los cuerpos, ya inertes, fueron tirados hacia abajo por las gradas para que los carniceros los destazaran y untaran con adobo. Los aztecas festejaron la derrota del enemigo con gritos y bailes, comiendo piernas y brazos.

Alvarado dirigió la retirada. La incertidumbre dominaba a los conquistadores que atrincherados en su real esperaban noticias. Su futuro era más incierto que nunca: si Cortés y Sandoval estaban presos y la columna de Ixtapalapa había sido derrotada, a la reducida tropa en el cuartel de Tacuba le esperaba, sin duda alguna, un final macabro en la piedra de los sacrificios. Las cabezas de los españoles y de los caballos eran señales inequívocas, ¿era este el fin de la aventura?

La espera terminó cuando los bergantines trajeron nuevas: a Cortés sí lo habían aprehendido, pero cuando lo llevaban a sacrificar, en una ofensiva suicida, varios de sus oficiales lograron rescatarlo. De boca en boca contaron lo sucedido: las tropas de Cortés y Sandoval habían hecho buenos progresos sobre la calzada de Ixtapalapa; habían lograron tomar una abertura de agua muy honda en cierto paraje en donde la calzada era angosta, y se habían dado a la tarea de perseguir a los aztecas que huían hacia su ciudad. Pero, engolosinados con la victoria fácil, se descuidaron, dejaron de cegar la abertura recién ganada y siguieron acosando.

Cuando los mexicas se dieron cuenta de este error, volvieron con toda furia sobre los españoles, reforzados por una multitud de guerreros que habían estado ocultos. Entonces, Cortés y su tropa no pudieron resistir la embestida, retrocedieron, pero al regresar al foso, se encontraron con que la cortadura ancha y profunda estaba llena de agua por ambos lados de la calzada, y que detrás de ellos llegaban miles de guerreros. La lucha fue terrible. Los aztecas más temerarios se lanzaron sobre Cortés y lo apresaron, aunque, éste, logró desprenderse con la ayuda de sus oficiales y huir.

La lucha no paró, hasta que un día, las fuerzas de Alvarado lograron ocuparme en toda la extensión de mi calzada y comunicarse con las tropas de Cortés. Ese mismo día quemaron el palacio de Cuauhtémoc que estaba rumbo a Tlatelolco, ciudad que arrasaron e incendiaron. Los combates siguieron día con día. Los ví guerrear, sudar, tropezar, sangrar, caer y morir; los escuché jadear, gritar, maldecir. Los atacantes no sólo eran españoles; las fuerzas de choque, aquellos que asaltaron y robaron, repararon los puentes y taparon cortaduras, arrasaron y quemaron construcciones, fueron los aliados tlaxcaltecas. Ya dentro de la ciudad, los conquistadores avanzaban con pesadez, destruyendo lo que encontraban. No dejaron piedra sobre piedra. Los edificios quedaron en ruinas, y los canales, cegados. Las fuerzas de los defensores menguaron: toda la ciudad estaba llena de hoyos, la gente había comido las hierbas, raíces y hasta la corteza de los pocos árboles, cocidos en el agua salobre.

El combate a muerte continuó hasta que Cuauhtémoc fue capturado en el lago de Texcoco por un bergantín. Desde ese momento cesó toda resistencia. Esto ocurrió la tarde del día ce cóatl, segundo de la veintena xocolhuetzi, del año yei calli, para los vencedores el 13 de agosto de 1521, día de San Hipólito. Los españoles entraron a una ciudad desolada, habitada por flacos y harapientos fantasmas. Los canales, rebosantes de cadáveres en descomposición, despedían fétidos olores. Un vaho a muerte se extiendió sobre Tenochtitlan.

## LA NUEVA CIUDAD EN EL SIGLO XVI

Tenochtitlan, aquella radiante joya en medio de un lago descrita por los españoles como una maravilla sólo comparable a Venecia, terminó hecha una ruina. Los conquistadores demolieron cuanta construcción les estorbó para ganar la batalla; arrasaron con templos y palacios. Cuando por fin capturaron la ciudad, españoles y tlaxcaltecas se dieron al robo, a la rapiña de lo poco que quedaba.

A mí también me dejaron bastante maltrecha. Los sitiados me despedazaban para impedir el avance de los españoles, mientras éstos rellenaban los huecos y aberturas con piedras, palos y tierra para que sus caballos pudieran correr a todo galope. Quedé tullida, hundida en partes, destruída, cacariza. Yo que había gozado de la lozanía de juventud con los mexicas, ahora parecía una vieja arrugada, deforme, desfigurada. Sentía vergüenza de mi aspecto y temí quedar totalmente aislada y solitaria.

Durante tres días con sus noches salieron arrastrándose sobre mis espaldas hombres viejos, mujeres y niños. En lo que habían sido casas dentro de la ciudad, se acumulaban los heridos y enfermos —muchos de ellos afectados por la viruela— que no tenían fuerzas para poder salir y sólo esperaban la muerte al lado de los cadáveres que nadie enterró. Ante tal inmundicia y peligro de epidemia, los habitantes de la ciudad me abandonaron. Incluso los vencedores se retiraron y refugiaron en los pueblos del sur del valle. De aquello que había sido una maravillosa ciudad quedaron escombros pestilentes. Se terminó el bullicio de los aztecas, al que estaba acostumbrada, que era parte de mi vida; se apagaron los gritos de los guerreros y las explosiones de las armas de fuego, a cuyo estruendo nunca me acostumbré; se hizo el silencio, el silencio de la muerte. Sólo Ehécatl-Quetzalcóatl pasaba silbando entre las ruinas, sosteniendo en el aire a los buitres que se encargaban de la labor de limpieza. Me quedé sola.

Pensé que había llegado mi fin, pues creí que los vencedores regresarían a su lugar de origen con el fabuloso botín en el bolso, y los mexicas sobrevivientes se establecerían en otro sitio que dispusiera de agua dulce para la agricultura y bosques para la caza al ver su ciudad destruida. Pensar todo esto me hundía en la desesperanza. Creí que la muerte llegaría con paso lento, pero poco a poco la lluvia, el sol y los zopilotes efectuaron la enorme labor sanitaria que yo requería y al cabo de tres o cuatro meses volví a percibir cierta actividad.

Aquel día fue hermoso. Unos conquistadores cabalgaron sobre mis espaldas desde el maltrecho pueblo de Tacuba. Me recorrieron hasta el montón de piedras deterioradas que había quedado al centro de la isla. Les escuché decir que vivían en Coyoacán, en donde habían instalado su cuartel general, y que por lo general utilizaban a mi hermana, la Ixtapalapa, para inspeccionar la isla. Varios de estos barbados llegaban ufanos, alegres, hablando entre sí en voz alta, casi gritando. Por ellos supe que algunos de sus compañeros de armas habían quedado en la ruina al apostar su parte del botín a los naipes, mientras otros alardeaban su suerte y ostentaban joyas doradas. Varios, al recorrerme, entablaban agrias discuciones sobre el futuro de la ciudad destruida. La gran mayoría quería que la nueva ciudad se edificara en Coyoacán, Tacuba, o Texcoco, incluso en Tacubaya. Y si esto sucedía, si mudaban la ciudad, yo estaba destinada a desaparecer. ¿A quién le intersaría un camino dentro del lago hacia una isla desierta? Me angustiaba el futuro, pues mi existencia pendía de un hilo.

# LA RECONSTRUCCIÓN

Fue Cortés quien me rescató pues en contra de las advertencias de sus capitanes sobre lo insalubre del lugar, decidió reconstruir la ciudad encima de las pirámides destruidas para enfatizar su victoria. Probablemente no estaba consciente de los enormes problemas que esta decisión habría de acarrear a la nueva ciudad; yo tampoco, y por eso me puse feliz cuando advertí el alegre chasquido del agua que volvía a fluir desde Chapultepec, pues Cortés había mandado reparar el acueducto. Ese sonido me revivió. Me repararon y curaron mis heridas causadas por la guerra, pero sólo con los siglos desaparecieron las cicatrices.

Los esclavos aztecas, herrados con una G de guerra, fueron obligados a enterrar a los muertos que aún quedaban, a limpiar los canales y a quitar los escombros. Varias veces vino Cortés con sus capitanes a lo que había sido el centro ceremonial y la Plaza principal para analizar los espacios y tomar las decisiones sobre la reconstrucción. El conquistador ya nunca llegaba solo, siempre se hacía acompañar de varios caciques y funcionarios, como correspondía a un gran monarca; podría decirles que imitaba al gran Moctezuma por el numeroso séquito de lambiscones que le seguía.

Un chisme que todos los soldados comentaban era la extraña muerte de la esposa de Cortés, suceso muy sonado en Coyoacán. Prefiero no entrar en detalles porque no vi lo que sucedió y porque circularon demasiados dimes y diretes. Los que la conocieron afirman que era muy celosa y que, obviamente, se puso iracunda cuando se enteró de que estaba por nacer el hijo de Cortés con Marina. De su muerte, unos cuentan que se ahogó de coraje después de un opíparo banquete; otros dicen que fue un lamentable accidente que se ahorcara con su collar y otros más juran que Cortés la mató en un ataque de rabia, después de que ella le reclamara sus infidelidades. Como a mí no me consta nada, lo único cierto es que murió y que la gente habló de esto días enteros, pero la verdad es que yo sí creo que ella, Catalina Suarez, tuvo la culpa. ¿Quién le manda llegar de improviso desde Cuba y andar de metiche, cuando todo el mundo sabía que su marido le daba vuelo a la hilacha y mantenía un harén?

Pero les estaba contando de la reconstrucción de la ciudad. Pues bien, a uno de los conquistadores, Alonso García Bravo, le fue encomendado el diseño de la traza de la nueva ciudad. De su boca escuché por primera vez el nombre de Nueva España para el territorio conquistado, designación que Cortés le había sugerido a su rey, «por la similitud de esta tierra con España». Para delinear la nueva ciudad, García Bravo y sus ayudantes me recorrían de arriba hacia abajo, tomaban medidas y trazaban líneas. Él me cayó bien porque respetó las directrices: a mí me dejó igual, con la misma orientación, lo mismo que a mis hermanas. Tomándonos como ejes que partían de la gran Plaza, diseñó una amplia retícula, permitiendo que las manzanas fueran grandes, aunque no cuadradas: doscientas cincuenta varas de longitud por ciento cincuenta de latitud, y las calles dieciseis varas de ancho.

La Plaza Mayor quedó del mismo tamaño que había tenido en tiempos aztecas. Como el Templo Mayor fue arrasado, despejaron mi vía de los escombros, y de ahí en adelante volví a ser una sola calle, avenida o calzada, como quieran llamarme, que corría desde el pueblo de Tacuba hasta la ribera del lago de Texcoco. Sin embargo, la cantidad de piedras de los templos aztecas era tal que siempre quedó un montículo en el sitio en donde estuvieron los templos. Pero ése era un detallito nomás, porque la verdad es que yo era una calzada larga, derechita, con elegantes curvas que unían islas en la parte del lago.

Trazados los terrenos, se fijaron los límites de la ciudad. A los indios sólo les fue permitido vivir fuera de ese espacio. Tanto por el Este como por el Oeste, el lindero fue la orilla de la isla. Con el tiempo el lago se secó. Al Oeste me hicieron un puente para poder cruzar la acequia que ahí se formó y este puente se convirtió en la entrada a la ciudad antes de que inventaran las garitas. Los primeros solares fueron repartidos personalmente por Cortés a sus hombres más cercanos.

A quienes habían luchado a su lado les otorgó dos solares, uno por haber sido combatiente, el segundo por ser vecino. Los terrenos más apreciados estaban cerca de la Plaza Mayor, al lado de la calzada Ixtapalapa y, en especial, los ubicados sobre mis aceras. Toda persona importante trataba de establecerse en mi vera, pues era señal de alcurnia, pero también porque la ciudad siempre se inundaba en época de lluvias con las aguas del lago en el que desembocaban los drenajes. En cambio, mi zona, es decir, el oeste de la nueva ciudad, era zurcada por los ríos que descienden de las montañas y esta caída hacía que el clima mejorara sustancialmente. Por eso las personas con los medios suficientes construyeron sus casas de campo en mis alrededores.

Después de que se distribuyeron los terrenos inició la edificación de la ciudad española. La mano de obra era barata, había suficientes indios esclavizados y, cuando menos en las cercanías de la plaza, sobraban las piedras de los templos destruidos. Fue un período de actividad febril. Observé entonces un constante ir y venir de gente desde el pueblo de Tacuba que acarreaba piedras, madera, tezontle y todos los materiales necesarios para reedificar la ciudad. Abundaban trabajadores de los más diversos oficios, había albañiles, carpinteros, canteros. Este auge fue alentado por el cabildo, que condicionó el otorgamiento de los solares a una edificación dentro de cierto plazo. Fue así que cada conquistador, dueño de su solar, levantó con presteza su casa o fortaleza, sencilla u ostentosa, según su carácter.

Mis hermanas y yo fuimos las vías de acceso más importantes de la nueva ciudad. El nivel del lago fue descendiendo en la parte oeste de la cuenca, las barcas fueron desapareciendo y el tránsito sobre las calles se intensificó. Además de caballos empezaron a rodar sobre mí todo tipo de vehículos. Detrás del duro golpe de los cascos de los caballos, llegaba una rueda que se deslizaba suavemente sobre mis espaldas. Esos carros, carretas, carrozas, calesas, carruajes y quién sabe cuántos nombres raros más tenían estos artefactos rodantes, pesaban, pero no me maltrataban. Me sentía satisfecha con este gran adelanto, esperanzada y feliz. Sin duda, los años más felices de mi vida estaban por venir.

Hoy ya nadie recuerda mi historia, hoy que ya estoy vieja; muchos piensan que soy sólo una calle angosta, nada comparable con mis nietas, las autopistas de diez carriles que cruzan y rodean a la ciudad, y, sin embargo, hay por allí tramos que aún muestran mi glorioso pasado. Sí, hay lugares en donde todavía soy más ancha que muchas avenidas modernas y todavía existen sobre mis aceras edificios sencillos pero señoriales, con fachada de tezontle y chiluca y sus patios con fuente al

capítulo

3

# TACUBA

*E*MPECEMOS POR MI CUNA, TACUBA. En sus orígenes se llamó Tlacopan, que en náhuatl quiere decir «lugar de varas». Tacuba era un pueblo tranquilo de casitas blancas cobijadas por un bosque de ahuehuetes. Hoy nadie que visite Tacuba podrá siquiera imaginar la belleza que tuvo, pues todo son gritos y ajetreo sin reposo. Entre automóviles, autobuses, combis, comerciantes ambulantes y una enorme cantidad de gente, no hay un solo hueco para poder respirar. De hecho podrían ver lo amplia que soy si no hubiera tanto invasor que apenas deja un carril en cada sentido para circular. En fin, no he venido a quejarme, sino a contarles mi historia.

Desde aquí, que era el centro del pueblo, partía yo rumbo a la isla de Tenochtitlan. Como ya les conté de los sucesos de antes de que llegaran los conquistadores, sólo les diré que los españoles siguieron haciendo expediciones para descubrir nuevos territorios y que comenzó la conquista espiritual. Sí, la iglesia se adueñó poco a poco del ritmo de la vida de los habitantes de la ciudad y mi vida comenzó a transcurrir entre soldados y monjes.

Aunque el choque fue violento, lo cierto es que la vida del mundo español, como la del mundo prehispánico, giraba alrededor de la religión. Así, las fiestas mexicas que se celebraban cada fin de mes se mezclaron con la enorme cantidad de festejos religiosos españoles. De esta unión todos salimos beneficiados: había jolgorio, alegría y dispendio por cualquier motivo.

También de aquellos años recuerdo una nueva experiencia que me alegró el alma. Un domingo por la mañana sonó un melodioso repiqueteo, a la vez que clamor, un llamado y aviso desde una torre. Nunca había oído nada semejante. Esa fue la primera vez que escuché a las campanas lanzando sus ecos a gran distancia para llamar a los feligreses.

La euforia eclesiástica me dejó azorada, pues por todos los rumbos brotaron como hongos las iglesias, conventos y hospitales. Tan sólo en mis alrededores se fundaron varios y mi pueblo natal no fue la excepción. Encima del templo prehispánico de Tlacopan, los monjes franciscanos erigieron un gran templo y convento, dedicado al arcángel san Gabriel, cuya efigie aún preside la fachada, decorada con los escudos franciscanos. ¡Qué suntuosa basílica de tres naves diseñaron!, ¡qué portento de columnas! Admiren lo que queda, busquen por allí los últimos ahuehuetes que sobreviven y tómenles fotografías o dibújenlos porque no creo que duren muchos años más.

Será mejor que sigamos con nuestro paseo y salgamos de este lugar ruidoso y desagradable. Vayamos rumbo al Este.

# POPOTLA

En los tiempos en que llegaron los aztecas aquí empezaba el lago. Ahora pasa la gente caminando, pero en este lugar hubo agua hasta que me construyeron. Mi primer tramo no era muy largo porque la isla de Popotla estaba muy cerca. Esta isla también tenía un bosquecito de ahuehuetes. Si no me creen miren aquél y las ruinas del que fue conocido como el Árbol de la Noche Triste. Pero mejor continuemos.

En mi niñez se extendía aquí la superficie brillante del lago, zurcada por infinidad de canoas. En Tenochtitlan cada hogar tenía una barca con la que podían remar al mercado de Tlatelolco, ir por madera a Texoco o por flores a Xochimilco. En aquellos tiempos las canoas eran indispensables, pues transportar por agua una carga pesada de regreso a casa no se compara con tener que cargarla; sin embargo, pocos lustros después de la conquista, el nivel de las aguas comenzó a descender y toda esta zona se convirtió en pantano. Verán cómo mi trayectoria hace un amplio círculo hacia el Norte, pues mis constructores, los mexicas, se apoyaron en varias islitas. Popotla se unía con la isla llamada Tlaxpana, a donde iremos ahora.

# LA TLAXPANA

¡Qué bueno que llegamos! ¡Este calor me está matando! Descansemos un rato. Siéntense en la sombra que tengo mucho que contarles de este sitio. Cuando los mexicas construyeron su ciudad pronto se dieron cuenta de que el pequeño manantial que había en la isla no alcanzaba para la creciente población y que el agua que los rodeaba no podía beberse. La solución a esta dificultad la encontraron en un manantial que manaba en el bosque de Chapultepec.

En la ladera del cerro brotaba agua dulce debajo de unas rocas, de modo que construyeron una alberca para retener esta agua y un ducto para llevar el líquido hasta la ciudad. Fue una obra portentosa pues nomás imagínense, construyeron una base que soportaba un tubo lleno de agua desde Chapultepec hasta la creciente Tenochtitlan, ¡y a través de un lago! Para este trabajo fenomenal los aztecas solicitaron la asesoría de Netzahualcóyotl, el rey sabio de Texcoco. Él les dio la solución que hizo posible la construcción: en lugar de cruzar el lago en línea recta, por donde era profundo, sugirió construirlo hacia el Norte, aprovechando unos bajos que llegaban hasta aquí, la isla de la Tlaxpana, en donde toparía conmigo, y luego seguiría sobre mis espaldas. Así lo hicieron y durante años soporté ese tubo prehispánico que llevaba agua dulce hasta la isla.

¿Recuerdan que les conté sobre la destrucción de este acueducto durante la conquista? Pues bueno, una de las primeras acciones para la construcción de la ciudad de México fue la reparación de este ducto azteca. Primero arreglaron la atarjea, pero pronto requirió una seria reconstrucción. Estos trabajos, hechos con buena argamasa y ladrillo, se terminaron en 1525 y se nombró a un guardián del agua. El «guarda agua» tenía que vigilar que no se destruyera el soporte y que no se contaminara el agua por hojas o animales. El primer tramo se hizo en forma de atarjea descubierta, pero después de dar vuelta en la Tlaxpana, justo aquí en donde estamos, el agua corría bajo una bóveda hacia la ciudad.

La atarjea funcionó durante varias décadas, pero pronto volvió a ser insuficiente para la creciente población, además, era endeble y contínuamente tenía que ser reparada. Fue entonces que se evaluaron varias posibilidades para un nuevo ducto, pero los años pasaron y fue hasta principios del siglo XVII, que el virrey Marqués de Montesclaros ordenó la construcción de un nuevo acueducto como los que se usaban en Europa. La ruta debía ser la misma, pues desde que la idearon los aztecas no existía mejor solución: partiría de los manantiales de Chapultepec en línea recta por una calzada llamada de la Verónica hasta la Tlaxpana, en donde toparía conmigo y concluiría en las afueras de la ciudad. Este ducto tendría una longitud de cuatro millas, por eso hubo que conseguir una enorme cantidad de dinero.

Para construir el nuevo acueducto vinieron varios hombres instruidos con sus ayudantes. Empezaron a tomarme medidas que anotaban en grandes hojas de papel. Por fin había quienes se preocupaban por mi figura, mi ancho y mi grosor. Como nunca antes me había sucedido algo similar y cuando le toman las medidas a una dama algo especial tiene que suceder, me sentí soñada, era yo alguien importante, cuando menos eso pensé. Me recorrían desde el puente de la Mariscala hasta la Tlaxpana, discutían, y regresaban de nuevo. Luego medían el tramo rumbo a Chapultepec y vi que seguían más arriba, hasta los manantiales de Santa Fe. El motivo de ese recorrido era un nuevo diseño, muy innovador, de doble ducto; en la parte inferior debía correr el líquido proveniente del bosque, al que llamaban agua gorda. Por arriba fluiría el agua delgada que venía desde Santa Fe. Yo estaba muy emocionada con esta primicia, pues era sin duda una idea novedosa.

Pegado a la atarjea por donde seguía fluyendo el agua, me empezaron a horadar, me abrían tremendos boquetes anchos y profundos; escuché decir que era la «cimentación», pero vayan ustedes a saber. Lo que sí puedo asegurarles es que quedé cacariza un buen rato. Luego trajeron piedras —pero ¡qué cantidad de piedras!— que iban acumulando por todas partes, lo mismo que los ladrillos, miles de ladrillos. Al fin, empezaron a levantar el muro.

Cuando vi cómo lo hacían me pareció tonto e infantil que quisieran ahorrar material, pues en vez de levantar el muro entero de soporte para el ducto como yo sabía que debía ser, iban dejando un hueco tras otro y para que no se les cayera encima lo que iban construyendo, colocaban un armazón de madera con forma redonda. A mí me comían las ansias para que llegara el momento en que quitaran el soporte, pues pensaba que toda su obra se vendría abajo con gran estrépito. Después de algunos días quitaron los palos y no pasó nada, como si se tratara de un milagro, el hueco se sostuvo. Creí que habían tenido mucha suerte, pero con el siguiente tramo fue igual. Todo quedó en pie. Esa fue la primera vez que vi unos arcos. Yo estaba maravillada, ¡era imponente!

Como el abasto de agua hacia la ciudad no debía interrumpirse, hicieron la construcción con gran ingenio. La mole de piedra y ladrillo de cinco metros y de casi siete metros entre arco y arco, fue creciendo lentamente. No cabe duda de que al ojo del amo engorda el caballo. El virrey, marqués de Montesclaros estuvo muy pendiente del avance. Con frecuencia llegaba con un grupo de jinetes, sus colaboradores, daba instrucciones, alababa a los aplicados y apuraba a los rezagados. Pero aún así no vio terminada toda la construcción.

Tuvieron que llegar e irse dos virreyes más y fue con el marqués de Guadalcázar que se pudo concluir esta portentosa obra y, claro, la ciudad quedó endeudada por largo tiempo.

El acueducto quedó terminado y su certificado de nacimiento, grabado en piedra, consignaba la fecha de 1620. Al paso de tantos años de construcción yo me acostumbré a su presencia, distinta del anterior, pues éste, con tantos arcos ondulantes, era robusto, fuerte y hermoso. Hicimos buenas migas, y un buen día —aunque ustedes no lo crean— el hermoso acueducto me sorprendió requiriéndome de amores.

No lo rechacé ni le di el sí, le dije que lo pensaría, a fin de cuentas no era una cualquiera que se entrega a la primera. Lo evalué durante un tiempo y sabía que había un inconveniente, yo era mucho mayor que él. Pero él era interesante con su doble conducción y hermoso de líneas serpenteantes. Accedí. El acueducto y yo formamos una feliz pareja. Fuimos inseparables en las buenas y en las malas, con sol y con granizo, con viento y en sequía. Cuando la gente mencionaba a uno, se sobreentendía que incluía al otro.

Como era lógico que sucediera, tuvimos una hija. Nació una hermosa fuente aquí mismo, en donde estamos, en la Tlaxpana, en donde el agua torcía su trayecto. Era preciosa, de piedra tallada en toda su altura, mostraba la estatua de Carlos V, el águila bicéfala y, entre otras esculturas, unos ángeles tocando la viola y la mandolina, y en bajorrelieve lucía esculpido el escudo de la ciudad. El pueblo la bautizó como la Fuente de los Músicos y yo me sentía orgullosa de mi hija, toda una obra maestra de arquitectura y escultura.

Al final del acueducto, frente a la casa llamada de la Mariscala, no se edificó ninguna fuente, como era la tradición.

Quién sabe si se les acabaría el dinero, o la inspiración, o ambas cosas, pero en lugar de hacer una escultura representativa que rematara tan grandiosa obra, lo único que hicieron fue una caja de agua, y punto. Solamente una placa colocada sobre la pila daba fe de este enorme esfuerzo.

El sitio en donde se edificó la capital de la Nueva España tenía ventajas, era fácilmente defendible, pero también tenía un gran inconveniente, era muy insalubre. Todos los deshechos eran vertidos en los canales que surcaban la ciudad, los cuales carecían de un flujo natural y despedían un fétido olor. La situación mejoraba en época de lluvias cuando los ríos descendían por las faldas de los montes al Oeste, y arrastraban las inmundicias hacia el lago. Pero cuando éste crecía, las aguas negras penetraban en la ciudad, inundándola, permaneciendo hasta meses en tales circunstancias. Así, desde el principio de la nueva ciudad, la zona oeste, en dirección hacia Chapultepec y Tacuba, fue la preferida por los nuevos habitantes porque estaba lejos de la parte insalubre. Éstos eran mis rumbos.

Por eso siempre he presumido de esa zona verde, saludable, en donde soplaba un aire benigno, donde crecían los ahuehuetes, los pinos, oyameles, pero sobre todo las flores. En la ribera de los ríos, como el río de Los Remedios, río de San Joaquín, o el de Santa Fe, brotaban las dalias, llamadas acocoxóchitl en tiempos mexicas, el amaranto, o huautli, mirasoles, nardos, y tantas otras florecillas que adornaban los campos, sobre todo en época de lluvia. Los nuevos pobladores trajeron nuevas especies. Las que más me gustaron fueron las rosas que además de poner un tono más en la avalancha de colores que me cubría, me llenaron de una dulce y perturbadora fragancia.

Los alrededores de la Tlaxpana eran saludables y como aquí la atarjea torcía hacia el centro, se tenía la posibilidad de regar sembradíos con buena agua. Cortés, sabedor de esto, se adjudicó aquí unas huertas y mandó erigir un hospital para leprosos, con su ermita y casa anexa. El capitán no fue el único, a muchos de los conquistadores y primeros habitantes les fueron repartidas huertas en los alrededores de esa zona.

El amigo y conquistador Gonzalo de Sandoval tuvo aquí su plantío, lo mismo que Juan Jaramillo, el marido de La Malinche. Por eso, no es de extrañar que el nombre de «las huertas» haya perdurado durante siglos por estos rumbos. En mi alrededor, en donde antes sólo había pantanos de agua salobre, surgió el verdor de los cultivos, incluyendo desde luego el del trigo. En las márgenes de los ríos se instalaron los molinos para este grano.

El hospital que mandó erigir Cortés se llamaba San Lázaro. Para mí éste fue el primer hospital de la ciudad pues se construyó entre 1521 y 1524, pero mi hermana, la calzada de Ixtapalapa, insiste que ese mérito le corresponde al Hospital de Jesús, sobre San Antonio Abad, fundado casi al mismo tiempo. Debo admitir que como *mi hospital* fue demolido y erigido años después en el otro extremo de la ciudad, no tuvo un funcionamiento continuo como el de Jesús —también llamado hospital del Marqués—, pero bueno esta es una discusión algo necia.

Se preguntarán por qué fue destruido el hospital si lo acababan de construir. Resulta que en 1528, Carlos V le ordenó a Cortés ir a España y durante su ausencia arribó Nuño de Guzmán, quien encabezaba a la primera audiencia y era un enconado enemigo del conquistador. Un día llegaron a la Tlaxpana unos soldados enviados por él y comenzaron a destruir la casa y las huertas de Cortés; no contento con esto, De Guzmán tuvo a bien mandar demoler el hospital de leprosos y su capilla adjunta. Sí, así como lo leen, yo no podía creer lo que estaba pasando, mucho menos los enfermos que, aterrorizados, pidieron explicaciones y lo único que obtuvieron fueron acusaciones: decían que ellos contaminaban el agua de la atarjea y enfermaban a toda la ciudad. Y así, sin más, los leprosos quedaron desamparados y en la calle. Al poco rato, en donde habían estado las huertas del conquistador, Nuño de Guzmán mandó eregir una suntuosa casa de campo. ¡Qué mal bicho este señor!, pero bueno, el punto es que así de solicitados eran los alrededores por donde pasaba el acueducto, pues una vez obtenida la «merced de agua» se podían obtener excelentes cosechas.

Me enteré que mientras Nuño de Guzmán hacía todos estos desmanes, en España Cortés recibió el título de marqués del valle de Oaxaca y se casó con una dama de alcurnia, obteniendo así la nobleza que siempre había anhelado. Pero ya me estoy desviando, así que regresemos a la historia del hospital.

El benemérito médico Pedro López, persona noble de corazón, doctorado en 1553 en México y de quién les contaré mayores detalles más adelante, se apiadó de los leprosos y reconstruyó el hospital, adosado a una sencilla iglesia. Para la ubicación del sanatorio escogió, ni más ni menos que mi extremo opuesto, en el mero límite oriental de la ciudad, así no habría pretextos de contaminación. Aquí se siguieron atendiendo a los leprosos, los «comidos por el mal del demonio», calamidad también llamada «la terrible dolencia de Satán». Más adelante, la santa Inquisición instaló un quemadero frente al hospital, aunque destinado exclusivamente a los condenados por prácticas homosexuales. Igual que en otros rumbos, del hospital y la iglesia de San Lázaro derivó el nombre a toda esa zona en donde hoy se ubica el Palacio Legislativo.

No se desesperen que ya mero termino de contarles los hechos de este lugar y seguimos nuestro camino.

A principios del siglo XIX los extranjeros que vivían en la ciudad de México, entre ellos varios protestantes, habían aumentado. Como los reformistas no podían ser enterrados en sitios sagrados como iglesias, conventos o atrios, se decidió crear el Cementerio Británico a petición del representante de ese reino. Para evitar conflictos con la curia, se accedió a que fuera construido a extramuros, es decir, en las afueras de la ciudad, o lo que es lo mismo, en el campo. Sí, fue al cementerio de la Tlaxpana al que Lucas Alamán declaró, mediante un decreto, como territorio británico. Allí enfrente, esa hermosa capillita sobre mi acera, construida con tezontle, es lo último que queda de él. Los protestantes de otras nacionalidades fueron sepultados aquí.

Fue también en la Tlaxpana donde se efectuó el epílogo de la guerra de 1847. Después de que el ejército norteamericano ganó la batalla del Molino del Rey, una enorme cantidad de soldados con uniformes azules pasaron sobre mí con dirección al Zócalo. Los conocí cuando iban al ataque. Al terminar la guerra, habían muerto 750 oficiales y soldados norteamericanos. Para darles cristiana sepultura se estableció un panteón militar americano junto al inglés y fue gracias a esto que presencié una procesión muy distinta a las que conocía. No hubo oraciones ni cantos ni música sacra sino una banda de guerra que tocaba ritmos marciales. Los americanos me recorrieron hasta este sitio, acompañando a los caídos a su última morada, quienes fueron sepultados con himnos solemnes. Y entonces se armó una bronca. Católicos fanáticos pusieron el grito en el cielo porque no estaban de acuerdo con que algunos soldados, que eran protestantes, fueran sepultados en lo que consideraban tierra bendita, ni aún en las afueras de la ciudad. No supe en qué terminó la diatriba, pero a los muertos los dejaron descansar en paz. Cuando puedan asómense al cementerio, es pequeño, pero está muy bien cuidado.

Antes de seguir caminando, ¿tienen alguna duda? Sí, ya me lo imaginaba, ¿qué dónde están el acueducto y la fuente?… ¡Ay!, me duele cada vez que viene a mi memoria ese recuerdo tan triste. Aunque me pesa, les contaré. Nada es eterno.

Lo que en tiempos remotos había sido un lago en el lado oeste de la isla de Tenochtitlan se secó. Primero fueron pantanos, luego tierras que se repartieron y —algún día tenía que suceder— surgió una nueva línea recta hacia la ciudad. Yo no la vi, pero me contaron que desde el bosque de Chapultepec hasta la garita de Belén se había trazado una amplia vía con una simple atarjea que también llevaba agua hacia la ciudad. Esta situación duró muchos años, hasta que en 1711 ampliaron el camino, al que nombraron como avenida y encima edificaron 904 arcos… sí, otro acueducto. ¡Cómo me dolió saber que ya no era yo la única!

Yo sabía que al crecer la ciudad debían hacer otras rutas y caminos que serían mis contrincantes. Lo sabía, así que no fue esto lo que me molestó. Lo que me dio coraje fue que a mi adversaria sí le construyeron una hermosa fuente con esculturas y decoración al final de su trayecto. ¿Porqué a ella sí la adornaron y a mí me dejaron con mi pila rascuache? Me inundé de tristeza.

Me dolió saber que mis facultades menguaban, que mis encantos ya no tenían —ahora menos— el atractivo de antes y que mi rival era la preferida. Lloré, pataleé, grité, rechiné de rabia, y me invadió una terrible pena, de esas que ahora llaman depresión. Me negaba a aceptar la realidad. Busqué a mi hermana menor, la Tepeyac, pero no me podía ayudar porque ella siempre fue pobretona. La otra, la Ixtapalapa, aunque nunca alcanzó el lustre mío, sí tuvo bastante importancia, al albergar desde un principio al famoso Hospital de Jesús y más adelante a la vasta estancia de los condes de Calimaya.

A ella le conté mi angustia, le dije que el agua también llegaba a la ciudad por esa avenida de Chapultepec. «Sosiégate, hermana», me dijo, «no podemos quitarnos ese olor a ranciedad que traemos adherido, pero igual ese mismo aroma es nuestro encanto, nuestra gracia irrepetible.» Luego me preguntó: «¿Aguantas que te diga una verdad, aunque te duela?» «Dime, al fin nada puede sacarme de mi melancolía», le contesté. «Pues debes saber que lo que más te afea es tu marido.»

Al escuchar esto me quedé perpleja. ¿Mi consorte era el culpable de mi desgracia? ¡Eso era imposible!, por eso le dije a la Ixtapalapa que no la entendía. «Pues basta con que abras los ojos para convencerte. El acueducto es un estorbo, impide la vista, es un obstáculo para cruzarte, no deja libertad de paso» y enumeró no sé cuántas cosas más; me dolía el alma con cada palabra. Era como si me hubiera clavado una afilada barreta o varilla. Después de un tiempo pude comprenderlo. Era cierto y para colmo de males, no había remedio. Para bien o para mal estaba irremisiblemente unida al acueducto y ahora tenía que aguantarme porque él era mi esposo. Durante siglo y medio habíamos sido de primerísima importancia, él había sido el acueducto que surtía a la ciudad y yo la única vía que lo soportaba, éramos indisolubles.

Acepté que mi esposo estaba deteriorado, pero me quedó el consuelo de la fragancia de mi hija, la fuente de la Tlaxpana. Nuestro matrimonio duró más de doscientos años pues un día a él le llegó la hora, lo atacó la gangrena. Ya antes se había enfermado, varias veces tuvieron que sustituirle algunos arcos, le hicieron cirujías y trasplantes, pero se recuperaba muy bien. Sin embargo, en 1852 comenzó con esa espeluznante gangrena y fue por eso que alguien mandó demolerlo. Primero le amputaron el tramo que va de la Mariscala a San Fernando, años más tarde lo dejaron hasta la garita de San Cosme, y así siguieron, de a poquito, hasta que desapareció. Nada quedó, sólo yo le guardo el recuerdo. ¿Qué le provocó la gangrena? Esa terrible enfermedad que se llama modernidad.

Y bueno, todos saben que las desgracias pocas veces llegan solas y esta vez no fue la excepción. Una persona que se hacía llamar «arquitecto de la ciudad», Antonio Torres Torrija, tuvo a bien mandar destruir la Fuente de los Músicos, sí, a mi niña, mi consentida. Este señor no sólo me agredió a mí, sino al arte, la historia y el buen gusto, ¡cómo podía echar abajo esa fuente que era mi más exquisito adorno, la corona que me embellecía, piedra de mi piedra! Y no sólo yo pensé esto, pues escuché cómo un cronista de la ciudad se quejaba: «Con ese criterio no sé cómo no tumbó la catedral».

En cambio, la Chapultepec tenía su reluciente fuente, sí, esa que llaman Salto del Agua. ¡Como si el agua saltara, pero que ignorancia! El agua cae, cae solita, no salta. En fin, de golpe y porrazo quedé viuda y sin descendencia. No quedó nada, nada de nada, ninguna piedra que hiciera recordar mi pasado glorioso, ningún agradecimiento por haber soportado el abastecimiento a la ciudad con agua limpia durante siglos. *Sic transit gloria mundi.*

Sigan adelante, los alcanzo allá, en San Cosme, donde cambia mi nombre.

## SAN COSME

Conforme la ciudad fue creciendo, se ampliaron sus límites. Inicialmente la urbe llegaba hasta el puente de la Mariscala. Después durante muchos años se consideró que terminaba en el tianguis de San Hipólito y este límite luego se desplazó hasta aquí, en donde estaba la Garita de San Cosme, una de las doce entradas que tenía la ciudad, mismas que se cerraban durante la noche. Todas estas entradas desaparecieron, y hoy sólo vemos el mercado y la iglesia de San Cosme y San Damián, pero en la época virreinal se consideraba a San Cosme como uno de los sitios más apartados de la ciudad.

En estos predios los padres franciscanos, conocidos vulgarmente como los Descalzos, fundaron el hospicio y convento de San Cosme en 1581, que sirvió de hospedaje a los religiosos que iban a las Filipinas. Para la erección de la parroquia, un generoso benefactor donó la huerta y casa que tenía contiguas al hospital, pero falleció al poco tiempo de iniciada la construcción y nadie más se interesó en continuar la obra hasta que ocurrió algo insólito.

Un noble caballero, recién venido a México, caminaba sobre mí con amplios pasos acelerados, pues el cielo se había cubierto de nubes negras. Al poco rato se desató un terrible aguacero, de esos que hacen época. Como no había en los alrededores ninguna casa en donde resguardarse, el apresurado caballero llamó a las puertas del convento. Los monjes le dieron albergue durante la noche, y compartieron con él sus escasos alimentos. El agradecido hombre, el capitán don Domingo de Cantabrana, nunca olvidó ese acto de amor al prójimo y ofreció levantar a su costa la iglesia dedicada a Nuestra Señora de la Consolación, cuya milagrosa imagen está colocada en el retablo mayor. Pero este nombre, como el mote de Los Descalzos, cayó en el olvido y la gente siguió llamando a la iglesia San Cosme y San Damián. En uno de los muros laterales que dan al presbiterio del templo, estuvo colgado un cuadro con la representación de San José, debajo del cual están de rodillas algunos religiosos con tres seglares, uno de ellos es el protagonista de esta historia.

Hoy el templo ni se ve, está escondido detrás de los muchos vendedores. Del convento no queda nada, fue convertido en cine, pero el atrio aún retiene su encanto espiritual que incita a la oración y la meditación.

## La Casa de Mascarones

Ahora atraviésenme y quédense frente a una construcción que se aparta de lo tradicional mexicano. No es muy vistosa porque es de color negro, pero al observar de cerca el frente me darán la razón. Es una casa muy especial, la excepción a los notables edificios que se encuentran concentrados en lo que la gente llama el Centro. La fachada es singular por el estilo churrigueresco del frente y sus patios. Todos los que la ven se maravillan de su diseño y se asombran de que siga en pie después de tanto tiempo. Que esté tan alejada de lo que fue el núcleo español se debe a que su dueño al adquirir este solar quiso edificar una casa de campo.

Corría el año de 1562 cuando el conde del valle de Orizaba, el que también era dueño de la Casa de los Azulejos, compró el lote en una zona que era conocida por ser saludable, alejada de las inmundicias de la ciudad y del salitre del lago de Texcoco. No es que aquí el agua circundante fuese bebible, no, seguía siendo salobre, pero los ríos que bajaban de las montañas que rodean el valle por la parte oeste, ayudaban a bajar la salinidad. Un heredero suyo gastó más de cien mil pesos en realizar esa idea de una casa de campo, pero la muerte lo alcanzó antes de que lograra su objetivo.

Al fallecer el fastuoso conde, quedaron sin tallar muchas piedras de los zaguanes y del frontispicio, además, el caserón quedó deshabitado por decenios a causa de un juicio eterno.

En razón de su curiosa fachada, el pueblo le puso el nombre de «Mascarones». Tuvo varios dueños, incluso fue colegio jesuita. En esos tiempos se destruyeron sus magníficos corredores de columnas de mampostería, y el techo de sólida viguería de cedro tuvo que ser reemplazado. Por fortuna aún queda una semblanza de lo que se planeaba que fuera una casa de campo en la época colonial.

## INSURGENTES Y EL TÍVOLI

En nuestro camino rumbo al Centro nos toparemos con la avenida de los Insurgentes, a quien no puedo ver ni en pintura.

Ella y el paseo de la Reforma son los causantes de mi desgracia, de mi muerte lenta y casi inevitable. Ambos son mis enconados enemigos, quienes me han desplazado de mi primerísimo sitio.

A la Insurgentes la hicieron en dos partes, primero hacia el Sur para unir los nuevos asentamientos llamados «colonias», como la Roma o la Condesa, que habían surgido poco a poco. No contenta con esto, siempre altanera y ambiciosa, la Insurgentes también comunicó a los pueblos de Mixcoac y luego al de San Ángel. Nadie reclamó pero yo sé que fue un descarado atentado en contra de lo que era la auténtica ciudad de México. ¿Qué tenían que hacer esas «colonias» o pueblos alejados con nuestra queridísima y tradicional traza? Nada más lo transtornaron todo.

Ni el Paseo ni la Insurgentes sabían ni entendían lo que había sido nacer de un pantano, crecer de camino de tierra a empedrado, evolucionar hacia el adoquín. Los dos son unos arribistas, unos consentidos que nacieron con cemento, asfalto, calles anchas a sus alrededores, parques y qué sé yo cuantas modernidades como tuberías, drenaje y luminarias.

Será mejor que caminen más rápido. Me irrita hablar de este par. ¡No, esperen, esperen!, casi lo olvido. Tanto me altera hablar de la Insurgentes que casi me olvido del Tívoli.

En los alrededores donde nos cruzábamos la Insurgentes y yo, hubo amplios terrenos donde se fincaron parques de recreo. Yo cobijaba dos de los tres sitios de diversión que había en la ciudad. El más grande y conocido era el Tívoli de San Cosme, el otro era el Tívoli del Eliseo, ubicado en Puente de Alvarado, y el Petit Versalles que estaba sobre la calzada de la Piedad, y que carecía de la clase que tenían los míos.

El Tívoli de San Cosme era un enorme parque donde abundaban los fresnos. Las sombras de estos grandes árboles cobijaban prados y jardines, surcados por veredas flanqueadas con rosales y hortensias de pálidos colores. Los caminitos subían y bajaban colinas para llegar a estanques y fuentes. En medio de los prados estaban los cenadores y quioscos con mesas cubiertas por almidonados manteles que invitaban a degustar los excelentes platillos creados por afamados chefs, muchos de ellos alumnos de la alta cocina francesa.

La sociedad mexicana celebraba aquí bautismos, bodas, aniversarios y todo tipo de acontecimientos importantes. La música que amenizaba esos festines se escuchaba desde lejos. Los acordes de las guitarras y del salterio competían con el canto de las aves y delataban el buen gusto de los comensales; aunque, también, cuando el exceso de la bebida hacía sus estragos, era común que aflorara la escasa educación de algunos paseantes.

En este parque también se ataban y desataban las alianzas políticas, se tramaban los apoyos incondicionales y las traiciones. Pero, sobre todo, era el lugar preferido de los enamorados. Las dulces palabras fluían más libres y tenían mayor efecto en estos encantadores parajes. Las declaraciones de amor se escuchaban mejor detrás de los arbustos, o escondidos entre prados, donde el aroma de las flores creaba el ambiente propicio y el leve murmullo de las fuentes y de los múltiples trinos eran la mejor comparsa. Aquí escuché las más hermosas canciones y me deleité con los versos más cursis que uno puede imaginar.

Había también un quiosco que era particularmente especial. Soportado entre dos robustos fresnos, a unos diez metros de altura, estaba montado el «Cenador de Robinson», como le llamaban, que bien podía albergar a una comitiva de veinte personas. El acceso era por una larga escalera, que fue un gozo para los muchachos, pero un suplicio para las personas mayores. Para agilizar el servicio de los meseros, se instaló una polea, mediante la cual se izaban las viandas.

Ahora sí, dejemos atrás a la Insurgentes.

A partir de aquí me llamo Puente de Alvarado en virtud de uno de los mitos de la Conquista que se han perpetuado en la imaginación popular. Sí, yo sé que Cortés no quemó sus naves, que tampoco lloró debajo del famoso árbol de Popotla y que Moctezuma no recibía a diario pescado fresco de Veracruz, ni Pedro de Alvarado, durante su huida en la Noche Triste dio un descomunal salto apoyado en una lanza para librar una zanja ancha y profunda.

Sí, así como lo escuchan, coincido con los cronistas e historiadores que afirman que ese salto nunca se realizó. A mí me consta el tamaño y la profundidad de las zanjas que tuve en mis años mozos, y un salto como el aludido era imposible. Sin embargo, la leyenda persiste, a los ingenuos forasteros se la cuentan con lujo de detalles. Lo que sí existió durante siglos en este lugar fue una acequia, profunda y apestosa, que la gente cruzó durante décadas a través del puente que le dio nombre a ese espacio.

## BUENAVISTA

Sobre mi acera sur en ese tramo con nombre de conquistador hay un amplio y elegante palacio admirado por propios y extraños. El nombre con el que se conoce a este edificio es palacio del conde de Buenavista, opulento título de nobleza y alcurnia que se ha extendido a la amplia zona que la rodea. En efecto, calles, edificios, parques, todo por aquí se nombró con el fastuoso apellido de Buenavista. Pero más sabe el diablo por viejo que por diablo, y yo, que tantos siglos he vivido, les puedo relatar la verdadera historia del palacio.

Originalmente en ese sitio estuvo una morada lujosa, distinta de la que hoy vemos. Fue mandada a construir por una rica señora de nombre María Josefa Rodríguez de Pinillos, sucesora y heredera del conde de Selva Nevada y por eso la casa se conoció como la Casa de la Pinillos. Esta dama se casó con un plebeyo y al enviudar le quedaron dos hijos, una mujer y un varón. Como la mayor era la mujer, heredó todos los bienes. En vista de que el hijo no podía tener acceso a las pertenencias de su hermana, la benévola madre le compró un papel que lo acreditaba como Conde de Buenavista. Además, para darle lustre a este flamante condado, doña María Josefa le regaló al hijo una buena hacienda por el rumbo de Chalco y mandó reconstruir con el mejor arquitecto de la ciudad, don Manuel Tolsá, la casa que ella habitaba. Tolsá desplegó todo su arte en las líneas del nuevo edificio, que es y seguirá siendo un excelente ejemplo de la arquitectura neoclásica. Vale la pena que se detengan un rato a admirar este patio único por su forma y armonía.

Enfrente del palacio de Buenavista había una amplia zona deshabitada por lo alejada que quedaba de la ciudad. Sin embargo estos llanos tenían buen acceso, pues yo los comunicaba de manera directa con el Centro o con Chapultepec y sus alrededores. Por estas razones, cuando hubo que elegir el sitio que albergaría a la futura estación del ferrocarril, se seleccionó esta área y la terminal recibió el nombre de Buenavista, que fue la primera y sería la más famosa de toda la República, la que recibió trenes de todo el país y hasta del extranjero.

Al salir de la estación, los viajeros tenían la enorme comodidad de encontrarse conmigo, una ancha calzada que los conducía directamente al centro de la ciudad. Sobre mí anduvieron miles y cientos de miles de viajeros con su equipaje para tomar el tren; en igual cantidad los conduje a su destino después de haberse apeado. Años después fue la metiche de Insurgentes la que recibió esos honores, pues la construyeron juntito a la estación. Mejor sigamos caminando.

## SAN FERNANDO

En 1731, la ciudad había crecido a tal grado que cuando llegaron de Querétaro unos padres franciscanos, llamados fernandinos, no encontraron espacio para establecer su convento cerca de la ciudad. No tuvieron que ir tan lejos como San Cosme, pues a corta distancia de San Hipólito lograron fundar una ermita y, poquito después, un hospicio al que llamaron San Fernando. Los fernandinos estaban dedicados a la expansión religiosa, sobre todo en el norte de la Nueva España.

A los pocos meses de su llegada se les otorgó el permiso para levantar la iglesia, justo cuando el estilo churrigueresco empezaba a dominar las construcciones. Al terminarla resultó ser una de las más preciosas de la ciudad. Tenía una fachada hermosa, aunque lo sobresaliente era su torre de un diseño muy particular. El interior estaba colmado de retablos, con excelsas tallas doradas. La iglesia bullía de columnas estípites. Junto al templo se estableció un convento y cementerio. El claustro del convento fue decorado con preciosas pinturas. Su biblioteca era una fuente de sabiduría. Los fernandinos vestían hábitos grises muy amplios y burdos. Emprendieron penosos viajes para convertir a las tribus salvajes, catequizaron en Texas y California, y más de uno de ellos fue martirizado y crucificado. Se sostenían únicamente con las limosnas que recolectaban y los ingresos que les producía el cementerio.

Ahora que menciono el cementerio de San Fernando, debo confesarles que durante un tiempo fui conocida como la «calle de los panteones». Para nada me gustó ese mote que me relacionaba con los difuntos, pero qué le va uno a hacer, es el precio que se paga por ser amplia y conocida por todo el mundo. Esta fama comenzó gracias a la Santa Veracruz, que como quedaba fuera de la traza española, a partir de ahí y hacia el Oeste se establecieron varios cementerios. Los cofrades de la Santa Veracruz tenían el privilegio de poder ser sepultados en el camposanto adyacente. También el templo y hospital de San Hipólito tenía su panteón. Luego estaba el cementerio de San Fernando, y hacia el Norte el de Santa Paula. En 1871 se dispuso cerrar todos aquellos que aún quedaban dentro de la ciudad, que entonces llegaba hasta la garita de San Cosme, de la que ya les platiqué.

Con esta disposición, también el panteón de San Fernando quedó clausurado pero, lo que son las cosas, al año siguiente se celebró con gran pompa un entierro más —aseguraban que ahora sí sería el último—, el del presidente Benito Juárez. Pero en este sitio no sólo se encuentran los restos de varios presidentes de la República, también descansan los de hombres sobresalientes tanto en las armas como en las artes.

Por mencionar sólo algunos, les diré que en estas tierras reposan el general don Vicente Guerrero y don Ignacio Comonfort. Entre los múltiples militares están algunos acérrimos enemigos en vida como los conservadores Tomás Mejía y Miguel Miramón —aunque años después los restos de este último fueron trasladados a la catedral de Puebla— que combatieron junto a Maximiliano de Habsburgo y los liberales Leandro Valle e Ignacio Zaragoza. También están ahí las tumbas de don Melchor Ocampo y Francisco González Bocanegra, quien, por cierto, en vida fue mi vecino. También estuvo por estos lares don Miguel Lerdo de Tejada, el controvertido autor de la famosa ley de desamortización de bienes eclesiásticos, antes de que lo trasladaran al Panteón Francés. Pero sigamos adelante, que mi historia se pone interesante.

## SAN HIPÓLITO

A principios de la Colonia, el edificio religioso más importante de la ciudad, después de la catedral, era el de San Hipólito. Recién conquistada Tenochtitlan, sobre mi acera norte, se erigió la ermita de los Mártires. Esta fue la primera construcción religiosa de la ciudad, levantada en remembranza de los españoles que fueron sacrificados durante el sitio de la capital azteca. El lugar elegido fue la orilla de la fatídica cortadura, donde durante la huida de la Noche Triste perdieron la vida cientos de soldados españoles.

En remembranza de este suceso, frente a la ermita se erigió una capilla que se dedicó a San Hipólito, en conmemoración a la rendición de Tenochtitlan, ocurrida el 13 de agosto, fecha del aniversario del religioso. Por tal motivo este santo fue considerado por los conquistadores el patrono de la ciudad de México. Carlos V, mediante cédula real ordenó que «en aquella iglesia en cada año se hiciese conmemoración de las ánimas de los que allí y en la conquista de la tierra habían muerto».

Desde luego, fue con el paso de los años que se construyó el amplio templo que aún subsiste. Lo particular de este templo es que sus torres están giradas respecto a su eje. Por cierto, hasta hace pocas décadas le construyeron la segunda torre. ¿El motivo? Me parece que San Hipólito, lo mismo que yo, muy viejos los dos, hemos caído en el olvido, aunque también es cierto que cada día 28 de mes sufro y gozo. Sufro por las pisadas de los miles de devotos de san Judas Tadeo que llegan a San Hipólito y bloquean el tránsito. Pero también disfruto con estas aglomeraciones, pues me hacen sentir que no estoy olvidada del todo.

Las muestras de fe a este santo son tan increíbles, que casi han desplazado al santo de casa. Sea quien fuere el milagroso, lo que sigue siendo un hecho es que este sitio es mágico. En este lugar, en donde cientos lucharon por su vida o murieron ahogados en donde al paso de los siglos se han levantado miles de plegarias, se siente una fuerza sobrenatural, una energía extraordinaria que nadie ha podido explicar, pues va más allá del entendimiento humano. Y si no me creen pregúntenle a la inmensa cantidad de fieles a los que el Abogado de los Imposibles ha hecho múltiples milagros.

¡Ay, no terminé de contarles el destino de los restos de

los mártires de la conquista! Pues bien, la pequeña ermita dedicada a ellos se deterioró lentamente, y en 1601, cuando se construyó la nueva iglesia de San Hipólito, ya estaba en un estado ruinoso. Aprovechando esta situación, los huesos de los conquistadores que ahí estaban enterrados fueron trasladados con toda solemnidad al recién construido templo.

Junto a la iglesia se construyó un hospital hacia 1567, que funcionaba a cargo de los Hermanos de la Caridad, conocidos también como hipólitos. Inicialmente aquí eran atendidos toda clase de enfermos, ancianos y locos, y poco después sólo eran aceptados los enfermos mentales.

En el amplio espacio frente a San Hipólito, ya desde los inicios de esta ciudad, se estableció un gran mercado, al que se conoció como el tianguis de San Hipólito. Aquí se hacía mercado los jueves y viernes; llegaban indios, españoles, mulatos, mestizos y negros de las poblaciones circunvecinas que me pisaban, me pataleaban, rodaban sobre mí y ensuciaban. Venían arreando animales, o montados en ellos, a comprar y vender, en los primeros años se daba el trueque. Muchos de ellos llegaban a pie cargando las mercancías sobre sus espaldas, sobre los animales o en carros tirados por éstos. Recuerdo que en los primeros tiempos, antes de que se secara la laguna, solían llegar en canoa.

Este mercado competía con el que se estableció en la Plaza Mayor por el fácil acceso que yo brindaba. No soy muy versada para los números, pero dicen que eran unas cien mil personas las que vendían, compraban e intercambiaban sus productos. Yo suspiraba aligerada cuando se retiraban, pero me dejaban toda clase de basura e inmundicias, y no pocas veces algunos hoyos y laceraciones.

Al oeste del tianguis se instaló una pequeña estructura, conocida como el quemadero de San Hipólito. Se le puso ese nombre para distinguirlo de otro quemadero, el de San Lázaro. El de San Hipólito estaba rodeado por una barda, sobre el piso se habían fijado postes de madera con argollas de hierro, a las cuales eran atados los hombres o mujeres que iban a ser incinerados, acusados por la santa Inquisición. En los autos de fe que se celebraban casi cada año eran sentenciados los reos cuyos juicios habían concluido. Para que sepan de lo que les estoy hablando, les voy a relatar mis vivencias con la santa Inquisición, aquella institución que quiso librarnos de herejes, blasfemos, luteranos, adúlteros, y toda aquella escoria de la sociedad.

## La santa Inquisición

Aunque oficialmente la Inquisición se estableció en la Nueva España hasta 1571, años antes los dominicos ya habían llevado a cabo los juicios inquisitorios; en 1528 se celebró el primer auto de fe y fueron quemados los primeros pecadores. Esa sentencia era la excepción. Por lo común, los acusados se «reconciliaban», es decir, reconocían sus faltas y solamente recibían un castigo de acuerdo a la gravedad del mismo.

Los primeros autos de fe se efectuaban en la plaza de Santo Domingo, o en la plaza principal y en la plaza del Volador, por eso yo me enteraba solamente de reojo, cuando me cruzaban las procesiones que llevaban a los condenados. Los dominicos los sacaban de la cárcel vestidos de acuerdo a los pecados que habían cometido, aunque no debían faltar la coraza, que era un alto gorro cónico, el sambenito, como se le llamaba a un saco burdo, con frecuencia pintado, y una vela verde en las manos atadas del culpable. Ataviados de esta manera, a los acusados los paseaban por varias de las calles y eran el hazmerreír de toda la población, en especial de los niños.

El sambenito debía ser portado todo el tiempo que señalaba la sentencia. Si la falta eran blasfemias u obscenidades, les ponían además una mordaza, si los pecados eran más graves, les ataban una cuerda al cuello. En la lista de las sentencias también figuraban los latigazos, que podían llegar hasta doscientos. A los infelices que les tocaba este castigo se les montaba sin camisa sobre un burro y en el trayecto a través de la ciudad recibían su castigo sobre las espaldas desnudas. Al frente de esta columna iba un pregonero que en voz alta informaba de las faltas cometidas; además lo debían acompañar varias personas para atestiguar que recibiera el castigo al cual había sido sentenciado. El pueblo, que abarrotaba calles y plazas, disfrutaba enormemente de estas procesiones, injuriando a los condenados, gritándoles, ofendiéndolos, desahogando así sus propias frustraciones.

Algunas veces el castigo era una peregrinación a pie, por lo general hacia lugares alejados, como el santuario de los Remedios. Las peregrinaciones hacia ese templo eran cosa común, pues allí se realizaban muchos milagros. Recuerdo muy bien el caso de un tal Gil González de Benavides, condenado a hacer ese recorrido dos veces con los pies descalzos, sentencia que debía cumplir en el lapso de tres días. Tengo muy presente su segundo trayecto, vistiendo el sambenito que bailaba alrededor de su esqueleto, pues a leguas se le notaba que casi no había comido. Tenía huellas de tortura y arrastraba los pies penosamente dejando manchas de sangre sobre mí. Lo acompañaron amigos para apoyarlo en los que probablemente iban a ser su últimos pasos, y algunos frailes dominicos que impasibles atestiguaban el cabal cumplimiento de la sentencia. Gil iba oprimiendo los dientes con una expresión de odio y rencor; su mirada, con los ojos ensangrentados, la tenía fija al frente, hacia el pueblo de Tacuba. Lo vi atravesar ese pueblo antes de perderlo de vista, cuando subió al cerro para llegar con la Virgen; luego me contaron que se le hizo el milagro de sobrevivir la tortura.

En 1528 fueron llevados al cadalso varios reos, en lo que fue un juicio sumamente severo, lo cual levantó quejas que llegaron a España. Fue tal el alboroto causado, que al inquisidor le fueron revocadas sus facultades. Me parece que la extrema severidad para atemorizar a los no creyentes, era cosa común, pues cuando el obispo franciscano Juan de Zumárraga fue nombrado inquisidor, los prelados dominicos perdieron el control de la Inquisición, pero más adelante a este personaje también le fueron cancelados sus poderes por haber actuado con demasiado celo. Aún no llegaba oficialmente el Tribunal del Santo Oficio, y a pesar de eso el número de reos condenados iba en aumento.

Para los autos de fe se construía un gran tablado, un enorme teatro diría yo. Los protagonistas eran los reos, y el resto del reparto eran las autoridades eclesiásticas y civiles de la ciudad, si alguno de estos se ausentaba sin una justificación, probablemente al siguiente año sería uno de los protagonista. Mientras que en la tribuna se reflejaba la constante disputa entre el clero y el gobierno. El orden en el cual debían ocupar sus asientos era riguroso, y los pleitos o quejas por incumplimiento eran remitidas a España, para ser juzgadas por el rey. A cada uno de los acusados le eran leídas sus faltas y la sentencia, y se les daba la oportunidad de reconciliarse. Si su actitud era positiva el fallo podía ser modificado en el último minuto.

Con todo y que la Inquisición es uno de los episodios más taquilleros de nuestra historia, debo explicarles que fueron pocos los herejes quemados vivos, pues solamente sufrían este castigo aquellos que hasta el último momento se rehusaban a cambiar sus creencias. Por lo general, una vez pronunciada la severa sentencia, el culpable era entregado a las autoridades civiles para su ejecución. Al llegar al quemadero se les ataba a los postes ahí clavados para «darles garrote», es decir, romperles el cuello tensando una cuerda. Posteriormente se quemaba el cadáver. También sucedía que los reos fallecían durante el juicio muchas veces a causa de las torturas. En esos casos, se incineraban sus restos. Cuando los sentenciados lograban huir se quemaban sus efigies realizadas en materiales combustibles.

Fue justo aquí, frente a San Hipólito, a donde trajeron a unos piratas que no quisieron aceptar la fe católica. Les darían garrote.

## Una historia de piratas

Un soleado día de 1568 escuché que las campanas de la catedral empezaron a tocar «de arrebato», enseguida las secundaron las de Santa Clara y no tardaron en acompañarlas las de la Santa Veracruz, San Juan de Dios, San Diego y todas las demás iglesias. Incluso la lejana San Cosme se unió al llamado de alarma. Ese toque era inusual.

Asustada, la gente salía de sus casas preguntando el motivo. Era extraño. Apenas unos días antes habían tocado «repiques», es decir, múltiples toques alegres que informaban de alguna buena noticia. Aquella vez habían dado a conocer del arribo de la nave Aviso a Veracruz que precedía a la lenta flota proveniente de España, y «avisó» que el nuevo virrey estaba a punto de llegar. Pero en este día soleado los toques anunciaban una calamidad.

Los pobladores caminaban de prisa sobre mí hacia la Plaza Mayor, los muchachos corrían para ser los primeros en enterarse. La noticia era preocupante: una flota de seis barcos piratas se había apoderado del puerto. Cundió el pánico entre los ciudadanos. Algunos se apresuraron a adquirir alimentos, otros fueron a esconder sus alhajas, pues aunque el mar quedaba muy lejos, las hazañas de los piratas eran inauditas e impredecibles. Pasaron tres días de congoja, al cabo de los cuales las campanas volvieron a sonar, pero esta vez «a todo vuelo».

Como pólvora corrió la buena nueva: el recién llegado virrey se había enfrentado a los piratas ingleses en una batalla naval y había logrado hundir casi todas las embarcaciones enemigas. Sólo dos cargadas de sobrevivientes, y que estuvieron a punto de zozobrar, pudieron escapar. Al nuevo gobernante, don Martín Enríquez de Almanza, se le preparó un gran recibimiento. Hubo festejos para celebrarlo como héroe, nos había librado de dos de los más temidos piratas, John Hawkins y Francis Drake.

Poco a poco nos enteramos de los detalles de la batalla naval frente a San Juan de Ulúa, de cómo el nuevo virrey, faltando a su palabra de honor, logró sorprender a los piratas y de este modo aniquilarlos. Como era de esperarse, los sobrevivientes, ingleses en su mayoría, juraron vengar la traición y el agravio. En esos días nadie podía imaginar que esa revancha iba a tener un costo político y militar de enorme trascendencia para España, pero esa es una historia que otros deben contarles.

El caso es que los dos barcos piratas que se fugaron iban tan llenos de sobrevivientes que era imposible que lograran atravesar el Atlántico, por lo que tuvieron que desembarcar a cien de ellos en los alrededores de Tampico. De estos desafortunados algunos murieron, otros lograron escapar de las autoridades y se escondieron en el vasto territorio de la Nueva España, y otros más fueron apresados y remitidos a la capital para ser juzgados. Fue así como trajeron presos a algunos de los corsarios sobrevivientes y los encerraron en el entablado de San Hipólito. A mí francamente no me parecieron tan horribles como se imagina uno a los furibundos piratas del mar. No infundían más miedo que los funestos soldados españoles.

Por una coincidencia, el Tribunal del Santo Oficio llegó dos años después, en 1571, para establecerse oficialmente. Una de sus prioridades fue juzgar a los corsarios luteranos, pues el rey Felipe II dio órdenes precisas para evitar a toda costa que las colonias se contaminaran con las nuevas ideas religiosas. La mayoría de los piratas ingleses eran anglicanos, lo que para la Inquisición equivalía a ser luteranos, o sea, herejes que había que exterminar en la hoguera.

A los piratas los pasearon por las calles principales y luego los llevaron sobre mis espaldas al cadalso. En su caminata escuché gritar al pregonero que los precedía: «¡Vean a estos perros ingleses luteranos, enemigos de Dios!». Los hombres que iban acompañando la procesión eran los inquisidores y los soldados de la Inquisición, a quienes se llamaba familiares. Éstos le ordenaban a los verdugos no tener compasión con los herejes y a castigarlos con más severidad. Se ejecutó la sentencia. Prendieron las piras.

Quisiera olvidar estas quemas, pero son un terrible recuerdo, una pesadilla nauseabunda que me persigue desde entonces. Ahora que les cuento vuelvo a sentir los movimientos adustos de los verdugos y escucho las órdenes de los familiares, seguidos por los gritos lastimosos y las vociferaciones del pueblo que aplaude y silba jubiloso. ¡Qué momentos tan terribles fueron aquellos!

Cuando todo terminó y la gente se marchó, una enorme pira despedía humos negros que esparcían un picante olor a carne, cartón y trapo por toda la comarca. Luego, las cenizas fueron arrojadas en una acequia o ciénaga situada detrás del convento de San Diego y al centro del quemadero quedó, como funesta advertencia, una gran cruz de madera pintada de verde, la insignia del poderoso Tribunal del Santo Oficio.

Ya estuvo bien de historias, mejor sigamos adelante.

## PASEO DE LA REFORMA

El cruce entre paseo de la Reforma y yo está justo aquí, entre San Hipólito y la Alameda, pero no siempre fue así, pues el Paseo no llegaba más allá de lo que se conocía como El Caballito. Esta estatua —que es la figura de Carlos IV— se encontraba en la confluencia de dos paseos, el de Bucareli y el de la Emperatriz.

La historia de este paseo de nombre glamoroso —¡uy sí, el paseo de la Emperatiz!— se remonta a los tiempos de la Intervención Francesa, aquellos años en los que, por segunda ocasión, hubo un emperador en México. Así como lo leen, el padre de este Paseo fue el archiduque Maximiliano, un hombre que con todo lo afable y educado que era, me caía mal. ¿Por qué?, pues porque él fue el culpable de que quedara en segundo plano.

En aquellos años ya había aceptado que la calle de Plateros —hoy Madero— y yo compartiéramos el cariño de la gente, pero cuando llegó este austriaco y mandó abrir, siguiendo unos diseños franceses, una amplia vía entre su castillo en Chapultepec y el Palacio Nacional, casi me infarto. No respetó nada, ni a mis canas. A la nueva avenida la hizo con el doble de ancho que yo tengo y para colmo la dedicó a su esposa, por eso se llamaba paseo de la Emperatriz.

Ya sé que no es bueno regocijarse con la desventura de los otros, pero cuando le quitaron ese pretencioso nombre y le pusieron un apellido común —Reforma en el lugar de Emperatriz— sentí que algo de mi honor había sido defendido. Pero el daño estaba hecho y fue así como, con una mano en la cintura, me hicieron a un lado y perdí de un zarpazo mi esplendor.

Cuando prolongaron ese paseo —ya en tiempos modernos—, tumbaron edificios a diestra y siniestra. La hostería de Santo Tomás se libró por un pelo de rana calva y no hubieran conocido este edificio en el que unos misioneros, llamados agustinos ermitaños, establecieron su albergue hacia

1660. Esta construcción se apegaba al clásico diseño colonial: tezontle, chiluca en los marcos y un entrepiso con balcones. No estaba coronado por pináculos, en cambio presentaba una interesante cenefa decorativa que comenzaba desde el suelo. Era sobrio a la vez que hermoso. Tanto el hospicio como la hostería servían para que los misioneros recuperaran fuerzas y meditaran sobre su apostolado en un ambiente adecuado.

## La Alameda

Más allá de este amplio cruce de avenidas se distingue el verdor de las copas de árboles que cobijan la Alameda. Este parque lo mandó a hacer el virrey Luis de Velasco, el Joven, que desde 1592 ordenó se hiciera una alameda «adelante del tianguis de San Hipólito» y, de hecho, el parque se diseñó al centro del mercado. Para cumplir las órdenes del virrey, de la villa de Coyoacán trajeron hasta mil álamos blancos, negros y alisos, con todo y sus raíces; también de Amecameca, Tlamanalco, Chalco y Ayocongo trajeron morillos. Estos álamos le dieron el nombre de Alameda.

El parque no resultó tan lindo como se esperaba. El suelo se inundaba periódicamente y la cercanía del tianguis, con la muchedumbre que acudía, y el paso del ganado que era llevado a pastar a las afueras de la ciudad, acabaron pronto con los álamos, que fueron sustituidos por sauces y fresnos. En vista de estas dificultades, a partir de 1597 se prohibió la entrada de ganado mayor y menor al jardín. Con el paso de los años, la Alameda fue embellecida con fuentes y se convirtió en el paseo público de la ciudad.

Yo me solazaba observando a los galanes, unos a caballo y otros en coche. También las señoras paseaban en sus carrozas, seguidas de sus esclavas que caminaban a su lado. Caballeros y damas presumían sus costosos trajes y vestidos y no faltaban —¡nótese de qué época estoy hablando!— los vendedores ambulantes que ofrecían a los paseantes grageas, dulces y agua para beber. Aquello era un coqueterío abierto aunque recatado, pues cumplía con las estrictas normas religiosas y sociales.

Pero no todo era miel. Los esposos, amantes o pretendientes vigilaban con gran celo cualquier acercamiento, recadito o alabanza que recibían sus queridas. Era común que las espadas o puñales estuvieran a punto de relucir para defender el honor de algún ofendido. Estos combates callejeros eran frecuentes y daban trabajo a los hospitales, dos de los cuales, por cierto, quedaban muy cerca de la Alameda, el hospital de Terceros, cruzando la acequia, y el hospital de San Juan de Dios, que estaba a un costado.

## San Juan de Dios

Frente al tianguis de San Hipólito se fundó la alhóndiga pública, también conocida como la Casa del Peso de la Harina, en donde se almacenaba la harina proveniente de los molinos situados en los márgenes de los ríos que bajaban por la vertiente oeste del valle. Esta casa fue trasladada rumbo al convento de la Merced, en 1582. Aprovechando esa situación, el doctor Pedro López, llamado el Padre de los Pobres, sí, el mismo del hospital de San Lázaro, consiguió que se cediera ese espacio para otro hospital.

Fue entonces que fundó aquí una ermita, hospital y casa de cuna bajo la advocación de Nuestra Señora de los Desamparados. Esta casa para niños huérfanos no sólo fue la primera en América, sino una de las primeras del mundo. Sí, por edificios como éste me siento orgullosa, aunque, como sucede con frecuencia, después de la muerte del benefactor el hospital se vino abajo por falta de fondos.

El templo quedó abandonado y fue hasta que llegaron los austeros y beneméritos religiosos de San Juan de Dios, —sí, sí, los juaninos— que se volvió a dar el servicio como Dios manda. Los religiosos tomaron posesión del hospital en 1624, y con la ayuda de mecenas y protectores edificaron una nueva iglesia, convento y hospital. De hecho, nunca perdió su nombre de Nuestra Señora de los Desamparados, pero siempre fue conocido como el hospital de San Juan de Dios. La portada de este templo es única, se distingue de inmediato, tiene una gran concha en la parte superior de la fachada que se abre para amplificar la voz.

Esta iglesia lució hermosos retablos churriguerescos, pero ocurrió otra calamidad. En 1766 alguien dejó caer una vela, otro no se fijó, y cuando se dieron cuenta, todo eran llamaradas, llanto y clamores alrededor. Corrieron por agua. A cubetazos y rezos combatían las llamas, pero de nada sirvió, en el interior sólo quedaron palos carbonizados. Me inundé de tristeza, pero al año siguiente reconstruyeron el templo y el hospital.

# La Santa Veracruz

Enfrente, apenas separados unos cincuenta pasos, está el venerable templo de la Santa Veracruz, cuya historia no debe ser olvidada, por eso se las cuento.

Aún no se terminaba la reconstrucción de donde estuvo alguna vez la capital azteca, cuando Cortés fundó una ermita a unos cuantos pasos de la acequia que marcaba el límite de la ciudad de los españoles. Allí se instaló la cofradía de la Cruz, para conmemorar el arribo al puerto de Veracruz, el Viernes Santo de 1519. Los cofrades fueron los conquistadores más encumbrados, quienes erigieron lo que para algunos es la primera parroquia de la ciudad, la Santa Veracruz, como se le conoció desde entonces. Cuando se terminó la construcción del templo, se colocaron las campanas dentro de una torre para incrementar el alcance del sonido, ese sonido al que poco a poco me acostumbré y que desde entonces marca las horas de mi vida. A la cofradía se unieron las personas más notables de la ciudad. Sus socios tenían la obligación de visitar y consolar a los condenados a muerte, incluso acompañarlos hasta el patíbulo, pues el quemadero de San Hipólito quedaba enfrente.

De hecho, en la capilla del templo conocida como de Nuestra Señora de la Misericordia, se asistía a los condenados durante sus últimas horas. En este templo se veneraba la imagen de un Cristo crucificado, a la que el pueblo nombró como el Señor de los Siete Velos y que según cuenta la tradición, fue obsequiado por Carlos V. También se había recibido un fragmento de la verdadera cruz, que subrayaba el nombre del templo. En la parte trasera de este recinto estaba el cementerio de los cofrades. ¿Que se ve muy bien para tener tantos años? Bueno, sucede que la construcción que hoy adorna mi acera es posterior, apenas fue bautizada en 1730.

Cada vez que admiro el conjunto de la Santa Veracruz y San Juan de Dios, ambos de forma semejante y dimensiones similares, uno frente al otro, se desborda mi fantasía. Me parece ver a dos venerables señores, con muchos años y vivencias encima, que conversan e intercambian opiniones sobre los recientes sucesos a su alrededor, y que se quejan porque los tiempos pasados fueron mejores. Si algún visitante se sentara en el encantador jardín que los separa y pusiera mucha atención al canto de las campanas, podría desentrañar ese diálogo que se filtra entre el murmullo de las fuentes.

## LA MARISCALA

Continuando unos pasos hacia el centro, se llega a un punto emblemático de esta ciudad, la Mariscala. Durante siglos, este nombre designó el espacio frente a la casa del mariscal de Castilla, que se ubicaba en mi acera norte, precisamente fuera del límite de la traza española, del otro lado de la acequia que corría de Tlatelolco a San Francisco, llamada de Santa Ana, en donde hoy corren miles de automóviles. La Mariscala era *mi* entrada a la ciudad.

La casa era enorme. En en el segundo nivel tenía un hermoso balcón que doblaba la esquina. Los marcos de las puertas y ventanas mostraban buen gusto sin ser opulentos. El interior de esta casa era hermoso. En sus salones lujosamente adornados se efectuaban los bailes y las celebraciones de mayor relevancia y a ellos concurrían los más talentosos, bellos e hidalgos de la sociedad de aquellos tiempos. De hecho, el mariscal y su esposa solían convidar a la pareja virreinal a disfrutar desde su hermoso balcón los famosos desfiles como el Paseo del Pendón, la conducción de reos al quemadero de San Hipólito y, por supuesto, las procesiones de la Virgen de los Remedios.

Este balcón y una serie de almenas que coronaban el edificio, hacían a la casa fácilmente reconocible. De hecho, todo lo que estaba a su alrededor recibió su apellido. Justo en esa esquina había un puente por el que se cruzaba la acequia. Y sí, el puente recibió el nombre de «Puente de la Mariscala», como también se llamó a mi tramo frente a la casa de referencia.

Allí terminaba el primer acueducto, en lo que algunos llamaban la Fuente de la Mariscala, que era una ridícula exageración para llamar a un simple recipiente cuadrado, una caja de agua.

El aspecto que tenían los alrededores de esa caja de agua en la Mariscala, me daba mucha pena, pues siempre estaban hechos un lodazal. No faltaba quien derramara el agua al bañarse a escondidas y además, aquí también saciaban su sed los caballos, mulas y reses que llegaban a la ciudad sobre mis espaldas, y, desde luego, los perros que merodeaban por estos rumbos citadinos.

También en esta «fuente» se congregaban los aguadores, quienes distribuían el líquido por la ciudad. Vestían un delantal de cuero y llevaban sobre la espalda el cántaro o la tinaja grande, sostenido por el mecapal. Este soporte que tradicionalmente estaba hecho de mecates, en el caso de los aguadores era de cuero. Los aguadores llenaban la tinaja en la caja de agua y caminando surtían a las casas. En la mano llevaban el chochocol, un cantarito que servía de medida para la venta callejera. Como los aguadores recorrían todo el barrio, eran conocidos y apreciados en todos los domicilios —en aquellos años era igual de desagradable quedarse sin agua—. Era común que la gente le invitara a los aguadores un taco al entregar su mercancía y en esos momentos era cuando se podían enterar de los chismes de la ciudad, o podían encargarle recados para los vecinos, muchas veces de amor.

Deben saber que el título de mariscal de Castilla fue instituido desde 1382, y que su labor era asistir y aconsejar al rey en todo lo concerniente a las guerras y campañas. Los caballeros con ese título que llegaron a la Nueva España tuvieron un papel importante durante el gobierno colonial. Esta familia poseyó grandes riquezas y desplegó siempre un lujo que igualaba, si no es que excedía, al de los condes de Santiago, modelo de la aristocracia mexicana.

A pesar de que he escuchado miles de chismes e historias en mis alrededores, nunca supe por qué el pueblo le puso a la casa el nombre de la Mariscala y no del Mariscal. Imagino que fue una mujer excepcional, de gran belleza o dote para que desde aquellos años y hasta el siglo xx se mantuviera su título. Hoy ya nadie se acuerda de la importancia de este lugar porque la casa ya no existe, pero quiero recordarles que desde este punto, en este crucero, parte la nomenclatura y la numeración de todas las calles de la ciudad. A que no sabían eso, ¿verdad? Pues bueno, sé que hago bien al recordarles esta historia.

Ahora tenemos que cruzar este, ¿cómo le pusieron? Ah, Eje Central, ¡pero qué horrible nombre, qué falta de fantasía!, supongo que no encontraron ninguno más primitivo. Poquito antes se llamaba Lázaro Cárdenas, quién sabe con qué justificación, pero no, no y no, durante siglos esta vía era San Juan de Letrán, lo fue durante siglos y su prolongación era Niño Perdido por una inolvidable leyenda, ¿o sería verdad lo del muchacho ese? Ay, qué pena me da todo esto, me acongoja ver cómo ha cambiado todo y recordar todo lo que han destruido, sobre todo a mi inolvidable acueducto que aquí terminaba.

Disculpen que me repita, pero así somos los viejos, repetimos la misma cosa una y otra vez, nos volvemos necios. Creo que por hoy no puedo seguir acompañándolos, me agobian los recuerdos. Si pudiera llorar, seguro inundaría Bellas Artes. Será mejor que me dejen sola con mi pasado, mañana por la mañana podemos seguir, para entonces ya no estaré indispuesta.

capítulo

4

QUÉ BELLA MAÑANA NOS HA TOCADO y yo ya estoy lista para enfrentarme a los cambios que se presenten el día de hoy. Sí, porque para nosotras las calles cada día hay alguna innovación: si no modifican el sentido de circulación, colocan un nuevo semáforo, fijan unos topes o de plano convierten a la calle en peatonal. Yo no tendría problemas con este último cambio, pues las botas destruyen menos que las ruedas, ¡pero hay que escuchar los insultos de los conductores! Ustedes no se enteran, pero yo sí. Tengo que escuchar miles de palabrotas, expresiones soeces y vulgares cuando modifican una calle, ¡y no me puedo tapar los oídos!

Pero bueno, crucemos el río de coches y dejemos atrás la antigua calle Puente de la Mariscala, que luego se llamó avenida de los Hombres Ilustres y ahora conocemos como avenida Hidalgo. A partir de aquí mi nombre es Tacuba. Notarán que me he hecho más esbelta y no es porque me hayan reducido, al contrario, éste es un signo inequívoco de mi abolengo pues aquí comienza la ciudad histórica.

De este lado me enmarca la reconstrucción elaborada en tezontle y chiluca de lo que fue la casa de uno de los conquistadores. De este otro, sí el que está al Sur, vean qué edificio tan elegante me habita. Es el Palacio Postal. Aquí donde ahora está el palacio estuvo durante más de un siglo el hospital de Terceros, en donde se atendía a los Pobres de San Francisco. Pero no crean que por cuidar a estos pobres el edificio era feo, al contrario, era soberbio, de dos pisos con entresuelo y ostentaba en su remate unas almenas afiladas. La entrada, alta y esbelta, estaba sobre mi acera. Pero el pobre tampoco se salvó, tuvo que ser demolido para dar paso a la modernización, al Palacio Postal.

El palacio de Correos, como se le conoce, es obra del arquitecto italiano Adamo Boari, el mismo que diseñó Bellas Artes. A diferencia de este pobre que se hunde y se hunde, el palacio de Correos se edificó en suelo que era parte de la isla de Tenochtitlan. Fue construido entre 1902 y 1907 y los especialistas lo clasifican como el mejor ejemplo del estilo ecléctico, es decir, un poco de todo. Dicen que su aspecto general es veneciano con toques florentinos, que las ventanas con parteluz muestran influencia árabe, que las columnas salomónicas son barrocas y que el interior está decorado al estilo *art noveau*. A mí me gusta y estoy orgullosa de tenerlo, ¿a poco no le da realce al crucero más famoso de la ciudad?

Sigamos caminando y descansemos en esta hermosa placita, enmarcada por soberbios edificios. Me disculparán, pero es que ya no estoy para trotes como los de este caballito sobre su pedestal. Siéntense aquí, a la sombra de esta fabulosa escultura, que también de este sitio tengo mucho que contarles.

# SAN ANDRÉS

Empezaré por el edificio más antiguo, el del lado norte. Hoy vemos una construcción de armoniosas líneas, pero en la época de la colonia había ahí un edificio bastante adusto. Originalmente fue construido por los jesuitas como colegio, pero por esas cosas de la política que yo no entiendo, quedó abandonado. Cuando lo iban a clausurar, el capitán Andrés de Carvajal lo rescató e invirtió en él toda su fortuna para que fuera hospital y estuviera bajo la advocación del santo de su nombre. Funcionó así durante un tiempo hasta que de nuevo quedó abandonado.

Durante muchos años no se paró ahí un alma, hasta que un día empezaron a llegar coches y carros con enfermos. El motivo, una terrible epidemia de viruela que asoló a la ciudad. Fue una plaga incontenible, a diario fallecían cientos de personas y no había tiempo ni lugar para sepultar a tanto cadáver. Pasaban sobre mí carros y más carros con muertos pestilentes que iban a dar a zanjas excavadas en las afueras de la ciudad. Aquellos que todavía tenían cura eran traídos aquí, a San Andrés. Cuando pasó la epidemia el edificio fue destinado como hospital general, sufragado por la Lotería. Tuvo entonces una botica pública que fue de enorme beneficio para la población.

Esa era la situación en los años del Segundo Imperio y del archiduque Maximiliano. Pero no les contaré todo lo que sucedió en aquel tiempo, nomás unos sucesos que viví en carne —bueno, en tierra propia. Después de que el emperador fue fusilado en Querétaro, trajeron al hospital de San Andrés su cadáver para ser embalsamado. Como todo hospital, éste tenía su capilla, a donde llevaron los restos del austriaco. Una tarde don Benito Juárez y don Sebastián Lerdo de Tejada llegaron en un carro y entraron en ella, se dirigieron a donde estaba el cuerpo del archiduque —dicen que estaba colgado de una cuerda para facilitar las largas y complicadas operaciones de embalsamamiento— contra quien habían luchado para establecer una república. Pero el imperio no murió con el archiduque y esta capilla se convirtió en un foco de subversión.

Todos los días se formaban filas de carros frente a la capilla del hospital. Eran los partidarios del vencido imperio que se ponían a discutir airadamente y a despreciar el gobierno de Juárez. Como los tiempos no estaban para bollos, Juárez tomó una drástica decisión. Una noche llegaron varias cuadrillas de obreros y con eficiencia inaudita derribaron la capilla; al amanecer había un hueco, ese «hueco» donde ahora está la calle de Xicoténcatl.

El edificio fungió como hospital general de la ciudad hasta 1905, año en que inició su demolición. En su lugar construyeron el palacio de Comunicaciones, diseñado por el arquitecto italiano Silvio Contri. Al igual que al de Correos, la gente bautizó con otro nombre a este palacio; lo nombraron el Telégrafo. Dicen que este edificio también es de estilo ecléctico, aunque podría llamarse «porfiriano», pues son muchos los edificios que siguen ese diseño con arcos, medallones y balaustradas. El Telégrafo fue sede de varias oficinas relacionadas con las comunicaciones y hoy es un lujoso museo.

Los constructores tuvieron el gran tino de dejar este espacio amplio entre la calle y el edificio. Esta placita me da un respiro, me hermosea y la gente se detiene a descansar.

# El palacio de Minería

Ahora observen el edificio sobre mi acera sur, otra de las magníficas construcciones que me engalanan. Aunque la gente le diga simplemente Minería, su historia es magnífica. En los tiempos de la Nueva España la industria de la minería alcanzó un gran adelanto y le proporcionó a la corona pingües rendimientos. Para fomentar el estudio de esta rama, el rey Carlos III dispuso que se erigiera el real seminario de Minería, o sea una escuela dedicada exclusivamente a esa industria. Se decidió construir esa obra notable sobre el tramo sur de San Andrés, justo enfrente del hospital. El diseño y la construcción del nuevo palacio fueron encomendados a Manuel Tolsá, querido vecino mío, ilustre arquitecto y escultor que en esa época era el arquitecto de mayor renombre.

Me hubiera encantado advertirle de los problemas que le acarrearía construir en ese lugar, pues toda esa zona era fangosa y apenas se había secado muy superficialmente y don Manuel no extrajo suficientes muestras del subsuelo para darse cuenta a tiempo de lo traicionero que puede ser el fondo de la ciudad. Como era costumbre, acarrearon piedras y se inició la suntuosa construcción. Al poco tiempo de concluido, al pesado edificio le comenzaron a salir cuarteaduras largas y profundas —apenas le reparaban una cuando aparecía otra más—, y a tal grado llegaron los hundimientos y las grietas, que tuvieron que sustituir a toda prisa la magnífica bóveda de piedra que cubría la escalera por una estructura liviana de hierro. Tolsá se las vio negras, supongo que pasó noches en vela intentando resolver estos problemas de hundimiento que demoraron la construcción durante casi quince años.

Aún con todos estos problemas, el edificio es un magnífico ejemplo del estilo neoclásico al que Tolsá era tan afín. Su fachada, el vestíbulo, los corredores, los patios y la estupenda escalera tienen una elegante solemnidad. Y aunque de acá afuera no se ven, les cuento que el salón de actos es grandioso y la capilla es majestuosa.

## EL CABALLITO

También de don Manuel Tolsá es esta escultura que nos da sombra y que la gente conoce como el Caballito. Fue el virrey, Miguel de la Grúa Talamanca, quien mandó hacer esta ecuestre escultura pues quería borrar la mala imagen que tenía.

Tolsá elaboró primero una estatua de madera y estuco, recubierta con hoja de oro, que llevaron a la Plaza Mayor sobre un carro diseñado por el propio artista. Con una ingeniosa estructura, colocaron a la estatua sobre su pedestal al centro de un amplio óvalo, rodeado de una balaustrada con hermosas rejas. La inauguración fue solemne. El 9 de diciembre de 1796 el virrey y su graciosa esposa arrojaron sobre el gentío que se arremolinaba, más de tres mil medallas conmemorativas de plata. El pueblo de inmediato bautizó a la escultura como Caballito de Troya.

La fundición en bronce de la estatua se demoró ocho años. Cuando finalmente la fundieron —sé que fue en la huerta del colegio de San Gregorio— demoró otros catorce meses más, pues tenían que limpiarla y pulirla. Se tardaron cinco días en arrastrarlo a la Plaza Mayor, pues cargar seis toneladas no es empresa fácil.

Recuerdo que cuando lo vi llegar a la plaza, se me fue el habla. El Caballito era hermoso, una verdadera obra de arte. Al fin, en 1803, fue montado sobre su base e inaugurado con gran solemnidad. A la ceremonia asistió el barón de Humboldt, acompañando a la incomparable y astuta Güera Rodríguez —personas de quienes les contaré después—. Quién sabe qué le dijo esta pícara mujer al barón, yo sólo vi cómo el científico hizo todo lo posible por guardar la compostura y no soltar una carcajada. Fue Tolsá quien sí se ruborizó y no supo dónde esconderse cuando llegó a sus oídos el comentario de sus pocos conocimientos sobre anatomía equina que había hecho la Güera.

La escultura no estuvo mucho tiempo en la plaza, pues los vientos de la Independencia barrieron con todo lo que olía a monarquía. Por esta razón alguien sugirió fundirla para fabricar monedas. Poco faltó para que esa loca idea fuera puesta en práctica, pero la oportuna intervención de don Lucas Alamán evitó su destrucción. Entonces fue trasladada al patio de la universidad y de allí cabalgó a una glorieta ubicada en el cruce del paseo de Bucareli y el paseo de la Reforma, donde fue referencia durante muchos años para todos los habitantes de esta ciudad. Afortunadamente lo hicieron regresar a este sitio, donde pertenece y vigila mi acera.

Sigamos nuestro camino, que el tiempo apremia.

## BETLEMITAS

Este bello y antiguo edificio colonial estaba en ruinas hace unas décadas. Hoy es el museo de Economía, pero también se le conoce como el hospital de Betlemitas, una orden religiosa que tuvo la particularidad de ser auténticamente criolla, originaria de Guatemala. Lo diseñó —con claustro, noviciado, enfermería y escuela de niños— uno de los más afamados arquitectos de la época, don Lorenzo Rodríguez, el mismo que construyó el sagrario de la catedral. Cuando era hospital, en él se atendía a todo tipo de enfermos, pero cuando suprimieron las órdenes hospitalarias el edificio fue invadido por todo tipo de gente. ¡Me daba tanta pena este sitio! Imagínense, en él hubo colegios, oficinas, salones de baile; una parte fue el Teatro Nacional, otra fue usada como baño público y vivieron cientos, sí, cientos de familias con renta congelada.

Por fotuna, hace unos años el Banco de México rescató el edificio y lo convirtió en un museo que dicen es de primerísimo orden. Lo llaman interactivo, y me cuentan los que saben, que hay que visitarlo.

Adelantito del museo está el Café de Tacuba y frente a éste pueden admirar lo que queda del convento de Santa Clara. Entren al café, pidan algo sabroso y cuando salgan les contaré la historia de este convento y la capillita de la Concepción.

## SANTA CLARA

Pues bien, la segunda orden religiosa para mujeres que llegó a la ciudad fue la orden franciscana de Santa Clara —las primeras en llegar fueron las del convento de la Concepción—. Después de un corto peregrinar dentro de la ciudad, las clarisas fundaron su magnífico y elegante convento sobre mi vera. El edificio era muy amplio, abarcaba desde mi acera sur hasta la calle de San Francisco. Su iglesia lucía una torre de lo más extraña, formada por cuatro espadañas, cuyas campanas de varios tamaños tañían en diversos tonos alegres. Me encantaba oír el sonido alto y claro de una pequeña campanilla que regulaba la vida al interior del convento y que por su nitidez, supongo que era de plata.

Al anochecer se escuchaba el triste saludo del ángelus, llamado que el pueblo conocía como «las oraciones», pues después de esa hora ninguna mujer decente debía estar fuera de casa. Los hombres, estuvieran donde estuvieran, en las habitaciones o en la vía pública, se descubrían y se hincaban. Entonces sentía las rodillas igual de sacerdotes que de soldados, de indios que de regidores para rezar con mucho fervor.

Dos veces al año, al caer la tarde, se escuchaba un claro y largo repique al unísono desde los templos de San Francisco y de Santo Domingo. Era la señal del inicio de una más de las fastuosas fiestas religiosas de la ciudad, el llamado «topetón» o «encuentro» que se celebraba sobre mí. De esas dos iglesias salían largas procesiones de monjes para encontrarse frente al convento de Santa Clara, que quedaba a la mitad del recorrido. La fiesta se celebraba los días de los santos patronos de cada orden —las vísperas del 3 de agosto y del 3 de octubre— y rememoraba la amistad que tuvieron san Francisco de Asís y santo Domingo de Guzmán.

Una multitud alegre y ruidosa llenaba las calles aledañas. A mí me atravesaban a mi ancho con unos cordeles de los que pendían numerosos pañuelos multicolores. En las azoteas ondeaban banderitas y gallardetes y los balcones estaban decorados con farolillos, pantallas de cristal y lampiones de vidrio. Todo era ir y venir, gritar y reír, apresurarse para comprar buñuelos, elotes o fritangas, apagar la sed en los puestos de horchata y chicha, correr para conseguir un buen lugar antes de que los coheteros iniciaran su multicolor pirotecnia. A la fiesta asistían todos, desde el lépero harapiento, los indios de calzón blanco, las indias encubiertas en su rebozo, los caballeros y las damas en sus mejores galas, hasta las damiselas en apretado peto y falda pomposa que cosechaban los piropos de los galanes. Todo bullía alrededor de Santa Clara.

Al sonido de las campanas los dos contingentes se ponían en marcha. Los franciscanos de hábito azul oscuro llevaban en la cintura el grueso cordón blanco con nudos simbólicos; los dominicos iban vestidos de hábito blanco y capa coral negra. Las dos procesiones avanzaban con lentitud, con paso ceremonioso, cantando salmos y con velas encendidas. Cuando se encontraban o topaban —de ahí el nombre de topetón— frente a Santa Clara, fraile con fraile, guardián con guardián, profeso con profeso, novicio con novicio se daban un fuerte abrazo. En ese instante sonaba la música, tronaban los castillos de cohetes y estallaba el alborozo general. Mezcladas, las dos comunidades se dirigían cantando lentamente hacia San Francisco o Santo Domingo, según fuese el santo que se iba a celebrar, la multitud marchaba detrás de los frailes y en todas las casas de los alrededores había «recibo», es decir, las amistades y los parientes llegaban a las casas para disfrutar de una copiosa merienda.

¡Ay, qué tiempos tan hermosos aquellos! Entonces reinaba el orden, la paz religiosa y se acataba a la autoridad civil y eclesiástica sin chistar... bueno, no es cierto, siempre hubo descarriados.

En la esquina del edificio de Santa Clara se construyó una linda capilla dedicada a la purísima Concepción. Muy tempranito los devotos llegaban a orar antes de iniciar sus labores cotidianas; también en la tarde acudían a dar gracias al Creador por los beneficios recibidos durante el día y salían con la cara luminosa. Pero llegó la exclaustración y la capilla fue convertida en cantina. ¡Ay de mí!, tuve que soportar gritos e injurias hasta altas horas de la noche. Todos los días había riñas y ofensas y, lo peor, me mancillaron con orines, vómito y tantas otras apestosas producciones de los intestinos. ¡Fue horrible!, hasta que un alma caritativa se apiadó de la capilla, de esta pequeña joya colonial y la reacondicionaron. Mírenla, hoy luce de nuevo sus encantos.

## LAS CALLES

Mientras caminamos rumbo al centro aprovecho para contarles de las calles. Antes cada cuadra tenía su nombre, que se tomaba de los edificios que allí se encontraban o de los oficios que se ejercían en cierta área. Por eso me bautizaron como San Andrés, Betlemitas, Santa Clara. Lo mismo les pasaba a las otras calles como la de Talabarteros, la de Mecateros, la de Tlapaleros o la de Plateros.

La Plateros, como ya saben, fue mi rival, pues íbamos en igual dirección, somos paralelas y estamos a corta distancia, además, ambas llegamos a la Plaza Mayor. En su primer tramo se llamaba San Francisco, nunca estuvo tan ancha ni fue tan larga como yo, pero corrió con la gran suerte de que los plateros y joyeros se instalaran allí y con eso ganó prestigio.

Además, las procesiones que se dirigían a la catedral o al palacio virreinal, lo mismo que las comitivas de virreyes, arzobispos y gobernadores, preferían llegar por Plateros y así tener un largo trecho en la Plaza Mayor para ser aclamados, disponer de una valla o música, y que el pueblo aplaudiera después de horas de espera. Yo no podía hacer esas gracias, porque llego directamente a las espaldas de la catedral y no podía darles a los políticos la oportunidad de lucirse.

¿De qué me servía traer el agua, ser más ancha, tener más mansiones, si la gente después de haber llegado a la Alameda sobre mis espaldas, torcía hacia San Francisco para seguir avanzando sobre ella? Era una situación desagradable e incómoda, pues fue uno de los motivos por los que perdí atractivo y tuve que compartir las honras con esa calle de nombre lujoso. Pero una cosa es cierta, y nadie lo puede negar, a mí me recorrieron los aztecas, tepanecas, xochimilcas, tlaxcaltecas y quién sabe cuántos otros indios más, siglos antes de que se hablara de plateros o de franciscanos. Sí, también los conquistadores sufrieron sobre mis espaldas antes de que la Plateros siquiera naciera. Pero como yo soy tan extensa, no sé, el triple o quíntuple de ella y he tenido tantos nombres, la gente se confunde. Cada vez que cuento esto, se le ponen los pelos de punta a doña Plateros, porque sabe que no puede competir contra mi abolengo.

Hace ratito les dije que a principios de la colonia los diferentes oficios tenían que establecerse en calles específicas, ¿se acuerdan? Bueno, pues como mi hermana la Ixtapalapa y yo éramos la entrada a la ciudad y había que herrar a los caballos que jalaban las recuas que llegaban o se iban, en nuestras veras se instalaron los herreros. Fue por eso que el Ayuntamiento me quiso poner el nombre de herreros, ¡imagínense, mi vecina llamada plateros y yo herreros! ¡Imposible!

Por supuesto que respingué de inmediato, me negué y puse mi queja ante las autoridades, pero negaron mi petición alegando que era por el bien de la comunidad y que allí estaban concentrados todos los artífices de ese oficio. Rechacé tajantemente tal agravio, nombré a un representante para que llevara mi caso ante el virrey y le di todos los poderes necesarios. Tuvo que esperar su turno, hizo antesala como lo requerían los cánones y llegado su momento, le expuso mi caso a Su Excelencia. Con amplia retórica explicó que era completamente inaceptable tal atentado en contra mía, la famosa calzada Tacuba, en contra de mi buen nombre, dignidad y alcurnia. El virrey aceptó estudiar mi caso y en reconocimiento a tantos méritos y después de interminables sesiones, el cabildo desistió de tan espeluznante idea, por eso quedé con nombres diferentes a cada tramo.

Conforme la ciudad fue creciendo, algunas calles siguieron llamándose igual por muchas cuadras, otras sólo por unas pocas. No hubo un criterio para nombrarlas y si lo hubo nunca fue claro para mí. A mí no supieron cómo llamarme y entonce quedé de chile y de dulce. Mi nombre original, Tacuba, me lo dejaron solamente en un tramito; lo que alguna vez fue Escalerillas y Santa Teresa, lo llamaron República de Guatemala y no tengo idea por qué me tocó ese pequeño país.

Aunque me da pena confesarlo, todas las calles eramos unos albañales. A los habitantes de esta «muy noble y leal» ciudad no les disgustaba la suciedad. Éramos un país rico, si no el más rico del mundo, sí uno de ellos. Aunque había mucha nobleza y lealtad, vivíamos en una enorme cloaca. A todas horas me tiraban con gran descaro cualquier tipo de basura. Los desechos de la comida, las inmundicias, estiércol, excrementos y animales muertos iban a dar sobre las calles y a los canales que aún quedaban. En mis esquinas se acumulaban verdaderos montones de basura. El empedrado que me cubría dejaba mucho que desear, era desigual y los altos y bajos de las piedras hacían que el agua se encharcara y acumulara junto con la basura. Además, a cualquier hora, sin respeto ni recato, la gente hacía sus necesidades en donde la naturaleza le llamara.

Caminar por las calles, sobre todo en las mañanas, era riesgoso. Nunca se sabía a qué hora y de qué ventana o balcón iban a salir expelidos los excrementos y orines de los residentes. Sí, no exagero. Sólo los vecinos decentes le advertían al transeúnte que estaba a punto de recibir un baño apestoso y nada agradable al grito de «¡aguas!». Los que aquí vivían sabían que era preferible transitar cerca de los muros de los conventos porque eran altos y no tenían balcones.

En esta ciudad también era normal que en las puertas de las vecindades se juntaran cerros de basura. Una vez por semana, si no había contratiempos, la basura era retirada con carros. En época de lluvias era tal el lodo mezclado con inmundicias, que cuando se removía un montón de basura para quitarlo, salía un vapor pestífero. Pero las calles no duraban limpias ni una hora porque la gente volvía a tirar basura en el mismo lugar. Durante el gobierno del marqués de Croix la situación mejoró un poco, pero pronto volvió la porquería.

Quizás fue porque ya estaba vieja y fea, pero el mundo se confabuló en mi contra, sobre todo durante el siglo XVIII cuando a la Plateros le siguieron dando importancia y a mí me hicieron a un lado. Por pura moda, muchas personalidades importantes empezaron a edificar sus mansiones en la vera de mi rival. Los marqueses de Prado Alegre, la marquesa de San Mateo de Valparaíso y los condes del valle de Orizaba olvidaron sus buenas costumbres y gastaron fortunas inmensas en sus palacios. Incluso José de la Borda, quien siempre había mostrado buen juicio y gusto, cayó en este frenesí de ostentación. Don José quería que su enorme balcón rodeara toda la cuadra en la esquina de San Francisco con Coliseo. Aunque la muerte le impidió cumplir con su propósito, el daño ya estaba hecho: mi famoso balcón de la casa de la Mariscala pasó a segundo lugar.

Los que dieron la estocada final a mi reputación fueron los jesuitas. Sí, me remataron definitivamente. Contrataron al mejor arquitecto de la época, Pedro de Arrieta, para que les edificara un magnífico templo digno de la importancia de su Compañía, en la mera esquina de mi rival con San José del Real. Cuando terminaron el templo, muchos vecinos prefirieron asistir a misa a la Profesa, la nueva iglesia, y dejaron a la buena de Dios a los viejos templos de Santa Veracruz o San Hipólito que además quedaban más lejos del centro. Y así, todos los miembros de la buena sociedad iban a lucirse en la Profesa los domingos.

## EL ZÓCALO

¡Por fin llegamos al corazón de esta ciudad y del país! Siéntense allá, a la sombra de esos árboles, en el sitio que alguna vez fue conocido como la plaza del Marqués. Si el espacio alrededor de San Hipólito es mágico, esta plaza es, ¿cómo dirían ahora? ¿súpermágica o megamágica? Desde esta esquina podemos apreciar la plaza que conocemos como Zócalo.

¡Vean qué amplitud, qué majestuosidad! Pocas ciudades del mundo tienen esta grandeza, que nosotros heredamos de los españoles, cuando quedó destruida Tenochtitlan, pues aunque desde la época prehispánica ya existía frente al centro ceremonial un amplio espacio para las celebraciones mensuales, era, digamos, como la tercera parte de lo que hoy es el Zócalo. Cuando los conquistadores arrasaron con los templos aztecas, el espacio creció, se le llamó Plaza Mayor y a su alrededor se construyó esta ciudad. Sí, en esta gran área vacía se plantó la semilla de lo que actualmente es una megalópolis. Les contaré cómo creció.

Después de la Conquista, los espacios alrededor de la Plaza Mayor fueron repartidos según el criterio vigente en España: el lado norte quedó reservado para el poder eclesiástico, donde se edificaría la catedral; el Este debía corresponder al poder virreinal, aunque en un principio estos edificios le pertenecieron a Cortés. Al sur de la plaza quedó el ayuntamiento con sus varias dependencias, como la cárcel y la primera Casa de Moneda. En el lado oeste se construyó el portal de Mercaderes con amplios arcos para dar cabida al comercio, aunque el portal no abarcó todo ese lado, pues la parte norte la ocupó el palacio del capitán general. Desde luego se respetó el canal que corría frente al ayuntamiento y que comunicaba con el lago de Texcoco; se le bautizó con el nombre de Acequia Real y durante siglos sirvió de medio de transporte y abastecimiento indispensable para el núcleo de la ciudad.

En aquellos años Cortés fue vecino mío. Por cédula real le otorgaron el inmenso predio de las Casas Viejas de Moctezuma, que abarcaba desde mi vía hasta San Francisco —sí, la Plateros de quien ya les platiqué y que hoy conocemos con el nombre de Madero— y desde esta Plaza Mayor hasta la calle de Isabel la Católica. Entre las Casas Viejas y la catedral quedó un espacio al que se nombró plaza del Marqués, en honor del título que Cortés recibió.

Justo aquí enfrente fue donde Cortés mandó construir su palacio, que más bien parecía un castillo. La fachada daba hacia la plaza y protegían sus cuatro esquinas unos altísimos muros almenados y fornidos que enfatizaban su carácter de fortaleza. En la parte inferior se instalaron talleres, en especial de talabarteros, silleros, espaderos y guarnicioneros, y se alquilaron accesorias para la venta de todo tipo de mercaderías. En el segundo piso se abría una esbelta galería con arcos y columnas. El interior del edificio contaba con numerosos patios que proporcionaban luz a las diferentes salas y habitaciones. En resumidas cuentas, la morada de Cortés era una mansión fastuosa, digna de un conquistador. Años más tarde se alojaron ahí las primeras autoridades.

Precisamente en donde yo hacía esquina con la nueva plaza —espacio que por siglos fue conocido como Tacuba y Empedradillo y donde hoy está el Monte de Piedad— se erguía una de las enormes torres que protegían al castillo de Cortés. Era tan amplia y fuerte, que una de las tiendas que se instalaron en su base, hasta patio tenía. En esta torre se instaló el primer reloj que existió en México.

Era divertido el espectáculo que se armaba cuando a medio día sonaban las doce campanadas. En ese momento, por disposición oficial y estuviera donde estuviera, la gente debía dar cuerda a sus relojes. Yo sentía cómo todos los que transitaban sobre mis espaldas se detenían, levantaban la cabeza, giraban la cuerda a sus relojes e inmediatamente después retomaban su paso y se aprestaban para ir a comer.

El otro enorme predio del conquistador, sobre el lado este de la plaza, las Casas Nuevas de Moctezuma, estaba reservado para palacio virreinal. Sin embargo, en la burocracia española no había excepciones, ni siquiera para los asuntos del rey y transcurrieron 38 años para que la representación regia obtuviera su edificio propio. Para 1562 ya había fallecido Cortés, y fue su hijo y heredero, Martín, quien le vendió al rey de España el gran solar en donde había vivido Moctezuma. Dice la leyenda que el palacio virreinal fue construido con base en un diseño destinado a la cárcel de Lima, capital del virreinato del Perú. Una vez que el virrey y la audiencia ocuparon su nuevo palacio, trasladaron el primer reloj que había estado en mi esquina, y había dado la hora desde la Casa del Marqués. Este incorruptible medidor del tiempo dio nombre a la calle que se prolongaba hacia el Norte desde el palacio, por eso se llamaba Relox —no estoy pronunciando mal, no se rían, antes se escribía con x— y esa era la otra esquina desde donde yo me asomaba para ser testigo de lo que sucedía en el corazón de la Nueva España.

## La catedral primitiva

Ahora volteen. Frente a ustedes está el edificio principal de esta ciudad, probablemente del continente americano, la catedral. Hoy la admiran propios y extraños, pero tardó siglos en ser levantada. La catedral que hoy vemos no existía. La Plaza Mayor era más reducida, estos eran terrenos que habían sido adjudicados a diferentes conquistadores y la primera catedral, también llamada primitiva, era lo que hoy es la parte del frente.

La catedral primitiva fue edificada en 1525, pero no era catedral sino iglesia mayor. Tenía de largo un poco más que el ancho de la catedral actual. En 1530 esta iglesia parroquial fue elevada al rango de catedral por el papa Clemente VII y consagrada a la Asunción de la Virgen María. Su primer obispo fue fray Pedro de Gante, y al renunciar éste, tomó la mitra fray Juan de Zumárraga. Era de construcción sencilla, de tres naves y techo de dos aguas; estaba orientada de Este a Oeste, con la puerta principal —que se conoce como puerta del Perdón— dirigida hacia las Casas del Marqués. También tenía dos torrecitas en donde estaban las campanas más importantes de la ciudad. Sus tañidos regulaban todas las oraciones del día, desde el avemaría al amanecer, hasta el largo y tedioso toque de queda que duraba media hora, y les recordaba a las personas de costumbres honestas que era hora de guardarse en sus aposentos.

Aunque de construcción simple, esta primera catedral durante muchos años dio cabida en sus estrechas naves a las suntuosas ceremonias que eran obligatorias en la vida del virreinato. Pero era tan pequeña y pobre que cuando el suceso era de extrema relevancia se prefería otra iglesia, como la de San Francisco. Pronto, la catedral primitiva fue considerada indigna de nuestra famosa ciudad y se ordenó edificar un nuevo templo. Los jerarcas civiles y eclesiásticos querían hacer el templo más suntuoso de América, igualable a la catedral de Sevilla con sus siete naves, pero al ver la magnitud y el costo del proyecto, prefirieron las líneas de las catedrales de Segovia y Salamanca, con cinco naves y cuatro torres.

Cuando me enteré de estos planes me puse feliz. ¡Claro! —pensaba— yo sería el acceso directo a este máximo exponente de la religión y al tener a la catedral como vecina mi rango se elevaría. Pero hay ilusiones que pronto se desvanecen. Los problemas surgieron al instante.

En primer lugar, la construcción requería una superficie mayor, cuestión que obligó a adquirir algunos solares que estaban sobre mi acera sur. Tan pronto como se tuvo el terreno suficiente, surgió una larga discusión sobre la orientación del edificio. Por regla, la orientación debía ser mirando hacia el Este, pero el espacio estaba limitado por el templo existente. Para mi mala fortuna, después de mucho ir y venir, de propuestas y escritos, se obtuvo la autorización para construir —¡como una gran excepción!— la fachada dirigida hacia la Plaza Mayor, es decir, con orientación de Sur a Norte. Y así, en un dos por tres, todos mis sueños en los que me imaginaba cómo desfilarían sobre mis espaldas los más altos dignatarios, las más elegantes procesiones, quedaron desechos. Al cambiar la orientación de la catedral, sólo la vería de espaldas y nadie me utilizaría para ir a misa, el acceso sería por la plaza. Por más que me quejé, patalee y lloré, al final me tuve que conformar con haber quedado a espaldas de ese grandioso edificio. Mi único consuelo es una capilla que quedó de mi lado, la capilla de las Ánimas, con su portada fría, austera, reflejo fiel del estilo herreriano.

Para permitir que la iglesia primitiva siguiera en operación, la construcción se inició de Norte a Sur. Demolieron las viviendas y despejaron el área. Durante un solemne festejo se colocó la primera piedra en 1573. Empezaron la cimentación hundiendo en la tierra troncos, muchísimos troncos de más de tres metros de largo, para evitar que el pesado edificio se hundiera. Luego hicieron una gran plancha de piedra como de un metro de espesor. Pero fue inútil, esta placa se empezó a hundir, en especial en la esquina suroeste. Aunque colocaron más piedras para compensar el hundimiento —agregaron hasta noventa centímetros más de material— fue un cuento de nunca acabar, cuantas más piedras agregaban para compensar el hundimiento, más se hundía por el peso adicional.

Con la construcción de la nueva iglesia mayor, se descuidó el mantenimiento de la primitiva al grado que su estado ruinoso llegó a ser insostenible. Sin embargo, en vista de las constantes demoras que sufría la nueva construcción —las dificultades que presentaba el subsuelo fangoso eran mayúsculas— en 1584 se decidió remodelar a la catedral primitiva. Por supuesto que se elevaron muchas voces contrarias que consideraban este mantenimiento como un gasto inútil, pero cuando se cayeron algunas de sus pilastras se acallaron esos reclamos. A tal grado llegó la remodelación que se fabricó una nueva fachada con sobrias líneas que mostraban el modo de vida austero y totalitario del monarca católico Felipe II.

Mientras esto ocurría, las obras en el nuevo templo siguieron adelante. Cuando por fin terminaron el basamento, empezaron a levantar los muros y las columnas, pero como era de esperarse, éstas también se hundieron, sobre todo en la parte sur y esto creó un nuevo problema. Por si no lo sabían, para hacer una bóveda es necesario que haya una superficie horizontal y como aquí el suelo se hundía todo el tiempo, optaron por aumentar la altura de las columnas en la parte del frente. Como resultado, el piso de los feligreses quedó con un considerable desnivel. Cuando se levantaron las torres pronto se vio que se inclinaban y también hubo que corregirlas; al final sólo se construyeron dos de las cuatro torres originalmente planeadas.

Casi medio siglo después —¡sí, hasta 1626!— le llegó su hora al vetusto edificio que tuvo que ceder su lugar a la nueva catedral. Sin embargo, como su portada mantenía vigentes los ideales con que fue concebida, el arzobispo Pérez de la Serna consideró un atentado destruir la fachada y ordenó su traslado al templo de las monjas carmelitas. Gracias a esta decisión hoy podemos ver esta portada que tiempo después peregrinó al templo de la Purísima Concepción del Hospital de Jesús. Algunas de sus columnas fueron reutilizadas en la nueva obra, otras fueron desechadas y varias obras de arte pasaron a la nueva catedral, entre éstas, las pinturas del flamenco Simón Pereyns.

Como quiero que ustedes sepan la verdad, aprovecho para contarles la verdadera historia de la llamada Virgen del Perdón de Peryns. Cuenta la leyenda que un judío encarcelado por la Inquisición ejecutó ese precioso cuadro sobre la puerta de su calabozo y que cuando las autoridades eclesiásticas vieron la pintura, lo pusieron en libertad y le otorgaron el perdón. Pero las cosas no ocurrieron así. Sucedió que Pereyns, quien casi no hablaba español pues había venido de Flandes, fue ajusticiado por hablar demasiado. Sí, sucedió que un artista envidioso de las habilidades del extranjero, lo acusó por haber dicho que no consideraba pecado mortal que una pareja viviera amancebada; además, en una carta a su padre, el flamenco escribió que prefería ejecutar retratos de personas que pintar santos.

Cuando se enteró de esto la santa Inquisición, se le siguió todo el proceso obligado, con tortura incluída, y al final se le condenó a pintar el cuadro de una Virgen. Fue entonces cuando hizo una maravillosa pintura de Nuestra Señora de la Merced, también llamada la Virgen de las Nieves, pintada sobre una enorme tabla. Esta Virgen se colocó en el altar del Perdón, en la catedral primitiva, de donde pasó al mismo sitio en la nueva construcción. Pero bueno, yo les estaba contando sobre la construcción de la nueva catedral y ya me desvié.

## LA NUEVA CATEDRAL

Esto que les platico me toma sólo tres minutos, pero la construcción de la nueva iglesia tardó tres siglos —¡trescientos años!— por las enormes dificultades que tuvieron que sortear sus constructores. Mientras las catedrales de Puebla y Morelia fueron levantadas en decenios, la de aquí se corregía y se reparaba sin parar. Me compadecía de los pobres arquitectos que cada vez que colocaban la plomada meneaban la cabeza y agitaban sus manos con desesperación. Muchos de ellos desfilaron por las estructuras y andamios sufriendo dolores de cabeza, pleitos y agresiones por su supuesta incompetencia, cuando todo se debía al fango sobre el que se pretendía construir esa mole de piedra de 32 mil toneladas.

Esa demora centenaria tuvo su lado positivo: en este edificio están presentes los más variados estilos arquitectónicos: el gótico, cuyas nervaduras se pueden apreciar en la sala capitular y en la sacristía; el herreriano, puesto de moda por Felipe II, en el Escorial; el barroco en la fachada del sagrario, el exuberante churrigueresco de gran pureza, y finalmente, el neoclásico.

La construcción se terminó por partes con desesperante lentitud. Algunas capillas fueron modificadas años más tarde, pues si llegaba un virrey con gustos diferentes, nombraba a un nuevo arquitecto, quien dejaba impreso su gusto en alguna sección. El último a quien se contrató fue al gran Tolsá quien elevó la linternilla de la cúpula, dándole un efecto de graciosa ligereza, y ornamentó las cornisas con balaustradas, jarrones y flameros, muy a la moda de su tiempo. Además, labró con sus propias manos las estatuas de las virtudes teologales —fe, esperanza y caridad— que coronan la fachada. Pero el edificio no sólo disfrutó, sino que también sufrió terriblemente con las ideas y el ímpetu de este hombre terco, quien absolutamente convencido del estilo de su tiempo, echó abajo varios retablos churriguerescos y los sustituyó con nuevos de frío estilo neoclásico. Al frente de la nueva catedral quedó el atrio, empleado como cementerio, cercado, con dos puertas, y al centro una gran cruz de piedra. A medio construir, bajo el virreinato del duque de Alburquerque se hizo la primera dedicación en 1656. Hubo una segunda en 1667, pero prefiero platicarles en otra ocasión del enorme fervor religioso durante estos actos, porque ya quiero contarles de la Plaza Mayor.

## La Plaza Mayor

Esta plaza siempre fue el centro comercial y administrativo de la Nueva España. En el lado este estaba el palacio virreinal donde se obtenían los permisos, las mercedes para explotar las minas, se pagaba el quinto real y todas las demás contribuciones. Ahí también era donde se diseñaban los caminos reales, se otorgaban las licencias para construir puertos y embarcaciones y se llevaban a cabo innumerables trámites engorrosos que eran controlados hasta el mínimo detalle por la famosa burocracia española. En la parte sur del ayuntamiento se tramitaba todo lo que tenía que ver con la ciudad: los solares, las calles, las casas, el agua, la basura. En un principio también albergó la carnicería y la cárcel hasta que ésta fue trasladada al palacio virreinal.

Frente del ayuntamiento corría la Acequia Real, donde se transportaban las mercancías destinadas al centro de la ciudad. Para mí era de lo más entretenido observar el movimiento que se efectuaba en el embarcadero, la carga y descarga de verduras, animales vivos y destazados, flores, arrobas de granos, ropa y telas, en fin, todo lo imaginable. Ligeramente desplazado de la Plaza Mayor quedó otro espacio, el mercado del Volador, que también quedó comunicado con el mismo canal. Sin embargo, como el agua de esta acequia no fluía, en el fétido líquido estancado la gente se deshacía de toda clase de basura, incluyendo restos de comida y cadáveres de animales.

La Plaza Mayor, junto con el mercado del Volador, se convirtieron en un enorme mercado que perduró siglos. Bajo los arcos del ayuntamiento se instaló el mercado de flores que eran traídas en trajinera desde Xochimilco. Sin embargo, los granos eran descargados de las barcas unas cuadras antes, en la alhóndiga, cerca del convento de la Merced. La primera alhóndiga se instaló sobre mi vera, frente a la Alameda. En ella se almacenaba la harina de los molinos que estaban a las orillas de los ríos. Cuando se vio que era más conveniente transportar los granos por canoa, pusieron este edificio a la orilla del canal.

Los tianguis a la manera indígena se ponían fuera del casco español. Los lunes se instalaban en el mercado de San Hipólito, los jueves en Santiago Tlatelolco y el sábado en el mercado de San Juan. Con el tiempo, las autoridades permitieron el comercio dentro de la traza y así se estableció la venta de gallinas en la Plaza Mayor, el maíz y la leña en la plazuela del Volador, la carne en la plazuela de Jesús. Poco a poco, los indios instalaron un mercado regular en el tramo sur de la Plaza Mayor, lógicamente a la orilla de la acequia. Con el tiempo, ese lugar recibió el nombre de Baratillo, pues los vecinos pobres pudieron comprar y vender artículos de segunda mano. Al poco tiempo, en el Baratillo también se comercializó la llamada «avería», que eran los artículos traídos de Sevilla o Manila y que se habían deteriorado o averiado durante el viaje. Con los años los productos artesanales elaborados al margen de los gremios, tales como zapatos, sombreros, canastas, petates, sillas y herrajes, fueron conocidos como productos baratilleros.

A principios del siglo XVII la audiencia denunció que el Baratillo era el punto de reuniones sospechosas, de gente ociosa y vagabundos que habían viciado el lugar ocupados en vender lo que hurtaban. Entonces, algunos virreyes prohibieron este mercado, lo que provocó un gran descontento que culminó en el motín de 1624. El mercado del Baratillo se veía como un mal necesario, como paliativo a la pobreza, pero cuando llegó el virrey conde de Galve prohibió este comercio y se ganó la enemistad de la población dedicada a estos negocios oscuros.

Al pasar los años, el comercio ganó más espacio dentro de la Plaza Mayor. Los comerciantes de los productos que provenían de las Filipinas solicitaron un local para vender sus productos, por lo que se construyó un edificio cuadrado, con entradas orientadas hacia los cuatro puntos cardinales, que ocupó la cuarta parte de la Plaza Mayor en el extremo suroeste. Por dentro lo dividían dos calles en cuatro cuadrantes. Se le nombró Parián porque así se llamaba el mercado de la ciudad de Manila de donde provenía la mayoría de los productos traídos por la Nao de China. Las tiendas o cajones, como se les llamaba, tenían un amplio mostrador y al fondo una trastienda donde se almacenaban las mercancías. Finalmente, había un pequeño tapanco, en donde dormía el o los dueños, mientras los dependientes se acostaban en algún lugar del frente, pues así se evitaba el hurto nocturno. Además de estos vigilantes, había hartos perros que se abalanzaban sobre aquel que osara acercarse demasiado.

En 1692 hubo otro motín en el que se quemó el Parián y muchos otros edificios; cuando se autorizó su reconstrucción se ordenó que estuviera dentro de un edificio de mampostería. Con los años el nuevo edificio se convirtió en lugar de vicio, pues ahí se comerciaban artículos robados, se vendían objetos prohibidos —sobre todo los productos de Castilla y China que ingresaban sin registro a la Nueva España— y se conseguía el contrabando propiamente dicho, o sea, las manufacturas inglesas, holandesas y francesas introducidas ilegalmente por los piratas. Estas actividades al margen de la ley hicieron del mercado una guarida de pillos y rufianes rijosos hasta que el virrey Revillagigedo lo desterró a la calle de Donceles.

Otro lugar de comercio dentro de la plaza fue el Portal de Mercaderes donde vendían quienes pagaban los impuestos y la renta por su «cajón», en los que casi siempre se vendía ropa. Pero sobre la plaza sobraba suficiente espacio para albergar a innumerables vendedores llegados quién sabe de dónde, que extendían su mercancía bajo un guardasol. La oferta de productos y servicios era múltiple, había productos del trópico igual que del desierto; loza, petates, canastas y carbón tanto como flores, frutas, verduras, animales, carne, pescado, yerbas. Había de todo para calmar el hambre: tortillas, frituras, tamales, caldos, cualquier alimento estaba disponible. Eso sí, para conseguir el pulque o chinguirito, el mezcal, sotol, charanda o bacanora había que ir a los expendios en locales bajo los portales o a una de las famosas vinaterías La Distracción del Entendimiento o El Triunfo de la Victoria.

La gente buscaba mucho a los pajareros, pues los cenzontles, jilgueros, clarines, cardenales y calandrias eran adorno y placer para el oído en los balcones y patios de los barrios, aunque sus altas jaulas eran estorbosas. Las gallinas y guajolotes con su cacareo se unían al barullo, anticipando con sus sonidos su trágico fin en mole verde o rojo, en pipián o en simple caldo. Nadie hablaba, todos gritaban, pregonaban, pedían.

Pululaban por allí los vagabundos, léperos, buenos para nada, rufianes listos para el embuste y la burla, de dedos habilísimos. Estos facinerosos conocían la plaza como la palma de su mano, tanto que una vez hecho el hurto, escapaban veloces entre el mar de gente y animales, sin que el perseguidor les pudiera dar alcance.

En un rincón de la plaza estaban unas vejezuelas arrugadas por los años y por la sabiduría, que con ayuda de sus yerbas ataban amores, igual que desaparecían al enemigo. Estas señoras se sabían las oraciones adecuadas para cada conjuro y las dosis precisas para curar aquellos enfermos que en la botica no habían obtenido el remedio. También hacían pócimas para ahuyentar los espantos y brebajes para hacer enloquecer al rival.

Otro negocio que existía por allí era el de las damas de pechos abultados y traseros rebosantes, esas pecatrices dispuestas a satisfacer cualquier antojo y que presumían sus voluptuosidades para atraer a los clientes. Pero tampoco faltaba la autoridad, por ahí andaban los alabarderos de uniforme azul y los llamados Soldados del Comercio vestidos de rojo y blanco que debían estar atentos para descubrir a vendedores diestros en pesar y medir en falso.

Igual estaban en la vasta, pestífera y ruidosa plaza, los escribanos. Sí, los famosos evangelistas que estaban prestos para redactar tanto un oficio a la autoridad como una promesa de amor eterno, o los barberos que ofrecían su ayuda a gente greñuda. Abundaban los legos mendicantes pidiendo limosnas «por el amor de Dios», los franciscanos, dominicos, mercedarios y dieguinos, juaninos, hipólitos, betlemitas y carmelitas solicitaban con voces lastimosas una ayuda para sus casas. De tierras lejanas llegaban los indios con su huacal a cuestas, abriéndose paso con su palo de caminante.

Era tal el desorden en esta plaza que ningún señor o señora de cierta posición caminaba por aquí. Si el asunto a tratar era tan importante que era ineludible acudir, los señores llegaban en coche y no había señora o dama que viniera a esta plaza; si algo necesitaban, mandaban a las criadas o al mozo. El motivo no solamente era cierta arrogancia, que sí existía, sino que había una enorme cantidad de inmundicias que tapizaban el suelo.

Aunque el piso eran piedras de tamaños desiguales, había baches, hoyancos y caños de aguas negras que atravesaban la plaza en todos los sentidos. Además, la plaza se llenaba de cáscaras de frutas, del estiércol producido por las bestias de carga y de desperdicios de toda índole. Esto era un lodazal tan espeso como pegajoso y batido por miles de pies, ideal para causar caídas aparatosas. Alguna vez escuché a un forastero que caminaba sobre mis espaldas y estaba a punto de ingresar a la plaza que «era más fácil caer en la Plaza Mayor que en tentación».

Además de este peligro, en el espacio de la plaza reinaba tal desorden con mil estorbos, que el incauto extraño que se aventuraba a entrar, se perdía y tardaba horas en encontrar la salida. Y cuando salía arrastraba un atole hediondo en los zapatos o las faldas largas, si había tenido la suerte de no caer. Pero con todo y esto aquí se conseguía todo, absolutamente cualquier objeto ya viniera de España o China, y esta variedad hacía fluir las mercancías y a nuestra moneda que entonces era el peso de plata y todo el mundo la respetaba.

En 1713 se fabricó una pila de agua de grandes dimensiones. Era ochavada, seis varas medía cada sección y en cada una había un escalón para alcanzar el agua. Tenía dos recipientes de bronce y la remataba un águila del mismo metal. Me pareció hermosa cuando la construyeron, pero no se imaginan lo que hicieron de ella al paso de los años: el agua siempre estaba puerca, pues para sacarla introducían las ollas con restos de comida. Las indias y la gente soez metía los pañales sucios para lavarlos con el agua que sacaban. El resultado era una nata con costras que flotaban en la pila. Las losas que rodeaban a la fuente estaban cubiertas de lama y resbalosas por tanto jabón, pues allí y alrededor se lavaba la ropa.

Entonces resultaba peligroso caminar cerca de esta pila donde más de uno cayó y se fracturó. Esa fuente era diversión y espectáculo para los léperos y peladitos, pues para sacar el agua de la fuente, las mujeres se tenían que balancear sobre el brocal. Cuando la falda no era larga, los movimientos naturales de las piernas descubrían más de lo que era púdico y no pocas veces esa algarabía ocasionó un pleito, una bronca o reyerta de padre y señor mío, pues las verduleras y floristas, de armas tomar, al darse cuenta de que eran objeto de miradas soeces y burlas, armaban tremenda trifulca. Entonces sí volaban piedras, cubos con agua, y objetos filosos entre los beligerantes y más de uno quedó listo para ir a que lo curaran en la botica. Había un encargado que debía cuidar la pila, aunque pocas veces se aparecía, y cuando se presentaba, de nada servía, pues carecía de autoridad.

Si la fuente expedía un mal olor, el tufo que emanaba del retrete o beque era francamente insoportable; era una verdadera letrina hecha con unos tablones sucios que servían de asiento tanto a hombres como a mujeres. Eso sí, en estos baños no había privacía, si alguna vez hubo una cubierta o cortina, alguien se la llevó a los pocos días. Para hacer lo que la naturaleza exige, la gente tenía que treparse en los tablones y en cuclillas, con la ropa levantada, defecar sin pudor ni vergüenza. El espectáculo que ofrecían era de lo más indecente. Y eso no es todo. Cerca de la letrina estaban los puestos de carne cocida, un banquete para las moscas, aunque los perros también disfrutaban del desbarajuste. Por fortuna yo quedaba del lado opuesto a esta inmundicia.

El barullo en la plaza era indescriptible. Del Baratillo, del Parián y de los puestos ambulantes brotaban las voces de los comerciantes que pregonaban sus mercancías, a lo que se sumaban ladridos y gritos, el traqueteo de los carros, los golpes de las herraduras sobre el empedrado, los relinchos. También se unía el repique de las campanas, que dejaban tras de sí un bullicio ensordecedor que iniciaba en la madrugada, a la llegada de las trajineras por la Acequia Real, y apenas declinaba al anochecer, cuando la catedral llamaba al rosario.

A esa hora brotaba como salido del fondo del averno, un coro de voces graves, roncas, aguardentosas, que rezaban el rosario desde las profundidades de la cárcel de la corte. Las voces elevaban una plegaria que estrujaba y ponía los pelos de punta a todo aquél que la llegaba a escuchar; era una oración que surgía del alma maltratada de los presos, aquellos que habiendo sido condenados, en un grito vertían toda su esperanza de seguir con vida, o, mejor aún, poder abandonar algún día las espeluznantes galeras, criaderos de chinches y pulgas, en donde nunca penetraba un rayo de sol.

Los habitantes de la cárcel eran muy variados, pues las diferencias de criterio con la aplicación de las leyes hacía que los condenados cumplieran sentencias más o menos largas aunque sus faltas no fueran graves. Muchos de estos malandrines, facinerosos, embusteros, o rufianes, estaban ahí porque no habían logrado untar a tiempo a la pesada burocracia de la justicia. A los reos peligrosos, asesinos, cuatreros, salteadores de caminos, les esperaba la picota o la horca, levantada frente al palacio.

# LA HORCA

Había dos acontecimientos que llenaban la plaza de curiosos morbosos, ocasiones en que incluso los vendedores dejaban vacío el enorme espacio: los autos de fe de la Inquisición de los que ya les conté, y el ajusticiamiento de algún reo en la horca. Cuando se corría la voz de que iba a haber alguna ejecución venía gente no sólo de los suburbios, sino de todos los pueblos de los alrededores.

Desde el amanecer se empezaba a llenar la plaza, los espacios alrededor de la horca eran muy preciados, incluso se dio el caso de que algunos muchachillos ocupaban esos lugares para luego venderlos al mejor postor. Desde luego estaba prohibido entrar a la explanada con caballos, por lo que los fuereños dejaban sus monturas en mis alrededores. Aquí no faltaban chamacos que por unos tlacos se ofrecieran a cuidar del animal para que el curioso se pudiera acercar a pie; si se solicitaba darle de beber al animal, costaba un tostón. La gente se arremolinaba, los vendedores de aguas frescas hacían un buen negocio.

Al momento de que el procesado salía de la cárcel, se elevaba un fuerte murmullo entre la muchedumbre parada de puntitas. El condenado iba montado sobre una mula, la más flaca y vieja de la ciudad, atado de pies y manos, rodeado de alguaciles y varios representantes de la ley, todos precedidos por el pregonero —que también se conocía como músico de culpas— quien cantaba a viva voz las terribles faltas que había cometido el criminal. Un fraile lo acompañaba, ayudándole a arrepentirse de sus pecados y según fuera su carácter, el delincuente iba cabizbajo llorando sus penas o altivo, desafiando a la multitud, lanzando leperadas a su alrededor y asustando con gestos terribles al gentío.

Cuando la soga era colocada sobre el cuello del acusado, todos callaban. Nadie se atrevía ni siquiera a susurrar. Reinaba un silencio absoluto, expectante. Enmudecía la muchedumbre, colmada de respeto ante la muerte, de terror ante lo imprevisible. Finalmente el convicto perdía su existencia con desfiguros, zangoloteos y contorsiones, entonces el público lo festejaba con señales de curiosidad y admiración como «¡ah!», «¡mira, mira!», «¡oh!». Por fin quedaba inmóvil el mísero, colgado de lo que el pueblo llamaba la «ene de palo». Entonces, una campana triste despedía el alma del infortunado, aunque también hubo ocasiones en que la multitud enardecida por las maldades que había cometido el malhechor, la emprendía a pedradas contra el cadáver, mandando infinidad de veces al infierno a ese infeliz.

Siempre que me asomaba a la Plaza Mayor, ya fuera por Empedradillo o Seminario, me daba pena. El virrey residía en ese mar de inmundicias y en ese hediondo entorno se encontraba el ayuntamiento, los tribunales, en una palabra, lo más selecto de la Nueva España vivía y trabajaba rodeado de mugre.

Ni siquiera la catedral estaba exenta. El soberbio edificio estaba rodeado de una barda que enmarcaba el atrio, en la primera época cementerio de personalidades importantes, antes de que se crearan los cementerios en las afueras de la ciudad. Bueno, pues este muro también estaba inundado de heces. Ofrecía cierto resguardo a la vista, por lo que era utilizado como un retrete alternativo al que se encontraba sobre la Plaza, pues las exigencias de la naturaleza son irrefrenables. El olor que rodeaba al santo edificio era insoportable.

Sólo una vez por semana, si no se atravesaba algún

impedimento, se limpiaba de los excrementos de cientos de personas. A pesar de esto, mucha gente insistía en asistir a las misas en catedral, tenían mayor valor espiritual; no era lo mismo confesarse y recibir la absolución en catedral que en un templo de barrio.

Llegó por fin una persona con la fuerza y el celo necesarios para poner fin a todos esos males. En 1790 el virrey conde de Revillagigedo mandó limpiar las calles, organizó a los carros que debían recoger la basura y publicó un bando, es decir una orden, que prohibía arrojar los excrementos a las calles. Sentí un gran alivio al verme liberada de la constante pestilencia. También mandó destruir la fuente hedionda y despejar la plaza; el mercado lo trasladó a la plaza del Volador y el Baratillo a la calle de Donceles. Mandó rebajar el piso frente al palacio vara y media, construyó atarjeas para el desagüe y mandó erigir cuatro fuentes para el abasto de agua, una en cada esquina del espacio. Pero aquí no terminó la labor de este incomparable gobernante, también renovó el palacio real por dentro y por fuera. Así que a Revillagigedo le debemos que nuestra ciudad dejara de ser un foco insalubre.

## El Zócalo

Ya mero seguimos, no se desesperen, hay un asunto aún que tengo que explicarles. Ese enorme espacio vacío que ustedes ahora pueden admirar por poquito no existe. Ahora lo conocemos como Zócalo —de hecho, he oído decir que en poblaciones del interior de la República le llaman Zócalo a la Plaza Mayor o plaza de Armas— sin saber por qué.

En 1843 el presidente Santa Anna ordenó erigir al centro de la Plaza Mayor un enorme monumento en honor de la Independencia del país. Los lineamientos que el grandilocuente gobernador tuvo a bien dictar eran que debía ser imponente, de tal magnificencia, que propios y extraños se quedaran con la boca abierta al contemplarlo.

Se convocó a concurso y se eligió el proyecto más adecuado para realizar este monumento.

El diseño ganador consistía de un zócalo octogonal como base de dos estructuras altas, de donde brotaría una enorme columna que terminaría en un mirador. El remate del monumento era una escultura alegórica, y sería tan alto que las torres de la catedral parecerían pequeñitas a su lado. El proyecto era maravilloso, digno de un rico y extenso país como era México.

Lo único que se pudo construir de esta magna idea fue el zócalo, pues los constantes disturbios no permitieron continuar con la obra. Pero el nombre de la base se perpetuó y se extendió a la plaza. Años más tarde el zócalo sirvió de base a un quiosco que adornó la plaza, pero ambos fueron demolidos un buen día y lo único que se salvó fueron las bancas de piedra que fueron trasladadas a otros sitios. Yo quería cuando menos una, pero ya ven, nadie se acordó de mí.

Bueno, ya les conté la historia —muy resumida, desde luego— de lo que fue y es el corazón de la ciudad. Sigamos adelante.

¡No!, perdón, me faltó un detalle que no dejaré pasar.

Aquí merito, en medio de la entrada a la Plaza Mayor, se erigió una capilla fuera de lo común, la capilla de Talabarteros. Era un pequeño templo de nobles proporciones y planta hexagonal que fue construido después de muchas penurias, gracias a las limosnas otorgadas por varios oficios, en especial de los talabarteros, y a que un hábil artesano muy devoto de la santa cruz se empecinó en erigir este símbolo.

Esta cruz, dorada y colocada en una peana de mampostería, fue adornada con cintas y papeles de colores. Cuentan que desde entonces —el 3 de mayo de 1607— los albañiles celebraron todos los años con muchos cohetes, música, comilona y obligada borrachera al símbolo que les otorga protección.

La capilla fue demolida en 1834, pues además de que los alrededores siempre estaban sucios —recuerden que este era el paso de las mercancías para el mercado, acarreadas por todo tipo de animales— la inmundicia, los alborotos y riñas eran el pan de cada día. Por las noches la capilla servía de guarida a ladrones y a mujerzuelas que ofrecían sus fogosos excesos. Estas fueron las razones que los vecinos presentaron ante el Ayuntamiento para que derribaran la capilla.

Ahora sí, sigan adelante rumbo al Este. Se encontrarán con una barda que les impedirá seguir sobre mis espaldas, pues aquí me mutilaron hace unos años. Mi desgracia ocurrió el día en que hallaron la escultura de la Coyolxauqui en el drenaje de mis vecinos, entonces se pusieron a excavar, tumbaron casas y siguieron excavando. Como yo también les estorbaba me amputaron con toda facilidad un buen tramo y entonces aparecieron los imponentes templos prehispánicos que me hicieron recordar mi niñez y juventud.

# EL HOSPICIO DE SAN NICOLÁS

Bueno, por un rato tendrán que hacer nuestro recorrido sin mí y dar un amplio rodeo por el Zócalo, pues se darán cuenta de que mi entrada por Seminario también fue cercenada. Sigan hasta Licenciado Verdad y deténganse en Correo Mayor, ahí nos encontraremos.

Para que sepan por dónde andarán, les diré que entre Seminario y Correo Mayor mi nombre era calle de Santa Teresa. Sobre Licenciado Verdad todavía queda algo del famoso convento que me daba su nombre, enseguida estaba la calle del Hospicio de San Nicolás. Encontrarán un vetusto edificio con hermosos patios de lo que fue el Hospicio de San Nicolás.

En 1605, con destino a las Filipinas, llegaron dos misiones de frailes agustinos que viajaban bajo la protección de San Nicolás Tolentino, un santo italiano que vivió en el siglo XIII. Uno de estos grupos era de la rama de los Descalzos recoletos que fundaron un hospicio para albergar a las misiones en tránsito. Tenía una buena ubicación, apenas a dos manzanas al este de la Plaza Mayor.

Ya les mencioné que se había decretado la fundación del real seminario de Minería y que don Andrés Manuel del Río fue el encargado de la cátedra de mineralogía. Más adelante les platicaré mayores detalles de esta importante persona, por lo pronto les informo que en 1795 inició su curso en este edificio. También les dije que don Manuel Tolsá estaba encargado de la construcción de lo que sería la sede del real seminario, pero mientras se levantaba el enorme edificio de Minería, con los consabidos problemas de hundimiento, el

IMAGEN I. Calzada México-Tacuba en sus inicios. Óleo de Joachim von Mentz.

IMAGEN 2. Moctezuma en Chapultepec. Fuente: Museo Nacional de Arte.

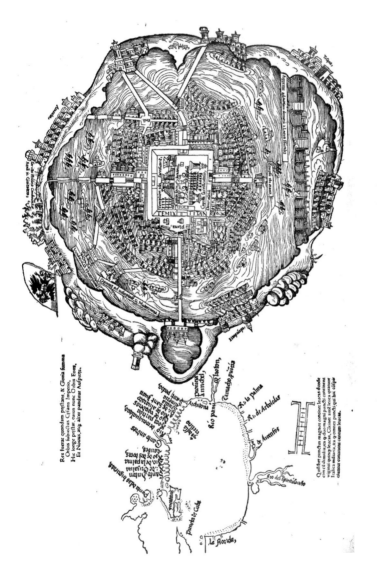

IMAGEN 3. Mapa Nuremberg de Tenochtitlan.
Fuente: *Cartas de Relación* de Hernán Cortés, 1524.

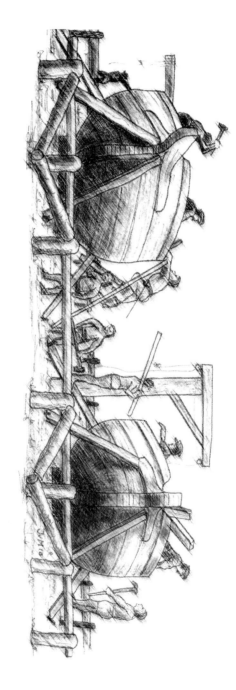

IMAGEN 4. Los españoles se preparan para atacar a la gran Tenochtitlan. Dibujo de Joachin von Mentz.

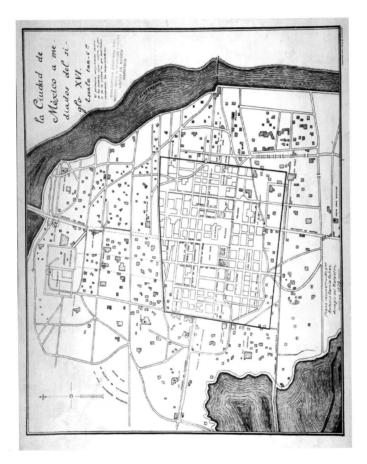

IMAGEN 5. Mapa de la ciudad de México a mediados del siglo XVI.
Fuente: Museo Nacional de Antropología e Historia.

IMAGEN 6. Fuente de la Tlaxpana conocida como de los Músicos en *México y sus alrededores*, litografía de Casimiro Castro. Fuente: Museo Franz Mayer.

IMAGEN 7. Colegio de Minería en *México y sus alrededores*, litografía de Casimiro Castro. Fuente: Museo Franz Mayer.

IMAGEN 8. Vista de la ciudad de México desde San Juan de Dios donde se aprecia el camino que va de Tacuba a San Lázaro, óleo de Hochenegg. Fuente: Museo Franz Mayer.

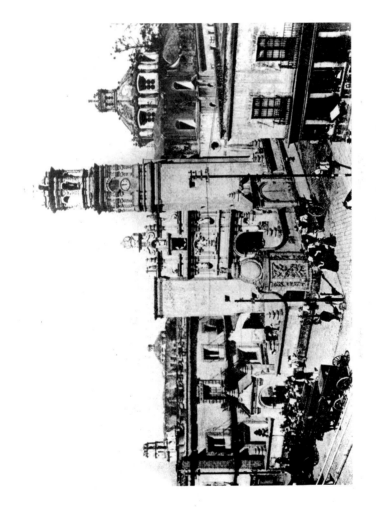

IMAGEN 9. Paseantes frente a la iglesia de San Hipólito.
Fuente: Museo Franz Mayer.

IMAGEN 10. Palacio de Minería y Palacio de Comunicaciones, hoy Museo Nacional de Arte. Fuente: Museo Franz Mayer.

IMAGEN II.  Palacio Postal o Quinta Casa de Correos.
Fuente: Museo Franz Mayer.

IMAGEN 12. Jardín de San Cosme, 1905.
Fuente: Museo Archivo de la Fotografía.

IMAGEN 13. La calzada México-Tacuba en su tramo del Panteón Inglés al cuartel de San Joaquín, 1931. Fuente: Museo Archivo de la Fotografía.

IMAGEN 14. Vista de los tranvías que recorrían la calzada México-Tacuba. Fuente: Museo Archivo de la Fotografía.

IMAGEN 15. Avenida Hidalgo en 1956. En esta zona estuvieron el puente y la casa de la Mariscala, además de la caja de agua del acueducto. Fuente: Museo Franz Mayer.

IMAGEN 16. Traslado del Caballito a la plaza Manuel Tolsá.
Fuente: Museo Archivo de la Fotografía.

colegio se estableció provisionalmente ahí. El hospicio fue también donde el barón Alejandro de Humboldt sostuvo numerosas charlas fructíferas sobre minería con Del Río. Ambos se conocieron en Alemania, siendo estudiantes, y Humboldt atendió la invitación que le hizo su colega.

Con la guerra de Independencia el hospicio fue convertido en vivienda particular, y el primero que allí vivió fue el ilustre general don Vicente Guerrero. Pero bueno, caminen de prisa para que nos encontremos pronto.

## LA ILUMINACIÓN

¡Al fin llegaron! Vi que dudaron un poco en saber si ésta era la esquina donde nos veríamos. Sí, están otra vez caminando sobre mí. Aquí rumbo al Este —como ya se dieron cuenta— la calidad de las construcciones decae. Mi extremo este, cercano al lago de Texcoco, fue insalubre desde siempre, pues estaba sujeto a inundaciones y las construcciones estaban infestadas de salitre. Sí, era una zona pobre y casi deshabitada.

Precisamente por su aislamiento, en 1869, se construyó ahí, por la zona de San Lázaro, una planta generadora de gas hidrógeno. Con esta planta, los habitantes de la ciudad fueron ampliando sus actividades hasta altas horas de la noche, empezaron las funciones de teatro, de ópera, de música; con la iluminación inició una etapa nueva de vida nocturna, hasta entonces desconocida. Pero déjenme contarles desde el principio el desarrollo de la iluminación de las calles de la urbe.

Hubiera sido la primera calle iluminada de la ciudad, si los moradores de la calle de Juan Manuel no hubieran entrado en pánico por encontrar noche tras noche a una persona apuñalada sobre su calle. No me corresponde contarles los detalles de esta terrible tragedia, sólo consigno que en el año de 1779 los vecinos se pusieron de acuerdo y sin mayores discusiones instalaron unos faroles que daban luz con aceite de nabo. Aunque también se probaron otros vegetales, éstos no dieron la misma calidad luminosa, además de que había que limpiar los vidrios con mayor frecuencia. Fue el nabo el que dio los mejores resultados, pues cumplían con su cometido: permitir el tránsito de noche y mejorar la seguridad.

Varias calles, desde luego las importantes, seguimos este ejemplo. La Plateros, Donceles y Relox nos vimos iluminadas por unos candeleros colocados a bastante altura sobre unos arbotantes. No crean que esto fue de a gratis, no, claro que no. El gobierno de la ciudad siempre ha carecido de medios para una mejoría de este tipo, así que fueron las contribuciones forzosas de los vecinos las que lo hicieron posible. El resultado fue maravilloso, todas nos veíamos hermosas e iluminadas, habíamos salido de la oscuridad para lucir aun de noche. Los transeúntes estaban felices, pues los asaltos disminuyeron porque se desplazaron a los sitios oscuros. Ricos y pobres siguieron nuestros pasos.

Cuando el rey se dio cuenta de la bondad del alumbrado ordenó instalar luces en todas las casas reales, como el palacio, la Aduana, la Moneda, y otras que sí pagó la real Hacienda. El conde de Revillagigedo inauguró en 1790 los 1128 faroles de vidrio en luminarias de hoja de lata, sostenidos por soportes llamados «pies de gallo». Algunos barrios más alejados intentaron copiarnos, pero la diferencia de opiniones entre los vecinos siempre daba al traste con las buenas intenciones. Con el paso de los años, disminuyó el celo de mantener limpios los faroles, encenderlos puntualmente, y, sobre todo, reponer cuanto vidrio se rompía. Poquito a poco nos quedamos otra vez en la penumbra, hasta que después de setenta años la luz fue reforzada.

Primero se hizo una prueba con 450 lámparas de trementina que daban una luz más blanca, más intensa. Por supuesto, los habitantes solicitaron más faroles y con el tiempo se creó la estación de gas de alumbrado en San Lázaro que les mencioné hace un rato. De esta estación partían los tubos conductores del peligroso combustible, para ramificarse por toda la zona entre tres y cinco cuadras a la redonda de la Plaza Mayor, y así alimentar infinidad de faroles. Llegué a tener en varios tramos a diez de ellos por cada cuadra, distribuidos en ambas aceras. Sin duda esto era maravilloso, pero llevaba intrínseco el gusano del fracaso. Con los hundimientos incontrolables del subsuelo en las cercanías de la Plaza Mayor, cualquier tubo enterrado estaba condenado a fracturarse. ¡Imagínense, los conductos de gas rompiéndose y produciendo explosiones! Vivíamos sobre un polvorín.

Por eso fue una bendición cuando en 1881 se pusieron en servicio las primeras 40 lámparas que iluminaron con electricidad. Hacía 1890 la ciudad contaba con 300 focos eléctricos y aunque no en todas partes había luz eléctrica, era indiscutible que al fin se había ganado la batalla contra la oscuridad. La luz eléctrica es brillante, limpia, sin olores, humos o tizne. La compañía Siemens instaló candelabros y construyó la planta de Necaxa, que alimentó con electricidad todo el centro de la República.

# San Lázaro

Hemos llegado a mi extremo oriental. En tiempos prehispánicos aquí terminaba la isla de Tenochtitlan y empezaba el lago de Texcoco, por eso aquí estaba el embarcadero. De aquí partían las canoas hacia las poblaciones en la ribera del lago. Como ya les conté todo lo que sucedió durante la conquista, ahora les voy a relatar lo que ocurrió por acá después de 1521.

Aunque la ciudad ya había sido tomada, el peligro de un levantamiento masivo seguía latente, pues eran alrededor de mil españoles los que estaban rodeados de cientos de miles de indígenas. Evaluando su precaria situación —y aunque nunca hubo tal levantamiento ni se usaron los bergantines para huir— el primer edificio que se construyó fue una fortaleza en este sitio, llamado las Atarazanas. Esta fortificación tenía sus torres, un embarcadero en donde atracaban los bergantines, un polvorín, una cárcel y almacén general. El camino que iba del centro hacia el fuerte desde luego era yo y sí, seguro que lo adivinan, aquí me conocían como la calle de las Atarazanas, pero lo que no saben es que este tramo de calle fue el primero en tener un nombre propio, así que no lo olviden, el primer edificio y la primera calle de esta ciudad estuvieron aquí.

¿Se acuerdan del primer hospital, el de leprosos que fundó Hernán Cortés en la Tlaxpana y que fue destruido por un iracundo? Pues resucitó con todo e iglesia en esta área por mediación del benemérito doctor Pedro López, por eso la zona lleva su nombre. Aquí también estuvo la estación de San Lázaro del ferrocarril interoceánico, y aunque en 1862 dejó de funcionar el hospital, hoy en día su nombre lo lleva nada menos que el recinto legislativo de la nación. A pesar de toda esta historia, los legisladores no me utilizan como vía de acceso porque hoy hay nuevas avenidas.

Hoy ya casi nadie me usa y nadie me recuerda.

capítulo

5

¿**A**HORA VAN ENTENDIENDO la importancia que tengo? ¿Ven cómo no presumo? La mayoría de las actividades más importantes se llevaron a cabo sobre mis espaldas. No sólo se construyeron aquí las primeras iglesias, también estaban casi todos los hospitales, corría sobre mí el suministro de agua, se llevaban a cabo los castigos de la santa Inquisición y se realizaban paseos. La celebración de la procesión de corpus era famosa, y participaba toda la población. Los balcones se llenaban de damas hermosas, y los galanes me recorrían varias veces para cumplimentarlas. A mí me fascinaba porque quedaba embellecida, adornada de pies a cabeza, bueno, de arriba abajo con flores, banderas, tapices colgantes y cintas de colores.

La diversión española por excelencia eran los toros y por supuesto se trasladaron a la Nueva España, donde con cualquier motivo se celebraron corridas para gran regocijo del pueblo, que pronto se aficionó a ellas. Durante siglos no hubo un lugar fijo, las plazas eran móviles y se instalaban en diferentes lugares, de modo que la fiesta brava se celebraba en cualquier sitio que ofreciera el suficiente espacio para levantar las gradas. Las hubo en la Plaza Mayor, en el tianguis de San Hipólito, en la Mariscala, incluso dentro del palacio virreinal.

Otro festejo que causaba gran algarabía era el desfile de la universidad. Cuando había un nuevo doctor se celebraba con gran pompa y solemnidad y participaban las más encumbradas autoridades universitarias y de la ciudad. Frente al flamante edificio universitario, junto a la plaza del Volador, se formaba el cortejo que desfilaba por las calles en vistosos corceles y que a mí me recorría enterita porque muchas personas importantes eran mis vecinos.

Ésta era la fiesta de la juventud y las muchachas aprovechaban la ocasión para dejar lucir sus encantos y ropajes —claro, era la oportunidad para pescar un buen partido entre los universitarios— y la muchedumbre que atiborraba mis aceras, aplaudía al paso de las diversas facultades. Los caballos de medicina portaban insignias de color amarillo, blanco los de teología, verde era el color de los cánones y los de leyes iban de rojo. Llovían papelitos de colores y flores fragantes. Como todos los que se celebraban en la ciudad, este desfile pasaba forzosamente por mi tramo de Escalerillas, a espaldas de la catedral, la única variante era que si entraban por Seminario a la plaza, salían por Empedradillo, y viceversa.

Como en esta esquina y sus alrededores pasaba todo el mundo, les relataré algunas anécdotas, como la del primer café de la ciudad, de la bizcochería de Ambriz y otros gratos recuerdos.

# EL PRIMER CAFÉ DE MÉXICO

Durante el virreinato de don Bernardo de Gálvez, allá por 1786, se estableció el primer café de la ciudad, justo en la puerta de la plaza, en mi esquina con Empedradillo. Este café era una gran novedad, pues era insólito entrar en un local y sentarse a tomar una bebida. Los meseros, ataviados con un delantal blanco de la cintura hasta el suelo, se colocaban en las puertas invitando a los transeúntes a pasar y «tomar café con molletes al estilo de Francia». Éste era el café con leche endulzado, modalidad que de inmediato fue aceptada con entusiasmo y que se difundió a toda la Nueva España en 1785 o 1786, no recuerdo exactamente.

El éxito fue rotundo. La esquina que ya de por sí estaba en un lugar privilegiado, se hizo famosa. Las eternas horas de espera, el constante «vuelva al rato» de las oficinas virreinales y del ayuntamiento en la plaza, eran una inagotable fuente de clientela para el local. Además de estos frecuentadores del café, pronto llegaron escritores, militares y periodistas quienes ni tardos ni perezosos acogieron gustosos la moda de ir a perder el tiempo bebiendo café o chocolate, a la vez que sopeaban los productos de la famosa pastelería francesa.

Fue en este lugar donde surgió un deporte nacional: la interminable plática, análisis y discusión sobre los sucesos del momento. Los asistentes conversaban criticando, mejorando o componiendo la política del gobernante en turno. En línea con la afinidad francesa del establecimiento, cuando años más tarde soplaron los aires de libertad, la Marsellesa se tocó ahí por primera vez en el país.

# LA ANTIGUA
## BIZCOCHERÍA DE AMBRIZ

Ya que hablo de cafés, recuerdo la famosísima bizcochería de Ambriz, vecina mía muy renombrada. Si no fue la primera en establecerse, con seguridad fue la primera en tener tal éxito. Era este establecimiento el proveedor de bizcochos y manjares, como se les llamaba castizamente a estos panecillos azucarados, delicias de jóvenes y viejos. Junto a este local estaba una carnicería donde, aunque no era tan famosa, se originó la siguiente situación.

A diario, y a distintas horas, aquí se presentaba un perro famélico de instinto aguzado, pues aprovechando cualquier distracción del carnicero, robaba suculentos pedazos de carne y salía corriendo en veloz carrera. El can fue engordando y el tablajero se fue llenando de coléricos pensamientos de venganza. En los altos de esta casa vivía el famoso abogado don Juan Nepomuceno Rodríguez de San Miguel, de modo que un día el enojado carnicero le consultó la manera de recuperar el dinero que se había tragado el condenado perro. El licenciado le aconsejó que averiguara quién era el dueño del ladrón y haciendo una estimación de la merma, le presentara la cuenta al responsable, considerando una razonable cantidad para el regateo.

El carnicero hizo las pesquisas necesarias y con asombro descubrió que el dueño del can era nada menos que el mismo abogado, don Juan Nepomuceno. Entonces subió a verlo y le informó que ya sabía quién era el dueño del perro.

—¿Ya lo sabe usted? Pues cóbrele de inmediato lo que legítimamente le debe. Pídale su dinero, usted es pobre, amigo, y vive de su trabajo, y no es justo que nadie le rebaje ni el mínimo. El propietario debería tener más cuidado y no dejar salir a la calle a su animal, ese descuido es punible y no hay que tener ninguna consideración.

El tablajero, escuchando en silencio, se alegró.

—Como el animalito es de usted, señor licenciado, le ruego se sirva pagarme los dieciocho pesos y algunos centavos que su perro se ha tragado.

El abogado calló un instante y contestó:

—Está muy bien, muy bien, amigo. Usted está en su derecho y recibirá los dieciocho pesos y centavillos. Pero usted me adeuda cincuenta y cuatro pesos por la consulta.

—¡Ay, señor! ¡Pues entonces no me pague usted la carne!

—Usted tampoco me pague la consulta y vaya con Dios.

El hábil jurista comprendió por qué había engordado tanto su perro y el carnicero, ni tarde ni perezoso, se armó de un grueso garrote para imponer por la fuerza el derecho de admisión a su establecimiento.


## La fonda de Escalerillas

También en Escalerillas se encontraba una famosísima fonda, alabada por todos los rincones de la ciudad. Yo no sólo veía la gran cantidad de platillos que allí se despachaban, sino incluso alcanzaba a oler los manjares excelsos, elaborados con recetas secretas. ¡Qué diferencia con las fritangas de la plaza! Estos aromas eran una delicia que yo disfrutaba antes de que llegaran a las mesas más elegantes. Pero no sólo los platillos principales eran de ensueño, los postres eran iguales o incluso mejores. Las tartaletas, aleluyas, magdalenas de leche o rollitos de yema deleitaban por igual el paladar del virrey y del arriero.

La gente importante enviaba a sus criados a adquirir esas delicias y hasta los conventos se surtían de golosinas. Por las noches se formaba una fila de coches en la plaza del Marqués. Las damas o caballeros no descendían de sus carruajes, sino que de ventana a ventana de las portezuelas se colocaba una tablita que se cubría con un mantelillo almidonado para hacerla de mesita. Aquí, en lo que era una ceremonia culinaria, se saboreaban los exquisitos tacos, enchiladas, sopes, pambazos o empanadas. Una vez concluido el festín, se retiraba la mesa para recibir una bolsa con dulces, galletitas, hojaldres, bocado de dama y otras excelsitudes que eran disfrutadas en el trayecto de regreso.

Un día llegó un extranjero rubio al que habían recomendado ampliamente el establecimiento. Pidió varios platillos y los disfrutó con expresiones de admiración hasta la última migaja. Bebió algo de vino y como postre solicitó varios dulces de los que elaboraba la casa. Se reclinó en la silla, quedó pensativo, como en éxtasis, cuando inició un largo repique de las campanas de catedral.

Como todas las campanas tañían a vuelo y armaban un escándalo sonoro, el extranjero se alarmó. Llamó a un mesero y le preguntó de tal estruendo.

—Es el día de la ascensión del Señor —le explicó—, el día en que subió a los cielos.

El visitante se hundió en sus pensamientos. Luego, aturdido por el constante sonar de las campanas, llamó de nuevo al camarero y le comentó, suspirando:

—Ahora en el cielo debe haber una gran celebración.

—Inmensa, señor —añadió, también suspirando—, ¡quién pudiera ir a verla!

—¿Sí? Pues no hay cosa más fácil —repuso el extranjero—. Ahora mismo voy al cielo a disfrutar de ese júbilo de los ángeles.

Diciendo esto, sacó una pistola, se la colocó en la sien y disparó. Cayó muerto al instante. Brotaron sesos y sangre del hueco que le abrió la bala y su alma se fue hacia donde él quería. La noticia corrió como reguero de pólvora. Llevaron inmediatamente el cadáver a las Casas Consistoriales y la gente se arremolinó para verlo, comentando lo inverosímil de su acción. De inmediato surgió el problema de dónde enterrarlo.

Yo, en cuestión de cementerios era experta y conocía todas las posibles propuestas. Algunos opinaban que como suicida no merecía santa sepultura y pedían que lo arrojaran a las fieras y los zopilotes o que cuando mucho lo llevaran a la fosa común. Había otros que sí estaban de acuerdo en darle cristiana sepultura, mas no en tierra bendita. Finalmente, tras consultar la problemática con el claustro de doctores, determinaron que el alma de aquél hombre se había salvado. Consideraron que había recibido un rayo divino, hiriendo su alma, purificándola. Lo vistieron de blanco y partió el cortejo sobre mis espaldas rumbo al cementerio. ¡No se imaginan la cantidad de gente que se sumó para acompañarlo! Claro, no es frecuente ver a una persona elegida y tocada por un rayo divino.

Creo que ahora será mejor que les cuente de las personas con las que he convivido porque, ya se imaginarán, en mis siglos de vida he conocido a una enorme variedad de gente que me caminó, me corrió, me cabalgó, me pateó, me escupió y hasta me orinó. Mencionaré a unos pocos pues como se imaginarán son muchas las aventuras y anécdotas que presencié, así que haré una selección muy personal.

## CAMINANTES

Me es imposible estimar cuántos me pisaron en todos estos años y tampoco podría precisar los tipos de calzado que sobre mí anduvieron. Desde luego, los pies desnudos son mis favoritos no sólo porque fueron los primeros que conocí en mi niñez sino porque nunca me lastimaron, al contrario, me acariciaban. Durante siglos los disfruté, pero con los años se redujo su número y hoy prácticamente han desaparecido.

Me ha recorrido todo tipo de calzado: de tacón bajo o alto; puntiagudos, chatos y de punta redondeada, cacles, huaraches, botas, alpargatas y zapatillas. Cuando más los disfrutaba eran los domingos frente a los templos porque entonces se congregaban las más extravagantes formas de zapatillas. Las había cubiertas de paño, de seda, gamuza o charol y los colores abarcaban toda la gama del arcoiris. Todos eran muy vistosos, pero ¡cómo me lastimaban los tacones afilados!

Contrario a este colorido, la mayoría de los zapatos de los caballeros eran negros y, eso sí, siempre lustrosos. Si alguna vez hubo una vanidad común a todas las clases sociales, fue la costumbre del calzado lustroso que debía brillar como un espejo y reflejar la buena estampa de su dueño; por eso no es extraño que los lustrabotas prefirieran mis banquetas para colocar sus cajoncitos. A estos limpiadores de calzado les comenzaron a llamar boleros, me imagino que por las bolas de grasa que empeñaban en su oficio.

También por mis vías entraron y salieron de la ciudad las más variadas mercancías, cada una con su ritmo propio. Las recuas cargadas de plata llevaban paso lento, lo mismo que los arrieros que azuzaban a sus bueyes y vacas. Los que disfrutaban del vértigo de la velocidad eran los cocheros y los conductores de carros de alquiler que debían entregar al pasajero sano y salvo, aunque zarandeado por el empedrado disparejo.

Los que corrían desaforados eran los carreteros. Sembraban el pánico en mis cercanías. Cuando las carretas iban colmadas de mercancías, las dos o cuatro mulas apenas alcanzaban a cumplir con la velocidad que exigía el cochero. Ya fueran materiales para construcción, sacos de arroz, harina o maíz, barriles de pulque o frutas, los carros siempre sobrecargados se movían dando tumbos entre hoyos y empedrado —más al rato les contaré de esto—, causando un ruido infernal a su paso y cimbrando los edificios aledaños. La locura comenzaba cuando los carreteros habían entregado su remesa.

Como por los rumbos de San Cosme era ancha, casi a diario se efectuaban carreras improvisadas. A grito pelado, los bárbaros cocheros dirigían con una mano mientras con la otra daban de latigazos a sus animales que despavoridos sembraban el pánico a lo largo de mi ruta; dejando detrás un nubarrón de polvo.

También me tocó ver a más de un conductor sádico y bruto, especialmente en días de fiesta, cuando los pobres transeúntes se tenían que abrir paso entre caballos y carruajes, no faltaba el pelado que al ver que alguno cruzaba su trayecto, acometía con espuelas y latigazos contra las mulas que arrollaban a cuanto cristiano se les ponía enfrente. Los rufianes cocheros, muertos de la risa, se divertían con los brincos y zarandeadas de los peatones que huían despavoridos para ponerse a salvo; también se carcajeaban al ver las piruetas que debía hacer la gente para no salir atropellada y de los que dejaban en el piso tras su marcha. ¡Con qué gentuza me tocó vivir!

## Tecuichpo

De mis años prehispánicos ya les he mencionado a varios de los protagonistas, pero ahora quiero platicarles más de Tecuichpo, una excepcional mujer que nació en julio de 1510. Su nombre completo era Tecuichpo Ixquixóchitl, que significa flor blanca, y pertenecía a la más alta nobleza mexica pues era la hija legítima del hueytlatoani con la princesa Teotlalco, hija del tlatoani de Tacuba. Tecuichpo fue bautizada durante la estancia de los españoles en las Casas Viejas, cuando le hacía compañía a su padre prisionero y desde entonces fue conocida como Isabel de Moctezuma.

Tecuichpo sobrevivió de milagro a la huida y masacre de la Noche Triste. Ya les conté que el puente portátil cayó al agua después de que pasó la vanguardia por la gran cortadura y que todos los que venían atrás quedaron varados. Tecuichpo venía en el segundo contingente con otras mujeres y el equipaje. Aunque varios lograron cruzar las negras aguas, entre ellos Marina, la Malinche, Tecuichpo prefirió regresar y refugiarse en el palacio de su padre.

Cuando se restableció el orden en Tenochtitlan y dado su alto linaje, Tecuichpo fue dada como esposa a Cuitlahuac, el nuevo hueytlatoani. Sin embargo, éste murió pronto contagiado de viruela, y pronto se convirtió en esposa de Cuauhtémoc. Debo aclararles que como Tecuichpo apenas tenía once años, estos matrimonios no se consumaron, eran más bien formalidades para conservar la nobleza.

En la toma de Tenochtitlan, Tecuichpo fue apresada junto con Cuauhtémoc, pero como Cortés le había prometido a Moctezuma velar por sus hijas, en el último acto de gobierno que efectuó antes de que le fueran revocados sus poderes, otorgó a doña Isabel el señorío y cacicazgo de Tacuba, que incluía propiedades importantes. A sus 17 años, Tecuichpo era una mujer rica y viuda a la que todavía le faltaban varias nupcias por contraer. Cortés la casó con un tal Alonso de Grado, pero como falleció poco después de la boda, el capitán general la llevó a vivir a su palacio y sucedió lo que tenía que suceder.

Pocos meses antes de que diera a luz a una hija que se llamaría Leonor, Cortés le asignó a Isabel un nuevo marido, Pedro Gallego, pero también murió pronto y la joven mujer se volvió a casar. Juan Cano fue el hombre con quien Isabel tuvo cinco hijos y con quien vivió en mi pueblo natal, Tacuba.

La hija de Isabel y Cortés se llamó Leonor Cortés y Moctezuma, era nieta del máximo jerarca mexica e hija del más poderoso conquistador de estas tierras. Leonor llevaba en la sangre la herencia de dos pueblos que fueron enemigos y ella simbolizaba una nueva etapa de la historia. Así surguieron los mestizos, una nueva raza que con el tiempo llegaría a ser la mayoría de la población del país. Entre los primeros mestizos de alcurnia están Leonor y su medio hermano, Martín, hijo de Cortés y Marina, ambos de la misma edad.

# MESTIZOS Y CRIOLLOS

Además de los mestizos, estaban los criollos, que eran los hijos de los españoles nacidos en la Nueva España, y los recién llegados de la península ibérica, conocidos como gachupines, mote injurioso que llegó para quedarse. El antagonismo entre éstos y los criollos apareció casi de inmediato pues la sociedad criolla adoptó las costumbres locales y los españoles preferían todo lo que venía de la península, como recuerda la frase «a falta de pan, tortilla» que los peninsulares recitaban resignados.

Aunque el mestizaje inició desde el momento en que los conquistadores pisaron tierra mexicana, con los años se entrelazaron más y más razas que dieron origen a todo tipo de mezclas. Estas combinaciones tenían nombres específicos, como los castizos, cholos, mulatos, zambos, cambujos y jíbaros que descendían de chinos. Pertenecer a uno de estos grupos implicaba cumplir rigorosamente con cierta manera de vestir. Los españoles, por ejemplo, se distinguían por su elegancia, los indios por su calzón blanco, las órdenes religiosas tenían su propia indumentaria, las mestizas usaban enaguas que eran de lana en la parte de abajo y de seda en la parte superior; es más, la real audiencia decretó que «ninguna mestiza, mulata o negra ande vestida como india, sino de española, so pena de ser presa y que le den cien azotes públicamente por las calles y pague». Pero eso sí, todas las mujeres tenían que cubrirse.

Un día escuché a una tal Petra, mestiza de buen ver que vivía en el pueblo de Tacuba, decirle a su comadre: «No tengo para comprarme una mantilla como lo exigen, pero pedí en el telar que me tejieran una tira para poder taparme». A los pocos días Petrita salió a misa cubierta con una tela larga, sencilla, decorada solamente con unas rayas a lo largo. Cuando su comadre la vio le encantó la idea y mandó hacerse otra igual y así fue como nació el rebozo que sustituyó a la mantilla.

Las mujeres españolas y criollas adoptaron la moda francesa, pero eran más recatadas, cubrían los grandes escotes con ligeras muselinas. Todos los vestidos, incluso aquellos que llevaban ricos brocados de seda chinos o europeos, se adornaban con lazos y galones de oro y plata. La enagua ampona debía dejar lucir el zapato, invariablemente decorado con hebillas y joyas.

A mí me llamaban mucho la atención las negras. Parecía que no querían quedarse atrás de sus señoras, pues cuando salían a la calle invariablemente iban adornadas con relucientes joyas, producto de sus ahorros, cascabeles y vistosas pulseras que hacían sonar a cada paso. Eran altivas, se vestían de forma provocativa y se mostraban insinuantes cuando deambulaban sobre mí o cuando iban a lucirse al paseo de la Alameda con su andar parsimonioso que balanceaba la abundante popa y echaba al frente la altiva proa. Más de un español no se resistió al incitante contoneo de tan amplias caderas.

Recién concluida la conquista, los españoles vivían dentro de la ciudad, y los indios fuera de la traza urbana pues se les prohibió entrar a ella. Pero esta fue una de tantas órdenes absurdas, porque los ricos pronto requirieron servidumbre y con el transcurso del tiempo, los sirvientes se quedaron a vivir en las casas de los amos. Como reguero de pólvora corrió la voz en la península de que en la Nueva España cualquiera que fuera medianamente hábil se volvía rico de la noche a la mañana, pues el brazo de la justicia era muy débil a tanta distancia.

Ese afán de riqueza ocasionó que viniera todo tipo de gente, desde nobles hasta pelafustanes, lo mismo que notables artistas. Como la ciudad creció con rapidez, alguna vez se pensó en amurallar el islote en donde vivían los españoles, sin embargo, este proyecto nunca se realizó. En cambio, en 1528 se repartieron nuevos solares en ambos lados de mi ruta para que los conquistadores construyeran casas fortificadas que contribuyeran a defenderme en caso de ser necesario, pues yo seguía siendo una importante vía de acceso.

Los conquistadores empezaron a ocupar sus mansiones y con la llegada de sus mujeres e hijas la ciudad fue adoptando un matiz más tranquilo. Dentro de la parte española fueron mis vecinos los conquistadores Ruy González, alcalde, procurador y regidor; Francisco Maldonado, igualmente corregidor y regidor; en el tramo llamado Escalerillas vivió el doctor Cristóbal de Ojeda, quien curó las quemaduras sufridas por Cuauhtémoc durante su tormento. En las afueras, los indios reconstruyeron sus chozas y se inició una vida nueva en lo que a partir de 1529 se llamó la ciudad de México. Con los años, la ciudad creció hacia el Oeste con una nueva traza de manzanas más grandes y no cuadradas, sino rectangulares.

Al inicio de la vida oficial de la Nueva España ni el Ayuntamiento ni la Corona disponían de un edificio propio. No sé quién tuvo la culpa, ni me gusta andar de chismosa, pero unos dicen que alguien omitió efectuar los trámites necesarios para la residencia del representante real y otros aseguran que fue la enorme burocracia la que impidió darle celeridad al papeleo. El caso es que la sede del gobierno de la ciudad tardó algún tiempo en concluirse y por eso Cortés puso a disposición del Ayuntamiento su propia mansión, la misma que les describí hace ratito. Es por eso que la primera acta del cabildo está fechada el 8 de marzo de 1524, en las casas «del magnífico señor Hernando Cortés, gobernador e capitán general de esta Nueva España, do se hace dicho Ayuntamiento».

## EL PASEO DEL PENDÓN

Ahora les voy a contar del más sonado festejo cívico religioso que se efectuaba durante la colonia. Pocos años después de levantada la nueva ciudad, en 1528, el cabildo decidió efectuar una celebración representativa de la conquista. Para tal efecto se dispuso que el pendón, es decir, el estandarte de Cortés con el que ganó Tenochtitlan, fuera «paseado» hacia la iglesia de San Hipólito, rememorando el 13 de agosto, día de la rendición mexica.

Año con año, vi cómo en la Plaza Mayor se reunían la nobleza y los personajes más importantes de la ciudad, engalanados con sus mejores vestimentas, ostentando sus riquezas y luciendo resplandecientes armaduras. Sus briosos caballos, igualmente enjaezados, esperaban impacientes la señal para partir. De pronto, uno de los regidores se dirigió a la casa del cabildo y regresó ondeando el famoso estandarte. El alférez montó, seguido por los demás caballeros, se colocó entre el virrey y los oidores y la solemne procesión se puso en marcha, cruzando la plaza con dirección hacia mí.

Este era un espectáculo digno de verse. El pueblo se congregaba en la plaza y en mis alrededores para admirar de cerca a sus gobernantes. Todas las calles y plazas estaban

adornadas con ramos de flores. Los balcones eran adere-
zados para la ocasión con banderas y estandartes, y estaban colmados de damas que lucían sus más vistosas y ricas
joyas. Las que no disponían de un balcón se asomaban y sa-
ludaban por las ventanas. Yo, francamente, también gozaba
enormemente esta celebración porque me limpiaban, elimi-
naban las inmundicias que tanta gente descuidada arroja-
ba sobre mi superficie y me decoraban con grandes arcos
de ramas y flores.

La columna marcial con el alférez ondeando el pendón,
los lacayos y libreas avanzaban gallardamente sobre mí en dirección al pueblo de Tacuba. Por el puente de la Mariscala
cruzaban la acequia, pasaban frente a la Santa Veracruz y
desmontaban frente a la iglesia de San Hipólito. Ahí, el arzobispo encabezaba las vísperas, que eran acompañadas con
cantos, órgano, trompetas y todo género de instrumentos
de música. Terminada la misa, la comitiva regresaba con la
misma formación, aunque ahora por la calle de San Francisco.
Al virrey lo dejaban en su palacio y la bandera era depositada de nuevo en la casa del cabildo. Inmediatamente después,
se dirigían a la casa del alférez en donde se servía abundante
comida y bebida. Al día siguiente, en el mismo orden de la
víspera, se repetía el solemne paseo hasta la mencionada iglesia, en donde el arzobispo celebraba la misa. En su sermón y
oraciones exhortaba al pueblo a dar gracias a Dios por la victoria de los cristianos. Para el pueblo la importancia de este
paseo radicaba en que en esos días se celebraban corridas de
toros, escaramuzas y entretenimientos para todos los vecinos.
Era excitante formar parte de un festejo tan elegante.

En los primeros años todavía se podían distinguir entre

las armas relucientes, unos cascos o armaduras oxidadas y abolladas. Los caballeros que portaban estas reliquias eran saludados y honrados con respeto, y no ocultaban su orgullo de llevar las armas con las que habían luchado en esa guerra. Los indios se mantenían alejados de esta celebración que los humillaba. No quiero omitir que entre los conquistadores también había personajes sensibles, como Juan Jaramillo, quien fue regidor y a quien cierta vez le correspondió portar el pendón y encabezar la marcha que rememoraba la victoria sobre los indígenas. Sin embargo, por respeto a su esposa Marina —sí, la Malinche— prefirió ausentarse de la ciudad y evitar agraviarla; aunque también hay que decirlo, el alto gasto que implicaba el festejo pudo haber jugado un papel importante para declinar ese honor.

Como esa tradición se celebraba en plena época de lluvias, sucedía con frecuencia que se descargaba un fuerte aguacero sobre la procesión. La comitiva corría a refugiarse en los zaguanes, intentando en vano evitar que el lodo salpicara sus mejores galas. Debido a que la solemnidad quedaba desquiciada, el rey prohibió que se rompiera el orden establecido a pesar de la lluvia. Como en aquel entonces yo estaba llena de tierra me daba risa observar las inútiles maniobras y brincos de tanta gente elegante para librarse de la mugre.

Con el tiempo, el paseo decayó en solemnidad y brillo, incluso llegó a efectuarse en coches, en vez de a caballo. El colmo fue aquella vez que llevaron el pendón asomando por una de las portezuelas del coche del virrey. En verdad, creo que no hay peor ridículo que mantener viva una tradición muerta. Esta fiesta se siguió celebrando durante toda la época colonial y se canceló con la guerra de Independencia.

# El mariscal de Castilla

Ya que menciono al puente de la Mariscala, les contaré la historia de este título que fue instituido en España desde 1382. Su oficio era asistir y aconsejar al rey en todo lo concerniente a las guerras y campañas. Los caballeros con ese título que llegaron a la Nueva España representaron un papel importantísimo durante el gobierno colonial.

Su casa estaba localizada precisamente fuera del límite de la traza española, junto al puente en donde yo cruzaba la acequia de Santa Ana, que corría de Tlatelolco a San Francisco. Estos personajes fueron mis vecinos más importantes. Poseían grandes riquezas y siempre desplegaron un lujo que igualaba, si no es que excedía, al de los condes de Santiago, modelo de la aristocracia mexicana. Pero no todos los mariscales hicieron honor a su ilustre título.

En esa enorme mansión vivió don Carlos de Luna y Arellano, a quien la real audiencia nombró capitán general durante los combates en contra de los bárbaros chichimecas. A don Carlos se le iban los ojos tras sus antojos y el alma tras los ojos: no había en la ciudad hombre más enamoradizo que él. Se casó cuatro veces con señoras encumbradas, de rango y lucido caudal, pero la muerte se las fue arrebatando una tras otra. En el portón sobre mi acera se alternaban el crespón y las blancas flores del nuevo matrimonio. Aparte de estos legítimos amores, tenía otros muchos *non sanctos* con mujeres hermosas. Y ya cuando estaba viejo y tembloroso todavía correteaba barraganas fogosas.

Don Carlos construyó una casa muy suntuosa en el cerro de la Estrella en Ixtapalapa, en donde se encerraba por largas temporadas. Ahí se dedicaba a la nigromancia, la astrología, la transmutación de plomo en oro y, sobre todo, a divertirse con los alegres amores que le proporcionaban sus cortesanas. Para perpetuar los encantos de sus mujerzuelas, le encargó al pintor de mayor fama de la ciudad los retratos de cada una de sus mancebas, vestidas con ropajes flotantes como vírgenes cristianas y sus cabezas rodeadas de aureolas de santidad, y así las tenía a todas dentro de marcos dorados decorando los muros de su gran salón. Este descarado cazador de faldas no dejaba segura a ninguna dama honesta. Muchas descarrilaron con sus caprichos o riquezas, y otras cayeron felices en sus redes de dinero y joyas finas.

Tal era su fama que la santa Inquisición le abrió proceso por brujo y sortílego, pero gracias al poder que ostentaba el noble no pasó de ahí. Otro asunto por el que fue enjuiciado fue la mitra. También es cierto que el arzobispo lo aborrecía con todo su corazón, pues le hacía constantes burlas, sátiras y mofas y por eso lo mandó excomulgar por amancebado, pero el altivo mariscal, ya de setenta años, se preocupó tanto como si le hicieran aire con la cola. Se mudó a Puebla, en donde había sido alcalde mayor y teniente de capitán general, y se valió de mil modos ocurrentes y hasta chuscos para evitar que el clérigo enviado por el arzobispo le notificase el auto de excomunión. El mariscal continuó con su vida de excesos, vicios y deleites, sin refrenar nunca sus pasiones, hasta que la muerte le puso el alto en 1630.

## DUELO DE POTENTADOS

Mi vida en la Nueva España transcurrió en plácida tranquilidad hasta que llegó el virrey don Diego Carrillo de Mendoza y Pimentel, marqués de Gélvez y conde de Priego. Este hombre era un noble severo, cejijunto, barbicerrado, iracundo, de esos que pegan de gritos porque vuela una mosca y están acostumbrados a que sus órdenes se cumplan al pie de la letra. Gracias a él el tránsito por los caminos volvió a ser seguro pues combatió sin tregua a los salteadores de caminos y logró eliminarlos, pero este berrinchudo señor también provocó, ni más ni menos, que la ciudad se inundara. No quería creer que las obras del desagüe del valle eran en verdad necesarias y aprendió a la fuerza, pero esos percances se los cuento más adelante.

En 1624, un tal Melchor Pérez de Beráez, caballero de Santiago, alcalde mayor de Metepec y corregidor de México, fue acusado de malos manejos. Cuando quisieron detenerlo, arremetió espada en mano contra los agentes de la justicia y raudo montó en su caballo. Pasó sobre mis espaldas cabalgando a todo galope para ir a refugiarse al convento de Santo Domingo. El virrey sobresaltado por la oposición a su autoridad mandó soldados para apresar al rebelde, mas no contaba con el arzobispo, don Juan Pérez de la Serna, haciendo público su odio por el virrey, adoptó la protección del caballero y acusó a la autoridad civil de violar la inmunidad eclesiástica.

Pérez de la Serna me cruzaba a diario en su trayecto del arzobispado a Santo Domingo; visitaba al refugiado y se supo que lo estaba ayudando a fugarse. Además, haciendo a un lado su comportamiento cristiano, empezó a alebrestar a los enemigos del virrey, quien tenía bastantes por su carácter colérico. Por si fuera poco, el prelado empezó a publicar censuras en contra de los oidores de la real audiencia.

El virrey respondió furioso desterrando a un notario del arzobispo, a lo que éste contestó con calificativos airados y nada bíblicos, incitando al pueblo en contra del virrey y, de paso, persuadiéndolo también para rebelarse contra toda autoridad civil. No contento con eso, el arzobispo recurrió a las poderosas armas de la iglesia y excomulgó a varios amigos del marqués de Gélvez.

La ofendida audiencia solicitó el apoyo del obispo de Puebla, quien por bula del papa Gregorio XIII era el juez apostólico. Este prelado envió a un fraile dominico para absolver a los excomulgados, pero el arzobispo, pasando por alto la orden, se negó a quitar los nombres de las tablillas. Como las autoridades lo siguieron acosando, puso a sus criados y otros clérigos a defenderlas. Viendo el dominico poblano su impotencia, pidió auxilio a los sacerdotes para hacer cumplir el mandato de su obispo.

Ante este ataque, Pérez de la Serna arremetió con armas más sofisticadas: ordenó que las campanas tocaran día y noche un clamor lento, grave; mandó fijar en las puertas de las casas de los excomulgados las actas de la excomunión y, finalmente, ordenó cerrar todas las iglesias. Entonces sí cundió el pánico. El pueblo se alborotó pues sin la posibilidad de comulgar, la gente sentía que el purgatorio, el infierno y su condena eterna se le venían encima. La muchedumbre acusó al virrey de ser el único culpable de aquella enorme desgracia pública. El delegado dominico intervino pero no logró calmar los ánimos, más bien se exaltaron a tal grado que las agrias discusiones llegaron a un tono violento. Mientras todo esto sucedía, yo casi me quedo sorda, pues las campanas seguían esparciendo su triste lamento de día y de noche, turbando los ánimos de la población.

Súbitamente, en la plaza se congregó una gran multitud. Escuché vítores y vivas, mientras el arzobispo, altivo, subido en un estrado recibía el ruidoso homenaje del populacho, pues él mismo había organizado la manifestación, dando instrucciones detalladas de cómo lo debía aclamar la horda. No podía creer lo que estaba viendo, pues terminada la función los rebeldes, encabezados por el arzobispo, se apostaron frente al palacio virreinal para exigir a la audiencia que le hiciese pronta justicia. Los oidores le mandaron decir que se retirara del edificio y el prelado comenzó a vociferar: «¿Cómo es posible, bola de inútiles, que no puedan tomar una simple decisión? ¡Punta de imbéciles beodos! ¡Estúpidos tunantes, bebistrajos sin juicio! *Stultorum infinitus est numerus!* ¿Saben lo que quiere decir? ¡Qué van a saber, si no rebuznan porque ni la tonada conocen! Dije que el número de tontos es infinito y me he quedado corto.» Del fondo del palacio replicó una voz: «Vuestra señoría, le suplico que no siga ofendiendo a la autoridad.» «¿Autoridad? ¡Qué autoridad ni qué la trompada. Ustedes y su mentecato virrey pueden irse a bañar muy lejos», contestó el enfurecido arzobispo.

No quedó de otra, los oidores lo sentenciaron. Pero al entregarle el documento, con arrogante ademán, él se negó a firmar. La multitud que lo seguía, al enterarse, le aplaudía, le vitoreaba su osada hazaña, lo felicitaba y celebraba. El arzobispo se sentía glorificado pues con el apoyo de la turba había logrado doblegar a la autoridad civil. Cuando todo

parecía irle bien, con órdenes precisas del virrey, apareció
el alcalde mayor junto con un alguacil. Tomaron al tozudo
señor, casi a rastras lo sacaron del palacio y a pesar de sus
amenazas y las frases que profería lo metieron en una carroza.
A todo trote lo llevaron fuera de la ciudad, seguido por una
muchedumbre furiosa que a gritos defendía a su guía espiritual. Con una escolta de guardias y miembros de la audiencia
llegaron a Teotihuacan, en donde se detuvo la comitiva. El
arzobispo, rechinando de rabia, se escabulló y logró refugiarse dentro de un monasterio franciscano. Luego mandó a las
hogueras del infierno a todo aquél que se le acercara, excomulgó al virrey, a los oidores y a quienes lo llevaban preso.

Al enterarse de que habían hecho un alto en el viaje, el
virrey explotó. «¿Cómo es posible que se hayan detenido, imbéciles? ¿Pues qué no entienden? ¿Qué no di órdenes claras
y precisas que no se pararan, que llevaran a ese alcahuete directamente a Veracruz? ¡Dije directamente! ¡Sin interrupcio-
nes! Parece que estoy rodeado de una sarta de mentecatos
incapaces de cumplir una sencilla orden. ¡Muévanse! ¡Y no
regresen hasta haberlo puesto en el siguiente barco que salga
a España! ¡Es más, encadénenlo! Ese bribón hijo de satanás
es capaz de tirarse al mar y volver nadando.» Pero las órdenes del virrey no se pudieron cumplir.

El arzobispo, cubierto con una capa blanca bordada
de oro, recibió a los guardias con la custodia en sus manos.
Fueron inútiles los ruegos de que dejase la hostia y profirien-
do las frases altaneras que tanto le gustaban, el religioso no
se dejó apresar. Entonces, en un intento por calmar al excita-
do populacho que los había seguido, los oidores revocaron la
orden de destierro. El marqués armó un circo indescriptible

cuando se enteró de la desobediencia de sus subalternos y de que su enemigo aún estaba cerca. Gritaba, pataleaba y rojo de rabia medía a grandes pasos sus enormes salones.

Mientras él estaba rojo de rabia, la gente enardecida por la supresión de cultos seguía postrada en la plaza. Entonces, hombres y mujeres se amotinaron y la emprendieron en contra del virrey, quien había buscado refugio en su palacio. Primero atacaron la casa real con verbos, gritos airados y luego con palos y piedras. Los revoltosos corrían a la catedral para armarse con proyectiles, pues en aquellos días estaba en plena construcción. Volvían a la plaza pertrechados. Los soldados intentaron sosegar a los revoltosos, pero era tal su encono que tuvieron que replegarse.

Viendo la turba, el virrey mandó tocar el clarín. Pronto llegaron los arcabuceros que se atrincheraron en la azotea mientras los alabarderos, con el resto de la milicia, llenaban los patios. Las campanas seguían sonando su triste tañido y la ira del conde se hizo incontenible. Su orgullo ofendido lo exaltaba a aplastar a su implacable rival y sus seguidores, por eso mandó traer muchos quintales de pólvora y todos los arcabuces posibles que repartió entre sus criados de palacio. Subió al techo. Rodeado por sus soldados, con fuerte voz se dirigió al pueblo para pedir obediencia y sumisión, pero recibió una tupida y estridente rechifla revuelta con «mueras» y proyectiles de piedras. El genio del temible gobernante estalló y ordenó abrir fuego. Sonaron varias descargas cerradas sobre el pueblo indefenso. Cayeron muertos y heridos. La muchedumbre hirvió iracunda y retiró a las víctimas entre llantos, sollozos y ataques recrudecidos. Las implacables campanas no paraban de tocar.

Como último recurso, el virrey mandó colgar del balcón el estandarte real, pues estaba seguro que nadie se atrevería ni siquiera a levantar la mano. Colgado el estandarte, cesaron las pedradas, el gentío en la plaza calló, descubrió su cabeza y se levantaron algunas voces dando vivas al rey. Por unos instantes se creyó que el peligro había pasado, pero nadie contaba con la audacia de un frailecillo que viendo el apaciguamiento, la mansa sumisión del pueblo, decidió defender lo que ya habían ganado para su arzobispo: reunió a otros conjurados, tomó una larga escalera de las obras de la catedral, la apoyó en el balcón y con agilidad de acróbata empezó a subir por ella. En su mano mantenía en alto un crucifijo para que pudiera ser visto desde lejos.

Cuando el virrey lo vio, adivinó las negras intenciones del clérigo y ordenó de inmediato a los arcabuceros ponerse al frente y con voz iracunda dijo: «Preparen, apunten, ¡fuego!» Los soldados le apuntaron, pero no se atrevieron a disparar a quien portaba la cruz. Cuando el joven alcanzó el estandarte, con un tirón lo arrancó y se dejó caer de espaldas sobre la multitud que lo atrapó como en una red y lo recibió con un griterío de victoria. Vino una nueva arremetida de la turba, Gélvez ordenó abrir fuego y esta vez fue obedecido.

Fue horrible. Corrió sangre por todos lados, los heridos gemían lastimosamente mientras eran retirados y quedaron tendidos algunos cadáveres. En vez de calmarse, la multitud se exaltó más. Ya nada la detendría. Arremetieron contra las puertas de palacio, las destrozaron, se introdujeron y le prendieron fuego a todo lo que pudieron.

Parte de la plebe salió de la plaza, corrió sobre mí hacia las casas de los amigos del virrey para incendiarlas y saquearlas.

Aquello parecía el infierno: varias casonas a mi alrededor estaban en llamas, el palacio virreinal era una pira. El fuego brotaba de ventanas y balcones. Los lamentos de los agonizantes se mezclaban con los gritos entusiasmados de victoria. Todavía faltaba más. Delante de una de las puertas de la catedral, del lado de Empedradillo, estaba sentado un clérigo que sostenía un misal en la mano y que levantaba marcando la señal de la cruz cada vez que absolvía de toda culpa a cuantos se postraban brevemente ante él y se iban sobre el palacio a la rapiña, a destrozar muebles, desgarrar cuadros y llevarse lo que parecía tener valor. De pronto, las campanas cambiaron su ritmo y tocaron desesperadas.

El virrey se dio cuenta de que su causa estaba perdida. Su palacio estaba en ruinas, sus pertenencias eran una pira y la turba se acercaba amenazante para quitarle la vida. Rabiando su desgracia, se quitó los anteojos y se tiznó la cara. Con cautela caminó hacia la puerta, encontró tirada una capa ensangrentada y se envolvió en ella. Gritando vivas al arzobispo y mueras al virrey, logró cruzar la Plaza Mayor y se refugió en el convento de San Francisco.

Al cabo de algunas horas cayó la noche. Las campanas cambiaron su repique a júbilo, pues don Juan Pérez de la Serna entraba solemnemente a la ciudad acompañado por más de cuatro mil hombres a pie y a caballo. Todos portaban antorchas encendidas que iluminaron la plaza junto con las llamas que salían del palacio. Muy ufano, sin preocuparse del incendio que acababa con el palacio, rebosante de satisfacción, don Juan atravesó el espacio, para recibir las felicitaciones de los oidores al llegar al Ayuntamiento. El soberbio arzobispo festejaba su triunfo sobre el virrey y al causante de todo este drama, al caballero Melchor Pérez de Beráez, lo pasearon por la Plaza Mayor ante el aplauso y entusiasmo del pueblo.

Ya que estoy por esas fechas, les relataré otro de los graves sucesos que hubo por esos días y que está unido a la vida de Enrico Martínez.

## ENRICO MARTÍNEZ Y LA INUNDACIÓN

Desde tiempos prehispánicos, Tenochtitlan sufrió de inundaciones. Como el lago de Texcoco periódicamente se desbordaba sobre la ciudad, los aztecas construyeron dos diques llamados albarradones. El albarradón de Ahuízotl protegía la parte nororiental de la ciudad y el de Netzahualcóyotl, una proeza de ingeniería de enormes dimensiones, iba desde la sierra de Guadalupe hasta Ixtapalapa, limitando las aguas saladas. Además, las calzadas de Ixtapalapa y de Tepeyac también frenaban el flujo de agua a pesar de los cortes que les habían practicado. Pero los conquistadores no comprendieron este intrincado sistema de compuertas que tenían esos diques, descuidaron su mantenimiento y las inundaciones continuaron.

Entre las más severas inundaciones están las ocurridas en 1555, 1580 y 1607. Por supuesto que se realizaron numerosos estudios y proyectos para solucionar este problema, pero fue después de la inundación de 1607 cuando el virrey don Luis de Velasco ordenó ejecutar la solución final. Aunque costoso, el proyecto más viable fue el de Enrico Martínez, cosmógrafo real que propuso perforar un cerro al norte del valle para permitir la salida de las aguas. Por falta de presupuesto la obra sólo fue aprobada en parte.

Con poco dinero y el proyecto reducido, Enrico inició los trabajos en contra de la opinión de sus detractores, quienes insistían en la inutilidad de la obra. El proyecto tuvo un cúmulo de dificultades. Aunque vi partir a miles y miles de hombres con muchos ánimos, pocos regresaron: la paga era ínfima y morían decenas. Cuando el túnel se concluyó, el desagüe fue inaugurado con gran pompa, pero la desventura llegó al poco tiempo.

A la magna obra no se le dio mantenimiento aunque el Ayuntamiento de la ciudad y Enrico Martínez mismo se quejaron del abandono, pues el socavón quedaba restringido, incluso bloqueado, cuando se caían las lajas de las paredes o de la bóveda del túnel. Su clamor fue en vano. En 1627 el río Cuauhtitlán se desbordó e inundó de nuevo la ciudad. Se ejecutaron algunas pequeñas reparaciones, pero el peligro era inminente y se volvió a analizar el único proyecto que prometía la solución definitiva: hacer una incisión en el mismo sitio en donde estaba el túnel, es decir, de plano cortar el cerro de Nochistongo, removiendo volúmenes inmensos de tierra para darle una salida franca al agua. Era una obra gigantesca, ciclópea y costosísima. El virrey vaciló en emprender un proyecto de tal envergadura, hacía consultas aquí, buscaba recomendaciones por allá e incluso solicitó sugerencias a la corte española.

Pero las lluvias de septiembre de 1629 no esperaron a que los monarcas tomaran una decisión. Cayeron aguaceros continuos y cuando salió el sol en el día de san Mateo, la ciudad estaba inundada. El río Cuauhtitlán se había desbordado sobre la laguna de Zumpango, ésta se vació sobre el lago de Texcoco y todo el valle quedó hecho un enorme lago del que sobresalían las torres de las iglesias y algunas construcciones de dos pisos.

Las inundaciones no eran algo insólito pues casi todos los años se anegaban algunas partes de la ciudad y los habitantes tomaban estos sucesos con resignación, estaban acostumbrados. Pero lo que sucedió aquella vez fue excepcional. El agua alcanzó la altura inconcebible de dos metros sobre el nivel de las calles y lo que siguió después fue una catástrofe. Las lluvias no pararon.

El agua caía sin la intensidad de los días anteriores, pero con la suficiente fuerza para que el nivel no bajara. La gente que se había refugiado en las azoteas empezó a desesperar. Los alimentos y el agua para beber escasearon: cruel ironía, ¡sufrir de sed, rodeados de líquido! El lago se volvió una inmunda cloaca, los cadáveres del ganado y las ratas flotaban entre todo tipo de desechos que el viento se encargaba de esparcir en todas las direcciones.

Cerraron los comercios y las iglesias. Con las calles y las plazas inundadas el traslado se hizo en canoas. Los religiosos, incluido el arzobispo, auxiliaron a la población repartiendo en barcas comida a los que no podían salir a buscar sustento. Con ayuda de los frailes, la gente que podía huía en cualquier medio flotante hacia las partes más elevadas del valle. Para consuelo espiritual se colocaron altares portátiles en los balcones y las azoteas, de manera que los domingos y los días festivos se podían oír misa. Se encarecieron los bastimentos, cosa que hizo gran daño a los pobres. Sólo se oían clamores pidiendo misericordia.

Yo salí más o menos bien librada, aunque quedé ahogada en toda la parte que estaba dentro de la ciudad, con excepción de la isla de los Perros. Ésta era un promontorio que siempre sobresalía aún cuando la Plaza Mayor estuviera bajo las aguas. La gente le llamaba así porque los canes se refugiaban ahí, a espaldas de la catedral, esperando pacientemente a que la situación se normalizara. Aquella protuberancia que no se inundaba, eran los restos de las gigantescas pirámides aztecas, cuyos escombros, a pesar de haber sido saqueados para construir la nueva ciudad, no había sido posible remover por completo. Salvo algunas islas, mi tramo hacia el Oeste también se inundó. Sobresalía de las aguas la magna obra del nuevo acueducto recién terminado apenas unos años atrás, sus novecientos arcos de piedra estaban sólidamente fabricados y por eso la gente lo empezó a utilizar como vereda para huir de las aguas.

Pasaron días, semanas y la situación no mejoró. Las canoas se volvieron parte de la vida diaria de las personas, comenzaron a caer las bardas de las casas construidas con adobe pues, reblandecido, cedía al peso de los techos. La gente moría, sobre todo en los arrabales, y como era imposible sepultarla, los cadáveres flotaban. Los que más o menos pudieron sortear la situación eran aquellos que tenían casas hechas de piedra, como las viejas mansiones y fortalezas de los conquistadores. Dicen que murieron treinta mil indios, algunos ahogados y aplastados por los derrumbes, otros de hambre. Emigraron los que pudieron, muchos se fueron a Puebla.

Los sacerdotes conminaron a la población a arrepentirse de sus pecados, a pedirle a Dios y a todos los santos que perdonaran sus faltas para que cesara ese castigo de Dios. Se organizaron procesiones penitentes en las pocas partes transitables. Monjas y frailes lanzaban exclamaciones en demanda del perdón de sus pecados y clamaban misericordia por las faltas del género humano, pero las aguas no bajaban. Se convocó entonces a una procesión de sangre en la que los penitentes, desnudos de la cintura hacia arriba, se flagelaron hasta sangrar, y aunque no pocos portaban coronas de espinas y otros más se encadenaron los pies y se movían con dificultad, nada pasó.

Con la desesperación surgió un clamor de auxilio y venganza. Había que castigar al culpable y, como no se podía sancionar al cielo, cuando menos a quien parecía responsable de toda esa desgracia. Fue entonces que el virrey mandó apresar a Enrico Martínez. Por fortuna, lo liberaron a los pocos días al comprobarse su inocencia, y a pesar de ser ya muy viejo y achacoso, se le encomendó dirigir el proyecto para aliviar la situación.

Aunque el nivel de las aguas no volvió a la normalidad cuando terminó la temporada de lluvias, bajó lo suficiente para que yo emergiera del lago. Entonces se recurrió al auxilio celestial. La Virgen de los Remedios había auxiliado a la ciudad en repetidas ocasiones, aunque por lo general se le llamaba cuando las lluvias no llegaban o eran muy escasas. Pero ésta era una emergencia de primer orden y nadie más indicado que ella para poner fin a la catástrofe.

Antes de decirles qué fue lo que pasó, necesito explicarles mi relación con esta Virgen. Sé que habrá mordaces comentarios y cuchicheos a mis espaldas por meter mis narices en lo que, en forma estricta, no me corresponde. Sí, tienen razón, pues su santuario está lejos de mi acera, pero mi devoción por esta Virgen es grande, así que les contaré.

Comprendan que me es imposible olvidar los sucesos

de la Noche Triste, porque estuve directamente involucrada, ¡y vaya que si estuve involucrada! Desde esa terrible noche, cuando los sobrevivientes salieron huyendo sobre mí, dejando imágenes imborrables de muerte y terror, me nació una gran afinidad hacia la Virgen de los Remedios. Por eso siento la necesidad de contarles el origen de esta imagen que ha jugado un papel importante en la historia de nuestra ciudad. Además, como todos los peregrinos que se dirigían hacia su santuario, al salir de la ciudad, tenían que tomar mi ruta, me contagiaron su devoción y no saben cuánto disfrutaba las oraciones, himnos y música que hacían en su camino.

Pues bien, cuando Cortés y sus huestes salieron huyendo, se fueron a refugiar en un cerro, sobre el que se encontraba un templo mexica. Ese monte fue su salvación y en agradecimiento, prometieron edificar allí una iglesia. Por supuesto que no olvidaron su compromiso, y apenas estuvo pacificada la zona, los conquistadores construyeron una capilla sencilla, dedicada a Nuestra Señora de la Victoria. Años más tarde, en 1540, fue encontrada la imagen de la Virgen de los Remedios debajo de un maguey. Se cuentan varias versiones de esa aparición, mas como estoy algo alejada, no puedo certificar ninguna de ellas. El caso es que por varias peticiones, el Ayuntamiento de la ciudad acordó levantar una capilla a la madre de Dios, la cual fue dedicada en 1575 y tiempo después se levantó el santuario.

Bueno, ahora sí, volvamos a la inundación.

Tan pronto como las aguas dejaron transitable mi superficie, se organizó una solemne procesión para traer a la imagen milagrosa al novenario en la catedral. Se dirigían, desde luego, a la nueva catedral que estaba en plena construcción.

Se hicieron los preparativos para el desfile, aunque por las circunstancias se aceleraron las formalidades. Recuerdo muy bien esa procesión porque fue distinta a tantas otras que he presenciado. Como las condiciones eran desastrosas, la gente que acompañaba a pie a la Virgen desde el pueblo de Tacuba, caminaba dentro del fango. Su devoción era excepcional: los participantes estaban conscientes de la gravedad de la situación y les urgía que terminara esa pesadilla. Noté también que, al paso de la Virgen, los devotos no se hincaron, sino que hacían una profunda reverencia.

Tal como estaba reglamentado, la Virgen descansó durante la noche en la Santa Veracruz. A la mañana siguiente, se formó de nuevo la fila para continuar su camino hacia la Plaza Mayor. Iniciaron la marcha numerosos frailes de las diversas órdenes, pero faltaban los jesuitas. Se rumoraba entre la gente que ellos eran los causantes de la desgracia por no haber preservado el socavón que estaba a su cargo, así que por miedo a la chusma no se atrevieron a salir a la calle.

A los frailes les siguió la archicofradía de la Virgen de los Remedios, luego el clero secular y después una enorme multitud de indios. La Virgen, en unas andas muy adornadas, era conducida en medio del cabildo eclesiástico por cuatro sacerdotes, la seguían el arzobispo, el virrey, la nobleza, el Ayuntamiento y todas las autoridades civiles y militares. Pero esta procesión era diferente, la gente que iba a pie tuvo que caminar en el agua que les llegaba hasta las rodillas y dentro de toda la solemnidad era notoria la ausencia de joyas y de ropajes lujosos. ¡Claro!, no cualquiera expone sus sedas al lodo y al deterioro. En fin, se cumplieron todos los requisitos y ritos prescritos por la iglesia, pero el nivel no bajó gran cosa.

Llegó la siguiente temporada de lluvias y el nivel subió de nuevo, aniquilando el leve respiro que había tenido la ciudad. Sí, todo seguía igual, agua, agua debajo y por doquier y lluvia todas las tardes. Yo no estaba afectada directamente y podía disfrutar de un hermoso espectáculo cuando la laguna estaba tranquila: todo el valle era un enorme espejo que reflejaba la sierra nevada, pero para la gente la situación era de lo más desastrosa. Fue entonces que se elevaron plegarias como nunca antes y se le suplicó a todas las imágenes devotas de México que se apiadasen de la ciudad. Nada funcionó, la lluvia continuó.

Bajo esas circunstancias, el Ayuntamiento pidió al arzobispo que fuera traída la Virgen de Guadalupe, sí, la Virgen morena que en esos tiempos no era muy conocida ni tenía gran importancia; sólo tenía popularidad entre la población nativa. Me contaron, porque eso no vi, que la procesión se organizó sobre barcas. Como la calzada del Tepeyac había sufrido mucho con la inundación y nunca estuvo tan bien fabricada como yo, subieron la tilma a una canoa empavesada para transportar a la adorada imagen. La siguieron otras muchas barcas, todas colmadas de adornos y entonces se formó una peregrinación a remo que nunca antes se había visto.

Navegaron por donde antes había calles. Para este traslado no se requería el permiso del virrey ni que un notario atestiguara que se sacaba el ayate de Juan Diego de su ermita para llevarlo a la iglesia mayor, pero la procesión fue solemne dentro de todas las dificultades. Se rezaron las novenas en la catedral a medio construir y la venerada imagen fue depositada en el edificio del arzobispado. Entonces sucedió el milagro: al poco tiempo dejó de llover y las aguas iniciaron su descenso. La Virgen de Guadalupe demostró su gran poderío y se convirtió en la protectora de los indios, aunque los peninsulares siguieron fieles a la Virgen de los Remedios. Así surgió una rivalidad entre las dos vírgenes, un «pique», como he oído decir. Felizmente, llegaron años de escasa lluvia y los lagos volvieron a sus cauces.

El desastre duró tres años, al menos por mis rumbos, aunque hay quienes aseguran que estuvieron bajo el agua durante cinco. Más de uno maldijo a Cortés por haberse empecinado en levantar la nueva ciudad sobre las ruinas de Tenochtitlan a sabiendas de todos los inconvenientes que presentaba este sitio. Decían que no había querido escuchar consejos, que por terco había impuesto su voluntad y que él no había vivido todas las vicisitudes que nosotros sí. Cuando el rey de España supo de la dimensión de esta desgracia, del hambre que reinaba, de las constantes epidemias y de que ningún remedio servía, ordenó abandonar este lugar y levantar un México nuevo en las lomas entre Tacuba y Tacubaya. Sin embargo, las autoridades mexicanas hicieron caso omiso de la disposición del rey Felipe IV y la ciudad siguió en el mismo sitio. Después de seis años de estar suspendida, se retomó la construcción de la catedral, y lo que continuó durante siglos —sí, leyeron bien, ¡siglos!— fue la obra del desagüe, el tajo de Nochistongo.

Aunque la Virgen morena se convirtió en la patrona de la ciudad, la de los Remedios siguió haciendo grandes milagros, como el que ocurrió en 1796, cuando llegó la llamada de auxilio desde el puerto de Habana, en donde la flota del enemigo había bloqueado el puerto, causando grandes perjuicios. Ante tal calamidad, se acordó solicitar el auxilio celestial. En solemne procesión trajeron a la Virgen de los

Remedios y el día 30 de agosto se hicieron las ceremonias, ruegos y letanías. Poco después llegó la noticia de que ese mismo día el enemigo había liberado el puerto amenazado, hecho que además de causar gran júbilo, confirmó una vez más el poder de esta Virgen.

## DE VIRREYES Y DE SÚBDITOS

Ahora quiero contarles algunos episodios de la época colonial que reflejan cómo transcurría la vida en esta ciudad. La manera de vivir de un verdulero o una florista del siglo XVI o XVIII siguió siendo prácticamente la misma que a principios del siglo XX, por eso les narraré las anécdotas de la alta sociedad, en especial de los virreyes.

Una apacible tarde, las campanas de todas las iglesias sonaron repique a vuelo dando a conocer una importante nueva: el galeón de la flota había traído la grata noticia de que a los reyes les había nacido el infante deseado. Al día siguiente hubo besamanos en el palacio, y el virrey, que entonces era el duque de Alburquerque, dispuso la celebración de fiestas y regocijos públicos, juegos de cañas, corridas de toros y mascaradas. También ordenó una lucida cabalgata en la que, para darle la importancia que merecía, participaría su Excelencia misma. Ordenó a los funcionarios y empleados del gobierno, sin excepción, a participar en su cortejo y a quienes que tuviesen caballos, los obligó a integrarse a la comitiva; como algunos nobles viejos y enfermos se excusaron de no poder cabalgar, entonces impuso a los que faltaran una multa de 300 o 400 ducados.

El duque también indicó cómo debían ir vestidos los participantes: todos iguales, sin distinción de clase ni empleo, con cierta clase de tela y determinados colores. ¿Que en dónde se podía adquirir tal cantidad de tela para uniformar a tantos participantes? El duque de Alburquerque sabía la respuesta: con gesto noble, displicente, mencionó el nombre de las tiendas y almacenes donde había precisamente las bayetas, los rasos o el satén especificados. No eran de extrañar sus conocimientos, puesto que él mismo había traído de España abundantes telas que sus favorecidos, los dueños de esos establecimientos, vendían al público, reservándole pingües ganancias. De este modo el virrey engrandeció la imagen de su rey y su propio bolsillo.

Recuerdo que tres días seguidos duraron esas vistosas cabalgatas, deslumbrando a toda la ciudad. No se me olvidan los vítores desde todos los balcones y ventanas cuando cabalgaron sobre mis espaldas. Nunca se había visto desfile más llamativo, hasta las monjas de Santa Clara desde la azotea arrojaban flores y listones. Pero este virrey no sólo era bueno para los negocios, para ser justa mencionaré otro suceso del gobierno, para que su imagen, y en especial la de la virreina, no sea tan negativa.

Este virrey, don Francisco Fernández de la Cueva, duque de Alburquerque, puso mucho empeño en acelerar la construcción de la catedral. Logró que fueran cerradas varias bóvedas dando premios a los maestros, lo que fue motivo para un gran festejo. También puso gran voluntad en traer las mejores campanas que fueron colocadas en la torre, aún en construcción. Aunque a leguas se notaba que faltaba mucho para terminar, insistió en la entrega oficial del santo edificio.

Mandó cubrir con vigas y tablones de madera los vanos y espacios abiertos y con magnífica suntuosidad presidió la dedicación de la catedral a la Asunción de la Virgen María en el año de 1656.

Vi llegar a las más importantes personalidades de la ciudad luciendo sus mejores galas y joyas, para presenciar la formal entrega del grandioso templo. El virrey, la virreina, doña Juana Francisca de Armendáriz, marquesa de Cadereyta y condesa de la Torre, y su hija, seguidos por toda la corte, encabezaron una deslumbrante procesión. Con gran solemnidad dieron la vuelta a la Plaza Mayor, para luego ser recibidos en las afueras del atrio, y entrar majestuosos al recinto sagrado. Después de las vastas y complicadas formalidades del caso, el virrey, en nombre del rey, entregó las llaves del templo al deán. En ese momento, se desató un repique general en todas las iglesias de la ciudad, como no había ocurrido antes. Luego se dio una misa extraordinaria: se cantaron cuatro simultáneamente sin que ninguna interfiriera con la otra.

Concluida la celebración y ante el asombro de la concurrencia, el señor virrey —altivo y elegante—, la señora virreina —de recatado donaire, con una mirada de plácida benignidad—, así como su elegante hija —una frágil damita rubia, toda ritmo y suavidad como su madre— subieron con suma devoción al presbiterio. El duque de Alburquerque se quitó la capa y la espada, su esposa e hija cubrieron sus peinados con unos lienzos y los tres se pusieron a barrer minuciosamente ese espacio. Limpiaron los altares y barandales y recogieron la basura ¡con sus propias manos!

La concurrencia quedó pasmada y conmovida hasta las lágrimas al ver cómo la familia virreinal barría y barría el sitio que habría de alojar el principal altar mayor del reino. Las alabanzas hacia la familia virreinal no tenían fin. Durante días no escuché conversación alguna que no girara en torno a esa enorme muestra de humildad, un acto que ningún otro virrey ni prócer había hecho.

Pero así como hubo dos catedrales, también presencié dos dedicatorias al nuevo edificio. En vista de que la anterior se había verificado antes de que el templo estuviera concluido, el virrey don Sebastián de Toledo, marqués de Mancera, ordenó que se efectuara una nueva dedicación el 22 de diciembre de 1667, aunque la edificación tampoco había sido terminada. Este virrey dispuso que participaran las órdenes religiosas, las hermandades y cofradías, que instaladas con sus altares alrededor de la plaza, servirían de adorno y descanso para la procesión. El festejo fue solemne, desde la víspera hasta la noche hubo tantas luminarias, fuegos de artificio y faroles que me pareció que nunca anocheció. Al día siguiente, la misa fue cantada y por la tarde se efectuó la pomposa procesión llevando en hombros la imagen de oro de la Asunción. Siempre disfruté de estas festividades y como la construcción aún no había concluido, esperé a que se celebrara otra dedicación, pero fue en vano. Cuando quedó terminada la catedral, gracias al arquitecto Tolsá, ya los tiempos habían cambiado. ¡Y vaya que habían cambiado!

Ya les conté que la prohibición de los oscuros negocios en el Baratillo creaba una enemistad entre la autoridad y el pueblo. Yo escuchaba a la gente despotricar contra el bando del nuevo virrey, el severo conde de Galve, que prohibía el comercio ilícito. Sin embargo, lo que vino después, prendió la mecha del descontento.

A la sequía del año 1690 le siguieron lluvias torrenciales con inundaciones. El resultado fue un aumento desmesurado en el precio de los comestibles, en especial del maíz, que subió casi al triple. Se incrementaron los asaltos en los caminos y en la capital. El trigo escaseaba a tal grado, que los españoles, negros y mulatos se quejaban amargamente de tener que comer tortillas. Cuando el maíz también escaseó, hubo tumultos en la alhóndiga. El 8 de junio de 1692 el alguacil de la alhóndiga, al tratar de aplacar a la turba, golpeó con fuerza a una compradora y se desató la furia. Llegaron a la plaza las tortilleras y muchos indios cargando a la muerta para reclamarle a las autoridades, pero el virrey se había refugiado en el convento de San Francisco con toda su familia.

Los baratilleros se unieron a la turba y empezaron a tirar piedras a ventanas y balcones. Las autoridades se replegaron. La multitud saqueó el mercado y las tiendas, y luego prendieron fuego a todo lo que podía arder. La gente gritaba, varios emprendieron veloz fuga sobre mí con los objetos robados y las campanas no dejaban de tocar. Ardieron los cajones que guardaban las mercancías, igual las casas de cabildo y hasta el palacio virreinal. De éste brotaron humo y llamas y sólo pudieron ser rescatados algunos muebles y documentos de las habitaciones del virrey. La chusma enardecida se enteró del escondite del virrey y enfiló hacia San Francisco, pero las fuertes puertas del convento resistieron los embates.

El tumulto continuó hasta la mañana siguiente, cuando por fin llegaron doscientos jinetes y soldados de refuerzo. El cuadro era desolador. El cabildo, la alhóndiga, las salas de la audiencia, incluso la cárcel de donde lograron fugarse los reos, todo había sido arrasado por el fuego. El palacio real con sus dos portadas renacentistas quedó dañado, igual se calcinó el hermoso balcón de la virreina, el único a la manera andaluza que existió en esta ciudad. Lo único que quedó fueron vigas hechas carbón, restos irreconocibles de lo que fue el Baratillo.

Terminada la gresca, el virrey se estableció en las Casas del Marqués, pues esa fortaleza no había sufrido mayores daños. La audiencia también se reubicó en ese edificio. Lo primero que se reconstruyó fue la horca, que también había sido consumida por las llamas. Ahí colgaron a los cabecillas, pero antes les cortaron las manos, que fueron clavadas en las puertas de los edificios circundantes para escarmentar a la población.

Pasaron varios años para que se reconstruyera el mercado, que tomaría el nombre de el Parián. Hubo que vencer un sinnúmero de obstáculos, entre ellos la falta crónica de dinero del Ayuntamiento y la condición que impuso el virrey de que debía ser de mampostería para evitar un nuevo incendio. La reconstrucción del palacio virreinal se inició de inmediato y se diseñó un edificio representativo con una elaborada fachada. Yo sabía que esa fachada era pura mentira, porque tras los muros había una vecindad completa con cuartos en donde habitaban los puesteros de la plaza; también había bodegas para almacenar frutas y comestibles, y una accesoria que era una vinatería conocida como la Botillería, donde además de pan, se vendía públicamente pulque y, en secreto, chinguirito, un aguardiente de miel de caña prohibido por las autoridades. La puerta principal casi nunca se cerraba de noche, entonces los «ociosos y ociosas» que andaban de noche en fandangos y diversiones, remataban en la Botillería del palacio.

Desde la época virreinal fui de las primeras calles empedradas. No era para menos, pues yo era la calle más importante aunque no la más elegante —sí, ya les dije que los joyeros me hicieron una mala jugada y se fueron a establecer a la Plateros—. Mi importancia radicaba en que era la vía de acceso principal a la ciudad desde tiempos de los aztecas, pues con todo y su elegancia, Plateros no iba ni venía hacia alguna parte... hasta que... bueno, ya les dije, abrieron el paseo de la Emperatriz y entonces quedó unida al bosque de Chapultepec, pero eso pasó mucho tiempo después.

El primer tramo empedrado de la ciudad fue la placita frente a las Casas del Marqués, por eso se le llamó Empedradillo, y era también una de mis entradas a la Plaza Mayor. Luego llegó otro virrey que me desairó y prefirió a la Plateros, el marqués de Croix. Este tipo se empecinó —y todavía no sé por qué— con empedrar primero a la Plateros. De la Croix quiso traer de Francia un nuevo método de empedrado y todo mundo se opuso. El Ayuntamiento dijo que al levantar el piso, como el método francés lo requería, se inundarían las casas. Los vecinos pusieron el grito en el cielo pues ellos pagarían la obra. Los vendedores de las calles se quejaron porque perdían su espacio para comerciar. Total, al único que se escuchó fue al virrey y se hizo la obra, pero a los tres años, la Plateros, también conocida como San Francisco y hoy Madero, estaba otra vez llena de hoyos.

Fue otro virrey, Antonio María de Bucareli, quien arregló los desperfectos y conflictos de su predecesor. Fue él quien compuso el empedrado y me incluyó en esa mejora, aunque fracasó en su intento por construir las aceras. Quedamos empedradas la placita frente a las Casas del Marqués, la Plateros y yo. Sin duda, fue un buen avance; los carruajes que salían de la Plaza Mayor pasaban por Empedradillo, seguían sobre mis espaldas y llegaban hasta la salida de la ciudad por el puente de la Mariscala, sin levantar esas molestas nubes de polvo que se hacían en las demás vías. Claro, apenas supieron que la Plateros y yo habíamos sido empedradas, las otras calles se pusieron celosas. La envidia es uno de los peores defectos en rúas y humanos, de modo que pronto fueron empedrados los otros accesos y vías secundarias.

Pero el empedrado, aunque era una mejoría, distaba de ser ideal. En época de lluvia, las piedras se desprendían con el peso de los carruajes y carretas, dejando unos enormes hoyos, en donde hasta se llegaron a voltear los vehículos. El Ayuntamiento tardaba en componerme y pronto se volvían a formar lodazales. Se ensayaron varios materiales, sistemas y calidades de adoquines, pero pasaron muchos años para encontrar una solución. En 1891 me empezaron a pavimentar con los llamados adoquines de asfalto comprimido. El cambio me encantó y quedé cual pista de patinaje o, como dice el populacho, como nalga de princesa.

Atrás quedaron los tiempos del empedrado, cuando las ruedas de las carrozas me golpeaban en cada piedra. Aunque ocurrió lo que siempre ocurre en nuestra ciudad en todas las calles y avenidas: apenas concluyen los trabajos para dejar lisa nuestra superficie, llegan cuadrillas que abren profundas zanjas. A mí me abrieron para colocar tubos de desagüe, me hicieron tajos a lo largo y ancho. Luego, la compañía Neuchatel me cubrió con concreto hidráulico y otra vez quedé parejita, con un cutis sedoso, luciendo la cosmética europea. Entonces sí era la envidia de todas las calles.

El virrey Bucareli, militar y gran administrador, me empedró, pero también me torció. Sí, tal como lo leen, al virrey de Bucareli no lo puedo ver ni en pintura. Aunque hizo otras obras útiles, como reconstruir el hospital de Dementes de San Hipólito, quién sabe de dónde sacó la etílica idea de que la ciudad necesitaba un nuevo paseo. ¡Ignorante! Si ya desde tiempo atrás teníamos el hermoso paseo de mi vecina la Alameda que daba gusto y placer de todos los habitantes decentes. Pues no, a este necio señor se le ocurrió abrir un nuevo camino desde el extremo sur de la Alameda hasta la garita de Belén y lo llamaron Paseo Nuevo. Escuché que tenía tres carriles bordeados de árboles, la vía central para jinetes y carros

La persona que sí puso orden en la ciudad, como ya les dije, fue el virrey conde de Revillagigedo. Gracias a él, la gente me dejó de arrojar inmundicias, pues publicó un bando que prohibía tirar excrementos en las calles. Por supuesto que sentí un gran alivio al verme liberada de la eterna pestilencia.

Además de todo esto, el conde de Revillagigedo también mandó destruir la fuente hedionda en la Plaza Mayor, de la cual ya les platiqué, y despejar la plaza; trasladó el mercado a la plaza del Volador y el Baratillo a la calle de Donceles. Mandó rebajar el piso frente al palacio, construyó atarjeas para el desagüe y mandó erigir cuatro fuentes para el abasto de agua, una en cada esquina del espacio. Pero aquí no terminó la labor de este incomparable gobernante, pues también renovó el palacio real por dentro y por fuera. Es a él y a su autoritaria manera de gobernar, a quien le debemos que nuestra ciudad dejara de ser un espacio insalubre.

Otro de nuestros virreyes fue don fray García Guerra, dominicano, maestro y prior. Fue electo arzobispo por sus méritos en 1607. Entre sus aficiones estaban los toros y la música. No se perdía una sola corrida y en cuanto a la música, con frecuencia iba al real monasterio de Jesús María a escuchar a las monjas que interpretaban diversos instrumentos y cantaban con voces angelicales, de ellas decía que bajaban el cielo con la garganta. Cuando recibió el nombramiento, todavía era todo humildad, incluso lo vi caminar descalzo debajo de un palio, pues había rechazado cualquier cabalgadura. Pero los años y los puestos lo cambiaron.

Un rico caballero de la ciudad, don Juan Luis de Rivera, legó cuatro mil pesos para la fundación de un convento y fincó un grueso capital que producía jugosos réditos. Las monjas, claro, estaban entusiasmadas. ¡Imagínense, poder construir su claustro bajo la regla carmelita dictada por santa Teresa! Pero se interpusieron dificultades que las madres no comprendían y entonces le solicitaron ayuda al arzobispo. Éste, para no comprometerse, les afirmaba que sí las ayudaría pero no les decía cuándo. Les aseguraba que el día que fuese virrey, cosa poco menos que imposible, con gusto fundaría el convento (además de vanidoso, este arzobispo quería ser el patrón de esta tierra). Cada vez que ellas repetían su petición, las tranquilizaba con las mismas palabras.

Cuentan que ante las súplicas, que ya rayaban en necedad, el arzobispo les sugirió dirigirse a Dios y rogar para que obtuviera el puesto, así él les podía cumplir su deseo. Las monjas devotas siguieron sus cristianos consejos y levantaron sus plegarias a Dios a todas horas del día, pidiéndole que hiciese virrey al arzobispo para poder construir su convento.

Increíble pero cierto, los milagros suceden. El 12 de junio de 1611, por cierto era viernes, don fray García Guerra recibió la cédula real, con la que Felipe III lo nombraba su virrey. Pasó días disponiendo a detalle las festividades con que iba a ser recibido, la iluminación de las iglesias, los arcos de triunfo, los fuegos artificiales que debían quemar, los coros que lo debían alabar. Ante todo, ordenó que todos los viernes de ese año debía haber corrida de toros para recordar el día en que llegó a sus manos la ansiada cédula; para eso, mandó construir una plaza en uno de los patios del palacio.

Las monjas de Jesús María estaban felices, y esperaron la visita del arzobispo-virrey. Esperaron y esperaron y él no llegaba, no llegaba y no llegó. La vanidad le hizo olvidar su compromiso. Viendo malogrado su empeño, una de las monjas —creo que era la madre Inés— le escribió una carta, pidiéndole que modificara el día de las corridas, día en que se recuerda la pasión de Cristo, que recordara su promesa de fundar un convento y que tomara en cuenta que Dios les había cumplido sus ruegos, a él y a ellas.

No se sabe si cuando leyó el papel, lo hizo con detenimiento o si solamente le echó una mirada por encima, el caso es que no hizo nada. Pero con Dios no se juega y él que era arzobispo debía saberlo mejor que nadie. Al viernes siguiente de que había recibido la carta, minutos antes de que iniciara la corrida, hubo un fuerte temblor. La gente se alarmó y la fiesta se pospuso una semana. Al otro viernes cuando todo el público estaba montado en los tablados y el primer toro estaba por salir, volvió a temblar, pero esta vez fue tan fuerte, que se cayeron las tribunas y varios edificios se derrumbaron. En el patio del palacio empezaron a llover piedras de la azotea y por poquito le cae una al virrey que estaba en su balcón agarrado de la borda mientras el edificio se sacudía. Ese día el arzobispo-virrey se salvó, pero hubo muertos y aplastados en la plaza. Antes del viernes siguiente, mientras paseaba en su estufa, ésta volcó y dejó al virrey al borde de la muerte.

Quizás fue el golpe lo que le revolvió el cerebro y le hizo preguntar por la monja que había escrito la carta. Le dijeron que era una santa, puesto que estaba comprobado que Dios escuchaba sus oraciones. Cuando ella estuvo frente a él, con poca voz desde su lecho pidió a Dios que le alcanzase su vida para enmendar sus faltas y levantar el convento. Ella le respondió que diese gracias por el leve castigo que había recibido, y que se preparara para afrontar las penas que merecía. Entonces, frente a la muerte, el arzobispo-virrey se arrepintió, pero de nada valió, tuvo que dejar su mitra y el virreinato, pues la muerte le atajó los pasos.

## La guerra de Independencia ϒ los encantos de una güera

Un día, al asomarme a la plaza detecté gran nerviosismo. Un gran número de soldados entraba y salía del palacio virreinal y al frente se formaba un regimiento de caballería. Repartieron armas e incluso fue alistada la artillería. Pregunté por qué tanto alboroto y lo único que me supieron decir fue que iban a ir a luchar por el rey. No entendí nada porque hasta donde yo sabía nuestro monarca no necesitaba que pelearan por él. Luego escuché que lejos, en Guanajuato, unos inconformes se habían levantado en armas. Los llamaban insurgentes. Su caudillo, el cura Miguel Hidalgo, al pasar por el pueblo de Atotonilco, había tomado de la sacristía un lienzo de la Virgen de Guadalupe, y la había enarbolado como bandera. Desde entonces toda su tropa portó imágenes de la Virgen y decían les iba a asegurar el triunfo. Los revoltosos no tenían uniformes, lo único que los distinguía eran sus amplios sombreros.

Con el ejército alistado para combatir a los rebeldes, el virrey se reunió con ellos en la Plaza Mayor y con gran marcialidad comenzaron a desfilar sobre mis espaldas. Mentiría si les digo que no me emocioné. Sentía las pisadas de aquellos que iban a la lucha, precedidos por el grupo de música de viento. Marcharon varios regimientos de soldados y la caballería cerraba el extenso contingente. Siguieron adelante del pueblo de Tacuba y escalaron hasta el santuario de los Remedios para solicitar la protección celestial.

Allí se efectuó una célebre ceremonia para otorgarle a la Virgen de los Remedios el grado de generala. Luego, bajaron la imagen de su altar y la ataviaron con las insignias correspondientes a su rango con gran solemnidad. En andas lujosas la sacaron a la explanada donde se habían formado los contingentes de soldados. Con fanfarrias festivas fueron bendecidas las banderas y los estandartes de quienes iban a defender al rey, llamados realistas desde entonces. También con gran pompa trajeron la imagen a la ciudad de México. Esta vez no hubo nada de cánticos religiosos ni himnos de alabanza, éste era un desfile con música militar acompañando a una Virgen que se iba a enfrentar a otra.

Quedé perpleja, ¿dos reinas celestiales, garantes de la paz en la tierra y en el cielo, en la tierra iban armadas para combatir? ¿Cuál vencería? Sí, ya imaginarán que yo estaba del lado de la Virgen de los Remedios, pero sólo porque éramos inseparables y habíamos vivido juntas muchos años de felicidad y penas.

Habían pasado muchos años de paz y tranquilidad después de los terribles combates durante la conquista. Pero ahora rodaban sobre mí cañones, carros con municiones, andaban en mis espaldas las botas, los regimientos de caballería y de infantería, todos dirigidos hacia el área de combate en la zona de Guanajuato y Valladolid. ¿Regresarían? ¿Cuánto duraría esta guerra? Temí que fueran a llegar tiempos difíciles y no me equivoqué.

Por fortuna la lucha se llevó a cabo lejos de la capital. De vez en cuando llegaban noticias. Me dio gusto cuando me contaron que ya habían sido ejecutados algunos de los cabecillas, pero parecía que el número de los insurgentes aumentaba rápidamente. A veces ganaban los sombrerudos, luego los uniformados. Hubo combates fieros y según me contaron, cuando algunos comandantes se cambiaron de bando, la balanza se inclinó hacia los insurgentes.

En la ciudad de México, la vida siguió su ritmo cotidiano, lento y regido por la fe religiosa. Desde el nacimiento hasta la muerte de los habitantes, y aún después, toda la vida de los novohispanos era regulada por la iglesia. Como era de esperarse, la lucha armada que se estaba librando, se extendió a los templos, se formaron dos bandos. Las plegarias y oraciones se elevaban tanto para unos como para otros.

El número de las órdenes religiosas que actuaban en la Nueva España era asombroso. No faltaba ninguna de las muchas que pudieron conseguir la autorización para evangelizar y auxiliar a la población. Entre otras, en esta ciudad estaba establecida la cofradía del Rosario de Ánimas. Noche a noche los escuchaba rondando por mi calle y otras aledañas, tocando una campanilla y suplicando con voces lastimeras oraciones por los que al morir estaban en pecado mortal.

En esos días me daba la espalda un pesado edificio sin nada notable, el seminario Tridentino cuyo frente, junto con el sagrario de la catedral, formaba una plazuela. Cierta noche, al pasar la cofradía por el costado del seminario, escuché su clamor habitual: «Un padrenuestro y una avemaría por las benditas ánimas del purgatorio». Sonó el tintineo de la campanita petitoria y se alzó de nuevo el llamado lastimero: «Un padrenuestro y una avemaría por el alma de don José María Morelos y Pavón.» ¡Noticia fresca! Sí, había muerto Morelos y como los alumnos y maestros del Seminario eran realistas, pronto se abrió una ventana en lo alto, y una voz ardiente clamó: «¡Mueran los insurgentes!, ¡viva Fernando VII!» A lo que contestaron los cofrades: «¡Viva la Independencia!» De arriba continuaron los gritos: «¡Viva el rey!, ¡muera Morelos!, ¡viva la Virgen de los Remedios!» Y los de abajo replicaban: «¡Viva la Virgen de Guadalupe!, ¡muera el mal gobierno!»

Siguieron groserías, improperios y maldiciones hasta que de pronto, los del seminario empezaron a verter toda clase de líquidos sucios sobre los enfurecidos cofrades, quienes a este baño respondieron con una tupida lluvia de piedras. El ruidoso escándalo de vidrios rotos sacó a los vecinos a puertas, ventanas y balcones, y al enterarse de lo que sucedía, tomaban partido para uno u otro bando con todo y las injurias correspondientes y las piedras.

Al poco tiempo llegaron los alguaciles con la guardia de alabarderos del palacio, pero también fueron acometidos, vilipendiados y golpeados. Ellos también descalabraron a más de uno. Mis vecinos y gente de otras calles cercanas se sumaron al alboroto repartiendo golpes, pedradas y palos hasta que llegaron más refuerzos de la escolta virreinal, y como por arte de magia, tanto agresores como agredidos corrieron por mi ancha vía y se dispersaron en las sombras de la noche.

Además de estas anécdotas, hay una de cuando la lucha llegó a su fin que no puedo dejar de mencionar y que involucra a una persona que con su belleza y astucia hizo lo que quiso con un sinnúmero de caballeros. Se llamaba María Ignacia Rodríguez, le decían la Güera y era bellísima. Dicen que Humboldt dijo que era la mujer más hermosa que había conocido, vayan ustedes a saber si es verdad que dijo lo que dicen que dijo. Dicen que el virrey la obligó a casarse desde jovencita con un cadete porque nomás se la pasaba en pleno coqueteo y que temían que cundiera su ejemplo.

La pareja fue mi vecina en la cercanía de Santo Domingo. Sin embargo, cuando ella invitó a un fraile a hospedarse en su casa para redactar un extenso trabajo sobre literatura, el cornudo esposo demandó la separación. Por cierto, su marido, que era subdelegado del pueblo de Tacuba, casi a diario me recorría, y dicen los que lo conocieron de cerca, que el militar tenía un recio carácter.

María Ignacia enviudó joven, pero se volvió a casar, en total tres veces. Tuvo cuatro hijos, un varón y tres hijas, también hermosísimas. Desde luego, me es imposible enumerar todos los amores que tuvo esta mujer, pero sí tengo que mencionar a Simón Bolívar y al más más sonado y apasionado de sus admiradores, don Agustín de Iturbide, el mismo que a mí me puso en ridículo. ¿Que cómo lo hizo?

Al finalizar la guerra de Independencia, en 1821, escuché que los vencedores, el Ejército Trigarante —que defendía tres garantías, la religión, la independencia y la unión— llegaba a la capital. Se acordó que dada la importancia de la marcha, yo recibiría al ejército vencedor con un lucidísimo desfile que marcaba el fin de la guerra que había durado diez años. El desfile debía partir de la Tlaxpana, seguir por San Cosme, Puente de Alvarado, costado de la Alameda, Mariscala, San Andrés hasta entrar por Empedradillo a la Plaza Mayor. En este punto torcería hacia el palacio virreinal, en donde serían recibidos por el virrey don Juan de O'Donojú.

Para dar realce al festejo, me engalanaron de arriba abajo. No hubo balcón que no estuviera adornado profusamente con banderas y papeles de colores. Las guirnaldas que se fabricaron atravesaban mi anchura de una azotea a la otra. Yo estaba maravillada, igual toda la población; estaba nerviosa como todos los que se habían apostado en mi vera por ver a tantos valientes. Desde los techos de todas las casas, incluso de los conventos, la gente esperaba con ansia la entrada triunfal.

Don Agustín de Iturbide encabezó el contingente. Montó gallardamente en su alazán, fue avanzando lentamente, recibiendo los vítores de la multitud, hasta que dio órdenes de modificar el recorrido. Nada más de recordarlo me da rabia y en mi cabeza retumba su voz altiva: «¡Entramos por San Francisco, por la Profesa! ¡Adelante!» Palidecí, me quedé helada ante tal agravio.

Por mí hubiera gritado, llorado ante esa imperdonable falta de respeto. Repentinamente, gran parte de la gente, al darse cuenta del cambio de la ruta, salió corriendo en tropel para acompañar al cortejo. Yo no podía seguirlos, y estuve a punto de desmayarme. Luego me enteré del motivo del cambio: ¡la Güera Rodríguez!

Sí, ¡ella lo tenía embrujado! Sucedió que frente a San Francisco, Iturbide recibió las llaves de la ciudad. Hubo sonrisas, saludos y lentamente prosiguió la marcha. Las banderas ondeaban, las campanas repiqueteaban, una lluvia de flores y papel picado caía sobre los vencedores. El pueblo estaba eufórico.

En contraesquina de la Profesa, engalanada con sedas, encajes y con joyas refulgiendo en su desbordado escote, estaba la Güera. Cuando don Agustín, airoso y enhiesto, la vio, ella arrojó un mar de besos y flores. Entonces, él mandó detener la columna y ante la admiración de todo el mundo desprendió de su yelmo una de las simbólicas plumas tricolores que llevaba ondeando y se la envió con un ayudante de campo. Ella, en su balcón, a la vista de todo el mundo, la tomó entre el índice y el pulgar y con enorme descaro se la pasó por el rostro varias veces acariciándose sensualmente y luego, con gran desvergüenza, pasó la pluma por su abultados pechos. Claro, el populacho aplaudió feliz, pataleó, silbó; ya desde entonces se había perdido el respeto por las buenas costumbres.

Cuando me enteré de los hechos, enfurecí. No porque ese aparente héroe, que al fin sólo era un débil hombre que se rendía ante una voluptuosa hembra, hubiera modificado la ruta con tal de ver a su barragana, no. Lo que me sacó de quicio fue que ¡tenían que ir a dar con la Plateros! Si hubieran seguido por Espíritu Santo y entrado a la plaza por Tlapaleros, igual me hubiera sentido mal, pero no habría sido tan trágico como que una vez más la enaltecida Plateros resultara vencedora.

# DE OLVIDOS Y PESTES

Lo que son las cosas, de la Güera Rodríguez todos se saben sus amores, sus andanzas y excesos, pero de su contemporáneo, Andrés Manuel del Río, ya casi nadie se acuerda, y eso que es un mexicano (por adopción) que ha merecido el más alto mérito a nivel internacional. Es posible que los dos se hayan conocido, pues Del Río y Humboldt trabajaron juntos en el real seminario de Minería, y dicen que a éste le gustaba de la compañía de aquella dama. Sin embargo, parece que el sabio mexicano no dejó que lo distrajeran de sus trabajos científicos.

Del Río había estudiado química y mineralogía en Europa. Fue el primer catedrático de esta materia en el recién creado colegio. Analizando el plomo pardo de la mina de Zimapán, Del Río encontró que se trataba de un nuevo elemento químico, el vanadio. Este elemento es muy utilizado en la fabricación del acero, pues por su gran afinidad al oxígeno se le utiliza como desoxidante. Pero ¡ay!, ¡pobre de él! Le pasó lo mismo que a mí, lo olvidaron. Quizá por eso lo quiero tanto.

Fíjense que se quedó pobre. No hubo quién le pagara por su gran sapiencia. Lo enterraron en Tacuba y ¿saben qué?, hasta su tumba se ha perdido. Una de esas veces que hicieron ampliaciones y demoliciones —a las que son muy aficionadas las autoridades— alguien no se dio cuenta o no supo, y en vez de quedar en la rotonda de las personas ilustres, los huesos de don Andrés Manuel fueron a dar a la basura. Tendré que resignarme, porque parece que así sucede con nosotras las figuras ilustres.

Por esos días, poco a poquito nos llegó eso que llaman química, en la que Del Río era experto. Llegaron varias novedades en forma de polvos y brebajes que llenaban los armarios de las boticas. Los doctores recomendaban esa medicinas y efectivamente, la gente se aliviaba de sus males. Pero contra cierto mal no hubo remedio. Fue conocido como el terrible «azote de Dios» que nos invadió en 1833, y los que saben de estos menesteres le pusieron el nombre de *cholera morbus*.

Mis recuerdos de esos días son terribles pues la gente moría como moscas, las calles estaban desiertas, pocos se atrevían a caminar sobre mis espaldas y los que lo hacían era para ir a la Santa Veracruz, a San Hipólito o San Cosme, para elevar sus plegarias. Las iglesias, con sus puertas abiertas de par en par, lucían mil luces frente a los retablos. La gente arrodillada con los brazos en cruz derramaba lágrimas e imploraba auxilio divino.

Mientras en las entradas de las casas pendían banderas de color amarillo, negro o blanco, dependiendo de la gravedad del contagio, en el interior se encendían velas frente a los santos. La población rezaba a todas horas y constantemente se fumigaban las casas con vinagre y cloruro, y se colocaban calabazas con vinagre detrás de las puertas.

Lo que más me impactó fue que la ciudad quedó sumida en silencio. Dejé de escuchar risas y cantos. La alegría sobre mis espaldas se disipó. Dos sonidos quedaron en el aire: el lúgubre tañido de una solitaria campana cuando se despedía a otro difunto y el chirrido tétrico, tenebroso, de los carros que trasladaban sobre mí los cadáveres a los cementerios en las afueras de la ciudad. Desde luego mis rumbos fueron azotados por esta peste, pero también sacaban muertos por

Santiago Tlatelolco y San Lázaro. La gente seguía a la triste carga con alaridos de duelo que me partían el alma. Los cantos fúnebres eran interminables.

Las boticas, igual que los templos, estaban a reventar de tanta gente. Los sanos se aglomeraban y con la angustia y el llanto opacándoles la voz, pedían un alivio contra el terrible mal. Los doctores se contradecían en sus remedios, lo que uno recetaba, el otro lo condenaba. El pánico se apoderó de los ánimos, surgieron los rumores y las exageraciones. Oí decir que esta epidemia se iba a repetir más adelante, pues según los astrónomos, estaba relacionada con la aparición de manchas en el sol que vuelven cada once años. Al final, parece que murieron catorce mil personas.

## La Intervención francesa

Sospeché que algo estaba mal cuando me comenzaron a pisar soldados con uniformes distintos a los que yo conocía. Además, hablaban idiomas extraños que aprendí sobre la marcha. Supe que los soldados eran franceses, belgas y austriacos, pero por fortuna salían a combatir bien lejos.

Un día escuché llena de alegría y expectación que llegaría una pareja de emperadores a gobernar al país y que iban a hacer su entrada —no podía ser de otro modo— por mi ruta. Ya antes habíamos tenido un emperador, el Iturbide aquel que me despreció, pero decían que éstos eran extranjeros. Para algunos eran salvadores, para otros verdugos. Yo, la verdad, estaba ansiosa.

La entrada de la pareja imperial a la ciudad fue todo un

acontecimiento. Empecé a darme cuenta de que sucedía algo extraordinario cuando la alcaldía ordenó que se despejaran los balcones y mandó limpiar las calles, pues desde fecha inmemorable, la gente había sacado sus triques a los balcones y los usaba como bodega para guardar aquello que de momento era un estorbo. Por dentro podía verse bien la casa, pero el aspecto que daban hacia la calle era el de un cuchitril. Cuando se dio la orden, la gente la acató con beneplácito, porque los balcones con frente al paso de la comitiva fueron adornados y alquilados a precios estratosféricos.

A mí y a todas las calles aledañas por donde iba a pasar el cortejo, nos asearon a conciencia. Frente a San Andrés se construyó un gigantesco arco de triunfo en honor del emperador; más adelante, a la altura de Betlemitas, se puso el arco de flores para Carlota, la emperatriz, una preciosidad que me hizo sentir engalanada. Por desgracia, mi dicha no fue completa, pues tuve que compartir el honor con la Plateros, en donde también levantaron arcos de triunfo.

Los nuevos emperadores habían llegado en diligencia de Veracruz a la villa de Guadalupe, donde pasaron la noche. Al día siguiente se subieron a un ferrocarril. Sí, ese caballo de fierro que echaba humo negro, que después de años de proyecto y construcción, estaba por fin a punto de unir a Veracruz con la capital; todavía faltaban bastantes tramos, pero ya se le veía fin a la obra. Los emperadores llegaron a la estación a las afueras de la ciudad. Allí se formó el cortejo con el heraldo a la cabeza y no tardé en sentir las pisadas de los seis caballos que tiraban del carro abierto en donde iba la pareja, seguida de la escolta. Detrás venía una fila interminable de carros con las personalidades de la nueva corte y, al final, el pueblo.

La gente estaba eufórica. Al paso de la pareja me caía una lluvia de flores acompañado del griterío. «¡Que vivan! ¡Que vivan!», repetía la gente. Yo los perdí de vista cuando doblaron por Vergara, pero más adelante, por Empedradillo observé su llegada a la catedral.

Debo decir que Maximiliano, aunque era afable y educado, me cayó mal. Por su culpa fui relegada a un segundo plano. Este señor, siguiendo unos diseños franceses, mandó abrir una amplia vía entre su castillo en Chapultepec y el Palacio Nacional. Sin ningún respeto por mis canas, duplicó el ancho que yo tenía, lo dedicó a su esposa y, claro, le puso el mote de paseo de la Emperatriz. No, nada de esto era justo, pues con la mano en la cintura me desplazó de mi primerísimo lugar en un acto ruin y traicionero. Esta nueva avenida desembocaba en donde empezaba aquel nuevo paseo del virrey Bucareli del que ya les platiqué. Desde años antes, en ese cruce se había colocado la estatua ecuestre de Carlos IV, el famoso Caballito, que por fin en 1852 había podido salir cabalgando de su encierro en el patio de la universidad.

Pero también es cierto que en los años de los emperadores, al que llaman el Segundo Imperio, sí me honraron con el debido respeto. En los palacios de Minería y del conde de Buenavista se efectuaban suntuosos festejos. Las personas más renombradas y cultas de la ciudad acudían a las diversas celebraciones y de hecho competíamos con los bailes celebrados en el Palacio Nacional. Recuerdo en especial un baile de la colonia inglesa residente en la ciudad, en 1841, celebrado en los amplios salones de Minería.

Como siempre que había eventos especiales en uno de los edificios de mis aceras, se juntó una numerosa cantidad de gente, desde vecinos curiosos en busca de material para sus chismes, hasta peladitos ociosos. Llamaban la atención y eran comentadas en voz alta los vestidos, mantillas y demás atavíos de las damas, lo mismo que las alhajas que lucían. Ya me había acostumbrado a que ninguna dama de mi vecindario saliera de su casa sin haberse adornado con lujosos aretes y collares, sin embargo, lo que vi en esa noche era sobresaliente. Los aretes, en su mayoría pesados, estaban colmados de brillantes, igual que los broches y anillos.

El festejo más brillante que me tocó presenciar en este recinto fue la entrega de premios que hizo el emperador Maximiliano a los alumnos distinguidos de las clases de minería, agricultura y medicina en 1864. Nunca se había visto algo similar. Entre los curiosos que querían ver de cerca a los emperadores y a la guardia palatina con los húsares a caballo, se formó un embrollo que cerró el paso al tránsito. Nada se movía, ni para delante ni para atrás. La fila de coches se volvió interminable, los caballos se inquietaron y yo sufría con tanta patada. Lo más selecto de la sociedad mexicana se dio cita ese día.

A cuentagotas entraron los invitados, muchos a pie, echando pestes, vociferando palabrotas que discrepaban de la elegancia de su atavío. Pasaron del vestíbulo al amplio patio principal lleno de adornos, con el trono de los emperadores sobre el estrado. Hubo presentaciones por parte de buenos cantantes italianos de la compañía de ópera y elocuentes discursos con loas para los galardonados. Lo más sobresaliente fue una larga poesía de don José Zorrilla, lector de cámara del emperador. La velada fue memorable y aún más los chismes que oí cuando fueron saliendo las parejas. Mientras esperaban sus coches, todas las damas que alcancé a escuchar se mofaban con agrios comentarios del escote de Fulanita y del indecente vestido de Zutanita, tachándolas de ligeras.

Otro lugar en donde hubo gran pompa y decoro era en Buenavista. ¿Recuerdan la historia del edificio de Buenavista? Pues a la muerte del conde, habitaron la mansión varios nobles, entre ellos el último conde de Regla y Su Alteza Serenísima, don Antonio López de Santa Anna. También se solazaron en sus salones el mariscal Aquiles Bazaine y su joven esposa, Josefa Peña y Azcárate. Bazaine, déspota y altanero, era comandante en jefe del ejército francés y desde un principio tuvo constantes fricciones con Maximiliano, quien le reprochaba su inactividad y lo culpaba del fracaso militar frente a las tropas de Juárez. El mariscal le hizo la vida imposible al emperador. Su mujer, Pepita, como le decían de cariño, era 36 años más joven que el francés, hija de un archiliberal, y que podía haber pasado por su nieta. Maximiliano y la emperatriz Carlota fueron los padrinos de la boda, y como regalo, les cedieron el palacio de Buenavista, en donde vivieron hasta que las tropas francesas regresaron a Europa.

Como era de esperarse, al casarse, la actividad militar de Bazaine disminuyó aún más, pues definitivamente prefería estar entre las sábanas con su joven esposa que andar persiguiendo liberales por la sierra. El espacio frente a este palacio se llenaba de carros cuando la pareja ofrecía uno de los muy frecuentes bailes que organizaban. Las fiestas en los jardines de su mansión también eran reuniones suntuosas, en las cuales los imperialistas mexicanos, que eran las personas más ricas de la ciudad, lucían sus lujos. Yo sufría, pues tantos caballos y carros me destrozaban y como la residencia quedaba algo alejada de la ciudad, no me reparaban sino hasta que el mariscal hacía una enérgica reclamación.

Ya se dieron cuenta de que no soy chismosa, pero tengo que contarles lo que pasó cuando los mariscales se regresaron a Europa, además ni es chisme, es historia. Bazaine tuvo un alto puesto militar pero mostró gran debilidad durante la guerra franco-prusiana. Su capitulación en la fortaleza de Metz resultó para los alemanes un triunfo, pues obtuvieron todo un arsenal de piezas de artillería. Cuando estuvo preso en Alemania, Pepita Peña, a punto de dar a luz, lo siguió, pero una vez liberado al final de la guerra y de regreso en Francia, Bazaine tuvo que enfrentar una corte marcial que lo juzgó por su incapacidad y lo condenó a muerte. Sin embargo, la sentencia le fue conmutada a veinte años de cárcel en la isla de Santa Margarita a donde ni lenta ni perezosa, lo siguió su fabulosa esposa mexicana. Ella sondeó el terreno, estudió la construcción y los movimientos de la prisión, preparó cuerdas, consiguió una lancha, y una oscura noche lo ayudó a fugarse. Sí, más arrojo mostró esta valerosa mujer que el soldado.

Ahora que les estoy contando las peripecias de esta excepcional mujer, comienzo a sospechar de ella. ¿Sería posible que Pepita, cuya audacia acabo de relatar, hubiera participado activamente en el derrumbe del imperio de Maximiliano? Con lo liberal que era su padre es de suponer que debe haberle inculcado a la hija las ideas de Juárez, y ella podría haber frenado la actividad militar del mariscal. Me parece escuchar la tierna voz de ella en la alcoba de su palacio: «No vayas, Aquiles, te ruego que no vayas de nuevo a combatir, yo te quiero vivo, mi amor, de nada me servirías como héroe

muerto, anda, súbete de nuevo.» Ojalá que algún historiador estudie el caso, y de confirmarse mi conjetura, deberían
colocar a Josefa Peña sobre un pedestal junto a otra temera-
ria Josefa, la Corregidora.

Bueno, el caso es que en esa época, que había sido de una
guerra interminable entre liberales y conservadores, ahora era
de republicanos contra imperialistas. Me recorrieron miles de
soldados, caballos, cañones y heridos. Todo entraba y salía
sobre mis espaldas para ir a guerrear, aunque por fortuna
lejos de la capital. Cinco años duró esa pesadilla. Luego empecé a notar que algo andaba mal. Me había acostumbrado
a ver salir a los soldados franceses y verlos regresar bastante
maltrechos, pero ya no volvían a salir, dejaban de volver a la
lucha. Pensé que algo iba a cambiar y así fue. Un día salió
cabalgando a toda velocidad sobre mis espaldas el emperador Maximiliano, y pues ya les conté que regresó como cadáver. Los juaristas, sus vencedores, llegaron con sus restos y
así se acabó el imperio y regresó la República.

Luego Benito Juárez, quien fue recibido apoteóstica-
mente en la estación del tren, hizo su desfile triunfal hacia el
Zócalo ¡por Plateros! ¡Qué coraje me dio! Me entró una profunda tristeza pues yo ya no servía para nada, la Plateros esa,
definitivamente me había destronado. Me cayó gordo el oa-
xaqueño, parecía que no se daba cuenta que me estaba dando
de patadas, en lugar de pisarme con donaire, como debía.
Luego, quiso reparar el daño que me había hecho. Poco después de su llegada ofreció un elegante banquete en el salón
de actos del palacio de Minería. ¿Lo conocen? Es un espacio soberbio, con 28 columnas jónicas y 18 ventanas elípticas.
Fue una especie de acto demostrativo, como para remachar

el triunfo de la República. Así, el presidente se quiso congraciar conmigo, aunque, viéndolo bien, no tenía alternativa: la Plateros nunca tuvo un recinto tan representativo como mi palacio de Minería

Al gobierno del presidente Juárez, quien no se perpetuó porque la muerte se lo impidió, siguió, porque así lo establecía la ley, el de Sebastián Lerdo de Tejada. Éste era de ideas extremosas. Desterró a los jesuitas extranjeros y concedió permiso de inmigración a los protestantes. Le tocó inaugurar el ferrocarril mexicano el 1 de enero de 1873, que llegaba a la estación de Buenavista y al fin, ahora sí quedaron unidos Veracruz y la capital. Tampoco Lerdo de Tejada duró mucho, Porfirio Díaz proclamó el plan de Tuxtepec en su contra y resultó victorioso en la lucha contra el ejército que lo debía someter.

Como me encantan las historias de amor, ahí les va otra. Recuerdo que sucedió un día de noviembre de 1876, cuando Porfirio Díaz hizo su entrada triunfal a la ciudad. Era costumbre que el desfile de todo aquel que se preciaba, se efectuara por mi vía, recorriéndome desde la garita de San Cosme. El general venía al frente de su ejército, aunque, a decir verdad, ni a mí ni a nadie nos inspiraba confianza. Todos eran soldados mal vestidos, con huaraches, que se veían torvos, amenazadores, callados, siniestros. El comercio, por precaución, cerró aparadores y tiendas.

En el corto tramo en el cual yo había conservado mi nombre de Tacuba, vivía un importante político, don Manuel Romero Rubio. Su hija, curiosa como tantas jóvenes, disfrutaba desde el balcón de la casa paterna del desfile de los desharrapados, vitoreando a los triunfadores. No recuerdo si fue un clavel o una flor distinta la que la blanca mano de Carmelita arrojó al caudillo, quien la recibió estupefacto. Era una muestra de aprecio inusitada. Sorprendido, Porfirio detuvo su montura y clavó sus negros ojos en la delgada joven de cuello largo, que a su vez le sostuvo la mirada. Sí, yo fui testigo del certero flechazo de cupido, de aquel instante en que nacía lo que sólo la muerte pudo destruir, un amor a primera vista, de esos que dicen que no existen.

En 1883, al fallecer su sobrina y primera esposa, Díaz se casó con la esbelta del balcón. Desde ese incidente, don Porfirio tuvo cierto aprecio por mi vía, aunque no el suficiente como para preferirme frente a otras, como la Plateros. Se olvidó de mí, como dicen que son todos los hombres, prometen mucho y luego no cumplen. Pero no me quejo, durante su época recobré buena parte de mi esplendor.

## PRIMICIAS

Con todo y los desaires, me sentía feliz. Era una viuda madura, seria, con mucha experiencia ¡y hasta una vía rápida! Sí, una vez que el empedrado fue sustituido por adoquín, los coches tirados por caballos corrían sobre mis espaldas a velocidades vertiginosas… pero igual de rápido se fue la dicha. Un aciago día llegaron cuadrillas de obreros que me empezaron a partir. Con picos me abrían, tronchaban una zanja, no profunda, aunque sí dolorosa y, por si no fuera suficiente, a poca distancia de la primera abrían la segunda. No pararon esos desgraciados; siguieron lastimándome hasta las afueras de la ciudad. Luego, en esos huecos colocaron unos fierros largos y rectos, salvo en algunas curvas y desviaciones. Después colocaron encima de los fierros una caja con ruedas, como de cinco metros de largo, con unas bancas corridas adentro. Al frente amarraron a una mula que tenía que jalar ese artefacto al que se subía la gente para ser transportada. Qué cómodo, ¿no?, pero para mí fue una tortura. ¡Cómo pesaba el armatoste ese! Le llamaban tren de mulitas y la gente decía que había iniciado la era de la modernidad.

Había dos clases de transporte. El de primera se distinguía porque el «tranvía» estaba pintado de amarillo canario y techo blanco y era para «la gente de bien», o lo que era lo mismo, gente que estaba bien vestida. El transporte de segunda era de color verde, daba servicio al pueblo y con ellos a las cajas, huacales, gallinas, guajolotes, plantas y flores, todo aquello que iba o venía de la Plaza Mayor. Como soy ancha, desde un principio duplicaron las vías, una de ida hasta una estación por el rumbo de San Cosme, en donde el tren daba la vuelta e iniciaba el regreso por la otra. Desde luego las mismas mulas no aguantaban jalar todo el trayecto, había estaciones en donde se hacía el cambio por unas que estuvieran frescas. Por las noches, llevaban a los animales a descansar a un amplio predio, llamado el depósito, justo donde iniciaba el retorno.

Pero la gente nunca está conforme con lo que tiene. No le era suficiente la enorme ventaja de no tener que caminar y ser trasladada tranquilamente, con gran seguridad hacia su destino a muy bajo precio. Empezaron a hacer unos peligrosísimos experimentos, sí, trenes, perdón, tranvías de vapor. No sé cómo el gobierno pudo permitir que por las avenidas corrieran esas bombas de tiempo llamadas calderas. Estos artefactos se emplearon sobre todo para distancias largas, como para ir a Tlalpan y Tlalnepantla. En esa época me abrieron más, para que yo también participara en el privilegio de proporcionar el transporte expreso, como lo bautizaron. Me extendieron hasta el pueblo de Tacuba, en donde construyeron una estación.

Por fortuna, esos explosivos rodantes no duraron mucho pues llegó un nuevo invento, también peligroso porque echaba chispas, pero creo que era un riesgo más controlado. A los tranvías les pusieron una cola hacia arriba que llamaban *trolley,* y desde un cable aéreo decían que bajaba la corriente. Nunca vi que bajara nada, pero el hecho es que los tranvías se movían sin el amenazante silbido del vapor, y comencé a vivir más tranquila. Para que circulara el nuevo transporte, de nuevo tuve que sufrir. Primero me volvieron a abrir, sacaron los fierros viejos, llamados riel de hongo, y colocaron unas vías que, afirmaban, eran mejores. Luego clavaron postes, uno tras otro para sostener esos horribles alambres a los que les llamaban cables aéreos.

En enero de 1900 se inauguró de modo oficial la primera línea de este tipo, que iba de México a Tacubaya. ¿Se dan cuenta? Ya no fui yo la primera. Cada vez me fueron desplazando esos jóvenes. Antes, Tacubaya, un mísero caserío insignificante ni pintaba. Otra vez entrábamos a la modernidad, pero ahora a gran velocidad. ¡Qué carrera más vertiginosa llevaban esos tranvías, parecía que estaban poseídos por el mismo demonio! Corrían casi igual que un caballo trotando y no se cansaban. Por las noches, a todos los trenes los llevaban a descansar a un lugar llamado Indianilla, desde donde, decían, también salía la «alimentación eléctrica». Nunca comprendí cómo alimentaban a los tranvías, pues jamás vi que comieran o bebieran algo, pero cuando uno se hace viejo, ya no entiende muchas cosas.

La modernidad se extendió por más y más cables. Estaban cicatrizando las laceraciones que me había causado la instalación de los postes de alumbrado, los palos esos que llevaban la electricidad a los distintos rumbos de la ciudad y la instalación de los rieles para el tranvía, cuando llegaron nuevas brigadas de obreros y me volvieron a perforar. Esta vez fueron boquetes profundos en los que plantaban unos elevadísimos postes que soportaban unas torres con muchos travesaños que, a su vez, servían de base a gran cantidad de aisladores. Unos alambres unían todos esos árboles artificiales. Decían que eran para los teléfonos y que todos querían tener uno. Para 1905 una empresa, que operaba bajo el nombre de Mexicana, ya tenía seis mil abonados. No tardó en llegar la competencia: en 1907 inició su servicio la Ericsson y se generó una activa competencia. El teléfono podía ser muy útil, pero los postes con su corona de cables eran horribles. Parece que alguien con sentido estético se dio cuenta, pues después de algunos años me volvieron a operar. Abrieron unas zanjas profundas para enterrar los ductos de los cables, y de ese modo eliminaron los postes.

Estaba contenta con mis nuevos edificios, distintos a los de otras épocas, decían que eran porfirianos. Ya no se usaba la combinación de tezontle con chiluca, ahora era el hierro por dentro y el mármol por fuera. No sólo levantaron construcciones similares sobre la Plateros, sino que por todo el centro hubo una fiebre de construcción. Las viejas calles caímos en el olvido. Nadie se interesaba por las sencillas y viejas casas de mi vera, las mansiones de personajes de la historia ya no contaban.

Como si no tuviera suficiente, salieron con otra novedad, una competencia infame. Abrieron una nueva calle y la llamaron avenida 5 de Mayo. Antes, en los buenos tiempos, en la ciudad había calles, calzadas y paseos. Ahora bautizaban con el mote de «avenida» a cualquier calle ancha. Como era nueva, a la dizque avenida esa de nombre de calendario le construyeron más edificios que a mí y eso me perjudicó muchísimo, la gente empezó a preferirla. Yo rabiaba, pero no me quedaba más remedio que tragarme mi enojo. Ixtapalapa, mi hermana, me consolaba diciendo que eran los nuevos tiempos. Yo prefiero los viejos. La tristeza me inunda al ver que todo ha cambiado.

Ya en aquellos años me di cuenta que mi fin como la primera calle de la ciudad estaba cerca.

Este fin se volvió realidad cuando don Porfirio apoyó la construcción de elegantes mansiones sobre el paseo de la Reforma. Me contaron cosas horribles, que esas nuevas residencias eran imitación del estilo francés, que tenían salones y escaleras *art noveau*, balaustradas y jardines. Aunque, lo que me dio la estocada de muerte fue que la adornaron como no la habían hecho con ninguna. Insisto, no lo vi, todo esto me lo contaron. Dicen que ojos que no ven, corazón que no siente, pero eso no es verdad, cuando me contaron que la habían adornado con cantidad de estatuas de héroes liberales en ambos lados, me desmayé. Me hicieron oler quién sabe qué cosa y siguieron diciendo que de tramo en tramo había glorietas con importantes monumentos: el Caballito de Tolsá, Cristóbal Colón, luego Cuauhtémoc y hasta una columna para festejar el centenario de la Independencia. ¿Y yo? ¡Nada, nada! Recientemente, un alma caritativa con mucho sentido de la cultura, se empeñó en que las obras de Tolsá estuvieran juntas, y el Caballito cabalgó de nuevo hasta la placita que les conté. Pero no hay comparación, el paseo de la Reforma tiene decenas de esculturas, y yo nomás una.

¿Y por qué les cuento todo esto? Porque ya no puedo más, ya me cansé de luchar. Siempre pasa lo mismo. La falta de respeto, ese afán de tirar a la basura todo lo que no es nuevo, es verdaderamente indignante porque es una traición a todo lo que tiene historia. Les he contado las vejaciones que sufrí, y la última, la amputación de mi tramo frente a Seminario acabó con la poca fe que me restaba.

Ya no soporto esta agonía que ha durado décadas. Voy a sumirme en un sepulcro. Callaré. Denme por muerta. De ahora en adelante dormiré durante siglos como aquella princesa en el bosque. Descansaré de este ajetreo hasta que llegue alguien con un gran corazón, alguien que se atreva a despertarme de mi letargo, alguien dispuesto a sacarme de la tumba. Es un sueño guajiro, poco menos que imposible, pero en fin, pudiera ocurrir: cuando llegue esa agraciada persona, ponga los pies sobre mis espaldas y comience a caminar, sentiré sus pasos, escucharé su voz. Conforme me vaya recorriendo, iré despertando con la esperanza de saber que existe alguien que se interesa por mí, por mi pasado, por mis vivencias. Entonces volveré a hablar, volveré a ser lo que fui: la primera calle de la ciudad.

capítulo

6

*E*N UNA MESA DE LA SECCIÓN DERECHA y al fondo del Café de Tacuba, tomaron asiento Lourdes y Paulina. A la mesera, toda vestida de blanco y con una cofia alta, le pidieron café y pan dulce.

—Pues yo no sé lo que esperas que resulte de este encuentro, Lou.

—Espero que sea algo interesante. A los dos los conozco muy bien, son muy diferentes y tienen una manera tan distinta de apreciar la historia, que simplemente quiero ver lo que resulta de que ustedes se enfrenten directamente. Andrés es bastante puntual, no creo que tarde.

—¿Es tu novio?

—No, somos buenos amigos desde que éramos niños, nunca me ha hablado de amores, ni me ha besado… ahí viene.

—Hola Andrés, ella es Paulina, mi amiga de la que te hablé. Siéntate, ¿nos acompañas con un café?

—Hola Pau, qué tal. Lou me ha platicado de ti, cree que vamos a discutir arduamente nuestros puntos de vista. Creo que espera un gran espectáculo, y es posible que haga un trabajo sociológico de nosotros. ¿No te da miedo? En fin, vamos a darle gusto, aunque no llegaremos a las manos.

—¿Conque tú eres historiador?

—No es mi profesión, aunque sí me apasiona la historia.

—Pues a mí la verdad es que no me interesa, creo que son asuntos viejos que no tienen ninguna utilidad hoy en día.

—Estoy de acuerdo en que la utilidad de la historia es cuestionable, pero igual me apasiona. ¿No te emociona caminar por la calzada de los Muertos en Teotihuacan?

—Para nada. Sólo veo muchas piedras viejas que algún arqueólogo acomodó como su fantasía le dio a entender.

—¡Qué manera tan pobre de ver lo que a mí me maravilla! De chico me llevaron muchas veces a «ver las pirámides», como decían mis padres. Cada vez que iba me encontraba una cabecita, un tepalcate o una flecha de obsidiana. Oprimiendo esos objetos en mis manos me imaginaba al indio que hizo la flecha, al sacerdote que bailando llamaba a la lluvia, o al guerrero que le rompió la cabeza a una figurilla cuando conquistó la ciudad.

—A mí también me llevaban a Teotihuacan —interrumpió Lourdes— pero nunca tuve tanta fantasía como tú.

—Llámale fantasía o como quieras, pero cuando tengo un objeto antiguo en las manos es como si mi mente regresa en el tiempo. Me trato de imaginar a las personas del pasado. Si hojeo un libro antiguo, por ejemplo, de esos que están encuadernados en piel de cochino, me emociono; pienso en el impresor acomodando los tipos de las letras, luego me imagino a las personas que lo leyeron. ¿Cómo estaría vestido ese personaje, o ese personaje que nos mira desde ese cuadro en la pared? ¿Tendría familia? O aquél monje que pintó la imagen de un santo en el muro de su convento, ¿qué pasado tendría que hizo un voto de castidad? Y cuando hago mis paseos por el pasado leo sobre esa época y trato de entender los motivos de esa gente.

—De acuerdo, aprendes mucho ¿pero de qué te sirve? ¿Qué ganas con saber cómo se vestía o incluso qué comía ese azteca o virrey? Además, suena bastante complicado eso de regresarte en el tiempo. ¿Cómo lo haces?

—Depende en dónde estoy. Por ejemplo, basta con que salgas a la calle por esa puerta, justo enfrente encontrarás el muro de lo que fue el convento de Santa Clara; verás que arriba está esculpido el símbolo de san Francisco. San Francisco de Asís vivió en el año 1200 y así, en un tris, me transporto al siglo XIII. ¿No te parece increíble que aquí, a pocos metros tengamos una muestra palpable de la historia de la humanidad que ha perdurado tantos siglos?

—Bueno, viéndolo así puede ser interesante, aunque insisto que no te sirve de nada para tu vida diaria. Además, tienes que saber el nombre del convento y conocer el escudo franciscano.

—Pues a mí no me importa tanto si me sirve de momento, —dijo Lourdes— lo que ahora me llama la atención es que por esta calle pasan diario miles, y estoy segura que ninguno mira ni mucho menos sabe lo que significan estos relieves.

—Sí, por supuesto, tienes que estudiar lo que quieres revivir. Yo le había dicho a Lou que la quería llevar a un paseo en el tiempo, porque justo aquí enfrente tenemos a la calle más vieja de la ciudad, Tacuba; incluso creo que es la más antigua del país.

—¿La más antigua? A poco... ¿cómo sabes?

—Estudiando un poco nuestra historia he llegado a esa conclusión. Lou no me cree del todo y por lo visto tú menos. Entonces, les propongo que me acompañen a conocer esta calle para demostrárselos.

—No es que no te crea, Andrés —se defiende Lou— pero me parece muy aventurado decir que es la primerita. No se le nota y en ningún lado dice que lo sea.

—Ándale, Andrés, ya que estamos aquí y tú te sabes toda la historia, empieza a explicarnos.

—Si fuera tan sencillo, Pau... Bueno, esta calle se llama así porque su origen está en el pueblo de Tacuba, es allí en donde tenemos que empezar a recorrerla. Les propongo que el sábado próximo nos encontremos a las diez frente al templo de Tacuba, podrán llegar fácilmente en metro.

## DE TACUBA A POPOTLA

Al siguiente sábado, Andrés se paseaba por el atrio del templo de Tacuba observando la fachada, luego caminó hacia donde están los arcos de la entrada al convento. Aparecieron puntualmente Lourdes y Paulina.

—¡Hola Andrés! ¡Qué mentiroso eres! Dijiste que llegaríamos fácilmente en metro y sí, llegamos a la estación, pero para hallar la iglesia estuvo complicadísimo. Al salir del metro sólo veíamos puestos y más puestos cubiertos con plásticos azules que seguro consiguieron en barata porque todos son iguales. Luego no nos dejaban pasar, y entre tantos puestos ni te puedes mover y luego no sabes si debes ir hacia la derecha o la izquierda. ¡Qué lío! Por suerte, Pau pudo ver la torre a través de un espacio entre dos lonas y entonces supimos hacia dónde debíamos caminar.

—Sí, nos costó mucho trabajo, pero aquí estamos. Menos mal que a los comerciantes no les permiten colocarse dentro de la reja. ¡Qué sobria es la fachada de la iglesia!

—¿Verdad que sí es hermosa? Esta construcción es del siglo XVIII, aunque por supuesto el templo original era del XVI y fue edificado sobre el teocalli prehispánico. Está dedicado al arcángel san Gabriel, que está en el relieve de la fachada.

—Allí arriba está la figura de san Francisco, presidiendo todo el edificio, y debajo de él, los dos escudos franciscanos.

—¡Cuánto sabes, Lourdes! Entonces, ésta era una iglesia franciscana.

—Iglesia y convento. Mira, allí a la derecha están los arcos del portal. Si te fijas bien, puedes distinguir cuáles son los originales del siglo XVI por su pátina. Entremos al convento y luego pasamos a la iglesia.


Dentro de lo que alguna vez fue el convento, los tres chicos quedaron maravillados frente a unas enormes columnas que no eran redondas, sino de sección ovalada. Andrés les mostró que seis de ellas aún sostenían las vigas del techo de lo que fue la nave lateral, la única de las tres naves de la basílica que conservaba su forma original. Pasaron al convento. Un pequeño claustro de robustas columnas les dio fe de que erigido en el siglo XVI. Los arcos del segundo piso estaban tapiados. Avanzaron. Una espaciosa escalera los dejó con la boca abierta. Estaba perfectamente iluminada por luz natural que penetraba por una ancha ventana; por aquí y por allá distinguieron algunas vigas labradas. Lourdes se conmovió:

—Me emociona la sobriedad, la antigüedad de este convento; la solidez de los muros, lo austero de la decoración, las vigas de los techos, todo me transporta a los primeros años de la colonia. No me extrañaría ver aparecer un fraile franciscano bajando la escalera y preguntándome qué busco.

En el piso superior visitaron salones dedicados a actividades culturales, música, danza. Recorrieron una capilla. Se asomaron al bautisterio que lucía una sencilla, pero hermosa pila. Admiraron la colección de los pendones utilizados en las procesiones.

Del convento pasaron al templo y tomaron asiento en una banca para observar el retablo. Cuchichearon. Una enorme figura de Dios Padre, con los brazos abiertos en la parte superior los del retablo, parecía que volaba hacia ellos.

—Nunca he visto algo parecido, parece de papel maché. Me parece grotesco, no debieron permitir que se colocara esa figura en un retablo barroco.

Lourdes estaba enojada. En voz baja comentaron las demás imágenes y salieron al atrio por la puerta de la porciúncula. Los recibió el bullicio ensordecedor de la calle.

—Andrés, ¿ahora, por dónde?

—Saliendo nos vamos hacia la derecha sobre la banqueta, no importa que esté llena de puestos, debe haber algún paso por estrecho que sea. Yo ahorita las alcanzo, quiero encontrar un ahuehuete que debe estar aquí cerca, siempre lo veo cuando paso en el coche; supongo que debe ser de los tiempos de Cortés, como los de Popotla. ¡Ah!, ¿ya vieron lo ancha que es la calzada desde aquí? Tres carriles por sentido, y allí, del otro lado de la calle está el ministerio público, por si alguna vez tienen dificultades...

—Eso sí, nunca intenten pasar con el coche por enfrente, sé lo que les digo —interrumpió Paulina—, el primer carril es el estacionamiento de los funcionarios; en el segundo se paran los que llegan a hacer algún trámite, aparte de las grúas y los carros chocados; el tercero es la parada y terminal de los autobuses, de modo que si tienes que circular por allí tendrás que armarte de paciencia porque avanzarás lento.


Al salir de la reja del atrio penetraron en un túnel formado por los puestos montados sobre la banqueta y los plásticos azules soportados en las bardas. Botas, fruta, cuchillos, pilas, revistas, refrescos, del lado izquierdo; las tiendas establecidas del lado derecho: la farmacia, panadería, zapatería, el estacionamiento. La luz del sol apenas lograba penetrar a través de la techumbre, pero era sustituida por focos conectados a los *diablitos;* éstos también alimentaban múltiples equipos de sonido que retumbaban a todo volumen. Aún así se sobreponía la voz humana del puesto para desayunar. «¡Pásele, pásele! ¿Qué le damos? ¡Pásele, güerita!»

El río de gente fluía con dificultad, los cargadores se abrían paso a gritos y golpes en el estrecho pasaje. Las madres con niños en brazos sufrían, abundaban por igual los compradores y los curiosos. «¡Pásele marchante, pásele!» Dulces, cacahuates, discos piratas que lanzaban sus melodías ensordecedoras, películas, hierbas para todo mal. Dentro de los espacios formales se encontraban el almacén de telas, la carnicería, una sex-shop, la tlapalería. En las accesorias había de todo, en los puestos, ropa de mezclilla, tacos, cuadernos, lencería, herramientas, tamales, tenis. Los olores fueron un verdadero desafío y Paulina varias veces se tapó la nariz y aceleró el paso cuando era posible. Entre el pan recién horneado, el chorizo frito, los perfumes de las compradoras, el cilantro, la mugre del piso y la fruta se formaba un remolino de estímulos desagradables a la vez que atractivos. Por fin penetró la luz del día, atravesaron una bocacalle para volver a hundirse en la penumbra de los puestos. Conforme se alejaron de Tacuba, disminuyó la concentración de vendedores. Cuando llegaron a Popotla, la acera estuvo despejada.

Sentí una vibración diferente a otros días. Algo extraño estuvo pasando sobre mis espaldas. Eran pisadas más ligeras que las de costumbre. Me pareció que no solamente me estaban transitando, sino como de paseo. ¿Será verdad? Tendré que estar alerta, observar de cerca a estos tres jóvenes.

—No me digas que este es el famoso Árbol de la Noche Triste, Andrés.

—Sí, Lou, es lo que queda de él. Hace algunos años se quemó el tronco que sobrevivía y ahora no es más que un palo seco, aunque todavía grueso.

—Pues el ahuehuete de junto se ve muy vigoroso.

—¿Oigan, y qué onda con Cortés? ¿Creen que sí se haya puesto a chillar debajo de este árbol?

—En primer lugar —respondió pronto Andrés—, a pesar de ser duro, incluso rudo, Cortés también era sensible, al menos Bernal Díaz así lo describe. Yo sí creo que aquí haya desmontado para esperar a la retaguardia de su ejército y al darse cuenta de que nunca llegaría, seguro que sí se puso tan triste como cualquiera que ve destruida la empresa en la que ha puesto todo su empeño.

—Bueno, yo lo pregunté porque he escuchado a algunos decirle Árbol de la Noche Alegre porque fue noche triste para los españoles, pero alegre para los aztecas.

—Yo también lo he escuchado, Pau, y creo que tiene algo de cierto. Oye, Andrés, Velasco pintó este árbol ¿cierto? Recuerdo que en el cuadro, detrás del ahuehuete estaba una iglesita. Ahora no la veo, sólo hay un parque.

—Supongo que la piqueta también arrasó con lo que era un lindo y sencillo templo. Fíjate que Sahagún, en su *Historia General de las Cosas de la Nueva España,* menciona Popotla. Cuenta que durante la fiesta de Panquetzaliztli, en la pirámide que aquí existía, se sacrificaban esclavos y cautivos. Era parte del ritual que se celebraba durante el solsticio de invierno para darle fuerza al sol y que pudiera regresar desde su posición extrema al Sur.


Mientras Lourdes y Andrés dialogaban, Paulina volteaba para todos lados.

—Y hoy aquí tenemos esta nueva parroquia construida a base de ladrillo, coronada con una espadaña. Nomás de imaginar esto ya me dieron escalofríos, mejor por hoy le paramos a este primer recorrido. ¿Me acompañan allí enfrente, a El Árbol del Triunfo a tomar un tequilita?

## De las huertas a la Tlaxpana

Al siguiente sábado los tres se volvieron a reunir junto al Árbol de la Noche Triste. Comentaron lo bien arreglado que está el Jardín Cañitas, observaron a los niños que trepaban, resbalaban y reían en los juegos. Quedaron maravillados ante un templete para representaciones y luego emprendieron la marcha.

Pasaron frente a una casita que parece castillo de juguete o de azúcar, que alberga a un laboratorio. No se detuvieron. Mientras cruzaban unas vías del ferrocarril y caminaban rumbo al Este, Paulina dijo con un poco de sorna:

—Como que aquí tu calzada hace un fuerte quiebre, ¿por qué no la hicieron derechita?

—Pues porque cuando los aztecas construyeron esta vía se apoyaron en varias islas que había en el trayecto, a eso se debe lo que parece un mal diseño que hace un rodeo. Precisamente en donde dobla la calzada estaba una de esas islas, ahora la adorna esa pequeña capilla dedicada a San Antonio de las Huertas.

—¡Qué nombre más original!

—Sucede que recién levantada la nueva ciudad, capital de la Nueva España, los conquistadores solicitaron tener unas huertas en esta zona aparte de su solar dentro de la traza. Se les concedieron estos terrenos, que por lo general incluían una merced de agua para regarlas en tiempo de sequía. El agua la tomaban del acueducto que pasaba cerca. En aquellos días, estoy hablando de 1524, como en todas las épocas, de inmediato surgieron inconformidades porque a unos les otorgaron más superficie que a otros. Entonces fijaron el tamaño de las huertas: cien pasos de ancho por ciento cincuenta de largo. Aún así, siguió la controversia hasta que definieron que cada paso equivalía a tres pies de hombre.

Pues parece que estos tres sí están empeñados en conocerme, eso me agrada y me inquieta. Ya no quería saber de mi pasado, pero con éstos tendré que despertar de nuevo.

—¡Qué bien conservado está el Colegio Militar! —dijo con asombro Lourdes— Es un edificio señorial, la gran explanada con pasto muy cuidado, y del lado opuesto el casino militar. Mi padre fue militar y vine a varios bailes en esas instalaciones, eran padrísimos. Teníamos que ir con vestidos largos, bueno, todas las mujeres nos poníamos nuestros vestidos más elegantes; los oficiales y cadetes se veían guapísimos en uniforme de gala. El trato era formal y respetuoso, en fin, para mí fue una experiencia inolvidable.

—Oigan, ahí enfrente está un edificio que se ve diferente, es de ¿cantera?

—¿Cuál?

—Aquél que tiene varias ventanas altas. Podría ser una escuela, pero no tiene la facha típica de un colegio, tiene muchas ventanas.

—Es de los tiempos de don Porfirio, Paulina, y siempre fue escuela. Primero fue colegio militar, fundado por Venustiano Carranza. Cuando los militares se mudaron a sus nuevas instalaciones, éstas que vemos, se lo heredaron a la UNAM, que lo destinó a escuela veterinaria. Aquí los universitarios tenían encerrada a su mascota, el famoso puma, que podía ser visitado por el público. Cuando trasladaron veterinaria a la ciudad universitaria, este lugar se convirtió en la escuela para discapacitados que es ahora.

—Pues se nota que fue construido con buen gusto. Miren esos dos nichos que dan hacia la calle, me imagino que dentro había unas esculturas. Mucho me temo que a causa del vandalismo ya no fueron restituidas esas figuras.

—Efectivamente, Pau. Fíjate ahora en esos dos edificios de departamentos aquí, de este lado, ambos deben ser de la misma época. Éste está reconstruido y bien pintado, luce hermoso; en cambio, el que sigue parece que se está cayendo, a pesar de que en sus tiempos seguro era un ícono porque en la mera esquina lucía un techito de dos aguas y un balcón con balaustradas como no he vueltro a ver en toda la ciudad. Pero hoy está tan descuidado, que da lástima.


Justo a la entrada de ese edificio estaba parado un señor. Los tres chicos se dirigieron a él.

—Disculpe, ¿usted vive aquí?

—Toda mi vida he vivido en este edificio.

—Cuéntenos algo de él, algo que recuerde.

—Mmh, recuerdo que aquí arriba teníamos departamentitos pero ahora con la remodelación tiraron algunas paredes y los ampliaron. Los muros de este edificio son anchísimos, les apuesto que si en un terremoto se caen las otras construcciones de los alrededores, ésta seguirá en pie. ¿Qué más puedo decirles?... ¡Ah!, el sótano es inmenso, hasta fiestas hemos hecho allí. Antes todas las casas de por aquí tenían su sótano y así deberían construirlas porque aísla del salitre que hay en toda esta ciudad. El salitre es como una maldición que nos ha caído, por vivir en lo que alguna vez fue un lago de agua salada. Aunque, si se fijan, ya casi no quedan casas antiguas, las han tirado, excepto una que otra que ahora sólo son un cascarón porque están «clasificadas» y se necesitan permisos del INBA, del INAH, del delegado y quién sabe cuántos otros permisos para derribar o para reconstruir... Pero más allá de todo esto. Puedo decirles que cuando éramos chamacos íbamos allí enfrente a la veterinaria para hacer enojar al puma que rugía y sí, ¡en serio que daba miedo! Ah, y por allá adelante vivió la novia de Chucho el Roto.

Los tres chicos escucharon atentos al señor, pero tenían que seguir su recorrido.

—Wow, ¡muchas gracias por compartirnos sus recuerdos!, vamos a seguir recorriendo esta calzada. Buen día, señor.

—Suerte en su recorrido, chicos.

—Lou, esa funeraria aquí adelante tiene exactamente un sótano como los que describió el señor, está más o menos cuidada, pero ¡ay Dios!, esa casa sí que se está cayendo. Parece una venerable anciana que ya no tiene dientes, sus ojos están vacíos y su cabello está hecho una greña, pobrecita, pero todavía se le nota lo hermosa que fue.

Vaya, vaya. Estos muchachos sí me están despertando, parece que de veras me están recorriendo con el afán de conocerme. Ojalá no se desanimen, me pondría feliz si me transitan de cabo a rabo, de Tacuba a San Lázaro.

Los tres siguieron a lo largo de la extensa barda que albergaba el conjunto de edificios pertenecientes a la Normal. No entraron, ni siquiera aminoraron el paso, apenas echaron una breve mirada al inmenso predio y continuaron hasta encontrarse con lo que Paulina calificó como la minicolonia china: restaurantes y tiendas chinas, una junto a la otra. Andrés les hizo ver que la calzada estaba un poco más elevada que las calles que partían de ella. Luego, perplejos, se detuvieron al ver una verdadera ruina del otro lado de la acera como las que salen en las películas de terror. Era lo que algún día fue el cine Cosmos, antaño una referencia para vecinos y forasteros, y ahora un monstruo azul y negro. Las ventanas estaban sin vidrios, el interior se veía horrendo. Negro por tizne de fuego, el Cosmos era un gigante lacerado clamando piedad con las heridas permanentemente abiertas.

Cruzaron debajo del puente del Circuito Interior, en donde jóvenes artistas hacían malabarismos con sus patinetas y un indigente dormía en un rincón.

—¡Cómo se hace amplia tu calzada, Andrés! Parece que no supieron en qué ocupar tanto espacio y aquí, debajo del puente, la calle está más elevada que hacia ambos lados.

—Así es, Lou, y por supuesto que hay una explicación. En este lugar estuvo el Cementerio Británico, fundado en 1824 para sepultar a los protestantes que por disposiciones canónicas no podían ser enterrados en la tierra bendecida de conventos, iglesias, atrios, dentro de la ciudad. Este sitio quedaba muy lejos, incluso estaba fuera de la garita. Lo único que sobrevive de ese panteón es esta linda capillita, hecha de tezontle y chiluca, tal como eran los edificios en la época de la colonia. Las esculturas subrayan la armonía del conjunto, no es una construcción del virreinato, pero su diseño está adaptado perfectamente a esa época.

—Allí atrás hay otro panteón, Andrés.

—Sí, es el cementerio norteamericano creado en 1847 para sepultar a sus soldados caídos. Como también eran protestantes, pudieron quedar junto a los ingleses. ¿Ya se dieron cuenta que la calle de enfrente queda metros abajo? Son los desniveles de la calzada como era originalmente. ¿Y qué creen que hubo en este amplio espacio?

—El acueducto y la fuente de la Tlaxpana, ¿verdad? de lo que tanto me has contado. Esta colonia se sigue llamando igual.

—Así es Lou. El lugar ha conservado su nombre desde que los aztecas utilizaron esta isla como apoyo para su calzada. También este era el punto a donde llegaba el acueducto con agua dulce desde Chapultepec y viraba para seguir rumbo al centro, por eso se mandó hacer la famosa Fuente de los Músicos que era amplia, hermosa y un símbolo para toda esta zona. Claro que hay fotos de ella, además está representada en múltiples y hermosos grabados del siglo XIX. El agua llegaba por lo que hoy conocemos como la avenida Melchor

Ocampo, antes llamada calzada de la Verónica por la imagen que estaba en uno de sus arcos. Por este rumbo también estuvieron las huertas de Cortés.

—¿Y la fuente?

—Desapareció. Un burócrata fanático del modernismo, de quien prefiero omitir su nombre, la mandó derribar.

Pero yo sí me lo sé, me sé el nombre y apellido de ese canalla. Cada vez que alguien menciona a mi hija, la fuente, me lleno de rabia por tanta injusticia. ¡Cómo pudieron permitir que la derribaran! A nadie benefició su destrucción y sí perjudicó a muchos. Menos mal que siguen imprimiéndose grabados de ella, así cuando menos existe un recuerdo para que no caiga en el olvido una de las obras más bellas que tuvo la ciudad. Así es la vida. Al que seguro ni conocen estos chicos es a mi adorado acueducto, que dicen era feo, pero yo lo quise mucho.

—¡Qué triste! Justo me hiciste recordar un libro de Guillermo Tovar y de Teresa, uno de los cronistas de la ciudad, donde se describe todo el arte colonial que ha sido destruido. Cuando lo lees da pena y coraje. Ahí dice: «Los mexicanos sufrimos una enfermedad, una furia, un deseo de autodestruirnos, de cancelarnos, de borrarnos, de no dejar huella de nuestro pasado.»

—Para que se nos pase el coraje, sugiero que comamos unos riquísimos tamales que venden a dos cuadras de aquí. Vamos, las invito.

# De San Cosme a Buenavista

Paulina, Andrés y Lourdes regresaron a la calzada después de haber desayunado unos riquísimos tamales en la colonia San Rafael. Caminaron hasta que Andrés se detuvo frente al mercado de San Cosme.

—¿Recuerdan que les mencioné de las garitas de la ciudad?

—Claro —respondió Paulina—, una construcción en donde se cobraba un impuesto y las puertas de la ciudad eran cerradas al anochecer para que no entraran bandidos, ¿verdad?

—Yo de garitas sí sé —dijo Lourdes— México antes tenía doce y he leído que incluso el canal de la Viga tenía un hermoso edificio de acceso por donde pasaban las trajineras. Justo aquí enfrente estuvo la Garita de San Cosme, o sea que todo lo que ya hemos andado era campo abierto y quedaba fuera de la jurisdicción de la ciudad. Vamos a cruzar para ver de cerca la casa llamada Mascarones.

—¿Por qué le pusieron ese nombre, Lou?

—Por las columnas estípites que adornan la fachada, Pau.

—¿Las columnas qué?

—Estípites, o sea, la pilastra tiene proporciones similares al cuerpo humano, arriba la cabeza, sigue un cubo que es el pecho, se angosta en la cintura, las caderas y las piernas se van estrechando hacia los pies. Este tipo de columna es una característica del estilo churrigueresco. De hecho, en México tenemos los más hermosos ejemplares de este estilo.

—Churrigueresco dijiste, ¿verdad? Y como hay esculpidas muchas caras supongo que le pusieron el mote de Mascarones.

—Pues esta belleza arquitectónica tiene una triste historia —intervino Andrés—. El séptimo conde del valle de

Orizaba, el de la Casa de los Azulejos, mandó construir aquí
su casa de campo porque el aire en la ciudad era de lo más
insalubre. Lamentablemente no la vio concluida, la muerte se
le adelantó. Estuvo deshabitada por largo tiempo, cambió de
dueño varias veces, y casi siempre alojó a instituciones educa-
tivas. Ahora pertenece a la UNAM. Veamos si nos dejan entrar,
he leído que sus patios también están adornados con estípites.

Hablaron con una persona en la puerta. Discutieron, rogaron y
suplicaron. Por fin, se alejaron meneando la cabeza. Siguieron
rumbo al centro. Se detuvieron en varias tiendas, examina-
ron bolsas, ropa, amuletos, preguntaron precios y regatearon.
Andrés estaba impaciente. Les insistió en cruzar hacia la otra
acera. Por fin entraron en el atrio de la parroquia de los santos médicos Cosme y Damián, una de las iglesias que quedaban en las afueras de la ciudad. La barda los aisló del ajetreo
de la calle y la sombra agradable de los fresnos les infundó
paz y tranquilidad. Se sentaron en una pequeña guarnición
y observaron la austera fachada del templo.

—Andrés, ¿no tenía un convento?

—Por supuesto, pero ya no existe. Después de la exclaustración fue cuartel y Santa Anna convirtió parte de él en hospital militar. El convento se vendió y el nuevo dueño lo tiró
para construir algo que produjera utilidades; ahora es un cine.
Pero déjenme contarles algunas de las historias que hay alrededor de este templo. En un principio el pueblo lo bautizó como los Descalzos, aunque el templo está dedicado a la
Virgen de la Consolación que realizó varios milagros, especialmente protegiendo a los niños, pero ese nombre ha caído

en el olvido igual que el de San Damián. Ahora se le conoce como San Cosme, de hecho, le dio nombre a la calle. La iglesia sufrió un terrible incendio que acabó con todo su interior. De milagro se salvó un crucifijo, aunque quedó totalmente carbonizado; ahora se le venera como el señor del Fuego o de los Dolores y protege a quienes trabajan con fuego y ayuda a sanar a quienes padecen quemaduras. En ese incendio, también se destruyó el retablo mayor, el que veremos es el que estaba en la iglesia de San Joaquín.

Entraron al templo, se sentaron y cuchichearon en voz baja.

—Mira, los confesionarios tienen columnas es... ¿qué?, es-tí-pi-tes labradas. ¡Qué hermosura!, ¡y qué precioso retablo, también con columnas estípites!

—Shh...

—Lou, ¿ves ese bulto de colores? Parecen listones.

—Así es, Pau, son los llamados «milagros» y han sido colocados allí por los fieles que le piden a san Peregrino Laziosi ser curados del cáncer.

—Oye y ¿esos son?... ¡Son candados, cientos de candados!

—Esas son súplicas a san Ramón Nonato, el protector de las mujeres embarazadas y de los recién nacidos; además se supone que libra de chismes, rumores y falsos testimonios. Las personas vienen aquí, cuelgan un candado debajo de su imagen, lo cierran y depositan la llave en la alcancía para que nadie lo abra.

—¡Ver para creer!

Salieron del atrio y prosiguieron su marcha.

—Ésta sí la conozco, es Insurgentes. —Sí, cruza la ciudad de Norte a Sur en toda su extensión.

—¿Y cuál es la diferencia entre una avenida y una calzada?

—En realidad ninguna, Lou, es el nombre con el que se están bautizando las calles anchas y que antes les llamaban calzadas. Esta avenida de los Insurgentes fue diseñada allá por 1901 para comunicar a Mixcoac y San Ángel con el centro. Primero la llamaron Centenario, por eso de las fiestas en 1910. Luego, en los años 40 del siglo pasado, la extendieron hacia el Norte y fue cuando le pusieron el nombre con el que nosotros la conocemos. Es la calle más larga de la ciudad, un privilegio que antes le correspondía a la calzada México-Tacuba.

Por fin alguien que sabe y que se compadece de mi desgracia. Esto demuestra el enorme deterioro que han sufrido las buenas costumbres en esta ciudad. Hoy hay avenidas por todas partes, cuando antes sólo nosotras las calzadas éramos las principales, anchas, únicas, no teníamos rival. ¡Cómo me caes bien, Andrés!

—No lejos de aquí, hacia el Norte, estaba la estación de Buenavista que durante más de un siglo fue la principal terminal de los ferrocarriles de pasajeros.

—Ya sé, ya sé, seguro le pusieron ese nombre por el palacio del conde de Buenavista que está aquí adelante.

—Exacto, Lourdes, ¿cómo lo sabes?

—Porque he ido a exposiciones, querido, y ya que estamos tan cerca, vamos.

Cruzaron la avenida de los Insurgentes y continuaron andando sobre la acera sur hasta llegar frente a una mansión.

—Este edificio algo hundido es conocido como el Palacio del conde de Buenavista y dio nombre a todos los alrededores, hasta a la estación del ferrocarril, como nos dijo Lourdes hace ratito. Hay historias ligadas a este palacio por todos los personajes que lo habitaron. Si quieren, se las cuento otro día; ahora entremos al edificio construido por don Manuel Tolsá.

—¡Qué original, un patio con forma ovalada rodeado por columnas!

—Sí, Pau —dijo Lourdes— ahora es el Museo de San Carlos. Tiene ese nombre por ser una especie de heredero de la academia del mismo nombre. En 1968 trajeron las colecciones europeas de las galerías de las antiguas academias de Artes y San Carlos. Tiene diversas secciones como los viejos maestros europeos, la colección medieval, la colección de escultura, el acervo gráfico y otras.

—Pues se me antoja entrar a la sala de los viejos maestros europeos, no sé de qué profesores se trata.

—Ja ja ja. Son los máximos exponentes de la pintura, no profesores, Pau. Yo ya la he recorrido varias veces, hoy voy a ver las esculturas. ¿Qué vas a hacer tú, Andrés?

—Voy a ver la obra gráfica y si les parece nos reunimos de nuevo en la librería para despedirnos.

## DE SAN FERNANDO AL EJE CENTRAL

Llegó Andrés a las diez de la mañana al parque, frente a la iglesia de San Fernando. Hacía frío, buscó a sus amigas pero no habían llegado. Empezó a deambular por el jardín. Pasó cerca de los espacios en donde están varias bancas y se asomó a ver de cerca unos envoltorios de colores que estaban sobre ellas. Cuando algunos de esos bultos empezaron a moverse y asomaron cabezas, se dio cuenta que era un dormitorio de indigentes. Se retiró, caminó hacia el templo, estuvo observando la fachada esculpida en chiluca, luego la torre que era una profusión de tezontle que se veía dañada o descuidada. Tomó fotografías de la fachada de la iglesia y de la columnata. Algunas mujeres, vestidas con diminutas minifaldas, paseaban en el sol, era obvio que tenían frío, pero su vestimenta de trabajo no les dejaba otra opción. Andrés intentó retratarlas, pero en el último instante se arrepintió. Apareció Lourdes, y justo detrás de ella, Paulina.

—¡Hola chicas! La iglesia está cerrada, pero podemos entrar al Museo Panteón de San Fernando. En este panteón fueron sepultadas las principales personalidades de la ciudad en el siglo XIX, como Benito Juárez y Miguel Miramón, dos archienemigos que la muerte unió en el mismo cementerio. Igual que ellos dos, aquí descansan varios presidentes liberales como Ignacio Comonfort y José Joaquín de Herrera, y otros conservadores como Martín Carrera y Manuel María Lombardini. También están las tumbas de Ignacio Zaragoza, Miguel Lerdo de Tejada y Melchor Ocampo.

—¡Miren! Aquí está la tumba de Isadora Duncan.

—¿Y ésa quién fue, Pau?

—¡No!, ¿a poco no sabes, Andrés? Fue una artista famosísima… todo mundo la conoce. Me extraña que no sepas.

—Es que yo de artistas ni sé, por eso me junto contigo, para que me ilustres.

—En este lugar hay tanta historia —interrumpió Lourdes— que sugiero volvamos otro día para tener una visita guiada, aquí las ofrecen y son gratuitas. Quiero saber más detalles de la vida de todos esos personajes.

Salieron del panteón y admiraron algunos hermosos edificios de la época porfiriana. Luego siguieron su ruta hacia el Centro.

—¿Y esta placa?, ¿qué dice? —y comenzó a leer Lou— «En este sitio estuvo el hospital de San Hipólito, primero para dementes en América, 1577». ¡O sea, que ya desde entonces había locos por acá!

—Sí, Lou —dijo Andrés— siempre ha habido locos, muchos locos. Los hipólitos formaban una de las órdenes hospitalarias, como los betlemitas, los juaninos y varias más. Este hospital fue fundado para ayudar a gente enferma física y mentalmente, estuvo funcionando hasta 1910, cuando trasladaron a los dementes a un nuevo edificio llamado la Castañeda. Por cierto, los betlemitas tenían su hospital a pocas cuadras de aquí, un hermoso edificio colonial que veremos más adelante.

Después de andar un rato llegaron al templo de San Hipólito, famoso desde la misma fundación de la ciudad colonial.

—Aquí se arman las tremendas romerías el día 28 de cada mes a favor de san Judas Tadeo.

—Sí, ¿pero por qué se festeja a este santo si el templo está dedicado a san Hipólito, ¿sabes por qué pasó esto, Andrés?

—Te soy franco, no lo sé, sólo me consta que hace muchos años se veneraba a san Judas Tadeo en el templo de San

Agustín. Pero lo que sí sé es que este santo de los imposibles es muy milagroso, de otro modo no tendría tantos seguidores.

—Oigan, me han dicho que esa columna que está en la mera esquina tiene algo que ver con la historia, ¿de qué se trata?

—¡Ah!, eso es muy cierto, Pau. Este sitio probablemente es el más importante para la historia de la ciudad, por eso se colocó aquí este monumento. Pero es una desgracia, ya pocos lo conocen, y nadie lo puede apreciar porque los vendedores ambulantes lo impiden. ¡Miren nada más cómo la banqueta está atiborrada de vendedores que la cubren con sus techos! Es imposible leer la inscripción que está arriba, dentro del óvalo, donde se relata la historia de este lugar. El relieve de abajo es una alegoría y describe la leyenda del pobre labrador.

—Es tan importante y nadie lo pela, qué pena. ¿Qué dice arriba? —preguntó Lou.

—Da cuenta de que en este lugar los conquistadores sufrieron una terrible derrota y que posteriormente fue la toma de Tenochtitlan el 13 de agosto de 1521. Además, explica que originalmente aquí fue fundada una ermita y que luego se hizo esta iglesia consagrada a san Hipólito.

—¿Y abajo? —inquirió Pau.

—Aludé a una leyenda de la época de Moctezuma. Es una lástima que ni de cerca ni de lejos se pueda apreciar este ícono de la historia de nuestra ciudad.

—¿Nos vas a contar la leyenda?

—Ya que insistes… mejor les cuento al rato, cuando nos sentemos a tomar un café, ahora sigamos adelante. Eso sí, sólo les quiero insistir que durante siglos este fue el templo más importante de la ciudad. Además, hay que resaltar que sus torres están giradas respecto al eje del templo, una variación muy original, me parece que es única… ¡Corran que ya va a cambiar el semáforo!

¡Andrés, Andrés, detente! Tú que sientes las vibraciones de la historia, cuéntales lo que aquí sucedió, los llantos y alegrías de esa terrible noche, enlázate con el pasado, yo te apoyo. Con gusto los acompañaré en su excursión, quiero explicarles lo que desconocen. ¡Qué reconfortante es volver a vivir!

El semáforo había cambiado de ámbar a rojo. Los tres se lanzaron en veloz carrera al otro extremo de la esquina. Llegaron jadeando.

—¡Vaya que está ancha la Reforma!

—Deténganse un momento y observen con calma este lugar que es especial. Recuerden que en este sitio estuvo la cortadura más ancha de la calzada México-Tacuba en la época prehispánica y que fue aquí mismo en donde murió una gran parte del ejército de Cortés durante la Noche Triste. Esto se corroboró cuando hallaron un tejón de oro mientras construían el metro.

—¿Qué es eso?

—Es una barrita de oro que fue hecha fundiendo las joyas del tesoro azteca. Algún soldado español debe haberlo traído dentro de su armadura o amarrada a la cintura junto con otras piezas de oro, pero al caer en el foso seguro que ese peso lo arrastró al fondo del lago. Les confieso que en este sitio se desborda mi fantasía con todo y el ruido infernal de automóviles, camiones y gritones, me imagino que del subsuelo surgen voces, gritos: las exclamaciones de los conquistadores que se resisten a meterse al agua, los lamentos de los heridos, las llamadas de auxilio, el alboroto jubiloso de los mexicas al capturar a un enemigo, los últimos chillidos de los caballos, los clamores de aquellos que lentamente se van hundiendo en las aguas negras.

—Ya me dieron escalofríos, Andrés, no sigas. Mejor entremos a este lugar moderno con fachada colonial.

—Sí, es una feliz combinación. Fue fundado como la hospedería de Santo Tomás de Villanueva, su efigie está esculpida encima de la portada. Sigue siendo hotel y también es un bar. Siéntense en el patio y pídanme un café, voy a lavarme las manos.

Lourdes y Paulina se sentaron en la mesa y la mesera les tomó la orden.

—Oye Lou, ¿a poco tú también sientes esas cosas raras como Andrés cuando ves o tocas antigüedades?

—Bueno, creo que no tanto como él, pero algo parecido. Tengo un abanico que me dejó mi abuela y ella quién sabe de quien lo heredó. Tiene las cubiertas de marfil y está pintado con unas figuras. Cuando lo tomo en mis manos no puedo dejar de pensar en todas las mujeres que lo usaron para abanicarse y conquistar a los caballeros. Entonces imagino a mi abuela haciendo señas en clave y me pregunto a cuántos galanes habrá seducido esta prenda.

—Bueno, sí debe ser interesante tener tanta imaginación…

Cuando llegó Andrés, Paulina de inmediato le pidió que les contara la leyenda de Moctezuma.

—Pues dicen los que saben que esto sucedió cuando Moctezuma debió atacar a los españoles. Era época de secas, el campo estaba árido y un pobre labrador —o macehual— trabajaba la tierra dura. No había ninguna nube. El sol inclemente lanzaba sus rayos sobre su pobre milpa. De pronto, una gran sombra se le acercó desde el cielo. Las alas de una enorme águila lo abrazaron, las garras lo tomaron de su taparrabos y lo elevaron. Llegaron a un sitio escarpado en donde el ave depositó su carga. El macehual, muerto de espanto, abrió los ojos y se encontró frente a la boca negra de una cueva. Desde dentro salió una voz que dijo: «Entra, buen hombre, no temas.»

El labrador penetró en la cueva y se encontró con un señor dormido, engalanado con ricas vestiduras y adornos de oro. El pobre labrador se quedó helado al reconocer al mismo Moctezuma, el temido emperador. No se dio cuenta de qué modo en sus manos apareció un ramo de flores y un rollo de hojas de tabaco encendido. La voz le dijo de nuevo: «Mira a ese miserable de Moctezuma, parece estar sin sentido, embriagado con su soberbia. Tan fuera de sí está que no sentirá cuando le des con las hojas ardientes en el muslo.» El indio se resistía, pero las palabras misteriosas le repitieron la orden. Con mano temblorosa le pegó el fuego en la carne, que chirrió, humeó, y emitió un desagradable olor. El buen labrador palideció al ver que Moctezuma no se movió siquiera, siguió tranquilo, metido en su sueño. La voz extraña dijo: «¿Ves cómo no siente y parece que está embriagado? Pues debes saber que para eso te he mandado traer. Vuelve, busca a Moctezuma y dile lo que te he mandado hacer. Para que compruebe que es verdad, dile que te muestre el muslo y hallará la huella del fuego. Dile que tiene enojado al Dios de la creación y que él mismo se ha buscado el mal que sobre él ha de venir y que ya se acaba su mando y soberbia.»

El indio sintió que de nuevo era elevado por el aire. El águila voló con rapidez y lo depositó en su terreno. El macehual quedó inquieto y acongojado, dudaba si era realidad lo que le había sucedido, o si el sol y la fatiga lo habían hecho alucinar; pero al ver en sus manos el rollo de tabaco, se convenció de que todo había sido verdad. Tembló de miedo sólo de pensar en tener que presentarse ante el gran Moctezuma, pero movido por un impulso irresistible y venciendo mil obstáculos, llegó ante el emperador.

Con la mirada baja, le relató toda su vivencia sin omitir decirle que lo había visto insensible y soberbio, y que su reinado se iba a acabar por sus malas obras. Moctezuma se quedó pasmado, luego recordó que había soñado que un indio pobre le había puesto fuego en un muslo y al momento sintió un profundo dolor que le penetraba la pierna. Casi sin aliento lo llevaron a una cama cubierta con pieles en donde permaneció varios días quejándose y sin poder dormir. Rabioso, ordenó que a aquel indio lo echaran en una prisión oscura y se olvidaran de él hasta que pasado el tiempo fueran a sacar su cadáver para echarlo de comida a las bestias.

—¡Qué triste historia! ¡No me gustó nadita! ¿Por qué si ya vivía en la miseria, le tenía que pasar esta desgracia?

—Así pasa en esta vida, Pau, al que poco tiene, eso también se lo quitan.

Después de tomar su café, salieron de la hospedería y Andrés les mostró lo que fue el convento de San Diego, que ahora es el Museo de Diego Rivera. También les señaló el espacio en donde estuvo el quemadero de la Inquisición, parte de la Alameda. Después entraron en el templo de San Juan de Dios por la puerta lateral, admiraron en silencio el balcón interior y se retiraron por el frente porque se estaba celebrando una misa. Caminaron unos pasos y se sentaron a descansar en una de las bancas del parque.

—En la época de la reforma, un fanático anticlerical arrancó de la fachada del convento de Santa Clara una tosca escultura de san Antonio de Padua y la botó en una zanja por aquí enfrente de la Alameda. Algún buen cristiano la recogió y trajo aquí a San Juan de Dios. El pueblo le puso el mote de san Antonio el Cabezón. Dicen que es milagrosa.

—Claro que es milagrosa, Andrés. Tú no sabes de estas cosas, pero yo sí. Cada 13 de junio se forma un tianguis a donde llega una gran cantidad de jóvenes casamenteras que le llevan al santo trece monedillas junto con otras ofrendas. Y aunque no lo creas, ¡sí encuentran pareja!

—Te lo creo, Pau. Sí, yo no sé de esas cosas, pero me tranquiliza que en estos templos todavía se realicen milagros. Cuando paso por aquí recuerdo una rima que cantaba mi abuelita:

*Señora santa Ana, por qué llora el niño,*
*por una manzana, que se le ha perdido.*
*Si llora por una, yo le daré dos,*
*que vayan por ella a San Juan de Dios.*

—Aparte de manzanas, deben saber que en esta plaza durante años, por no decir siglos, estuvo un famoso mercado de flores. Como ésta era la ruta hacia los cementerios, aquí se vendían las coronas y flores para recordar a los difuntos.

Lourdes y Andrés se enfrascaron en una discusión sobre la gigantesca concha de la fachada, mientras Pau observaba a los gorriones que iban a tomar agua de las fuentes. Andrés la llamó:
—Pau, ven, vamos al museo Franz Mayer.

En la mesa de recepción indicaron que solamente se querían asomar, y por eso pudieron pasar sin pagar. Se dirigieron hacia la fuente al centro del patio.
—Este edificio fue hospital del siglo XVI al XX, dedicación sólo igualada por el Hospital de Jesús, fundado por Cortés. Sufrió mil y una calamidades, incendios y terremotos, pero siempre resucitó. Hoy luce impecable de nuevo y como es museo, guarda preciosas colecciones de artes decorativas de la época de la Colonia.
—¿Pero no vamos a entrar, verdad?
—No, Pau, no temas, otro día podrás venir con calma y pasarte todo el día admirando objetos de talavera y de plata, o perderte en la incomparable biblioteca. Tomémonos una foto y sigamos.

Saliendo del museo, Paulina le dijo con asombro a Lourdes:
—Oye, mira qué chueca está la Santa Veracruz.

—Pues te diré, San Juan de Dios también está bien inclinada. Andrés, ¿cuál es más vieja?

—Por fecha de fundación desde luego la Santa Veracruz, que fue, si no la primera, seguro una de las primeras parroquias de la ciudad. Cortés mismo fundó la archicofradía de la Cruz, para conmemorar su arribo a Veracruz el viernes santo de 1519. Aunque les diré, la iglesia que tenemos enfrente fue terminada en 1730, pues se le hicieron muchos cambios, reparaciones e innovaciones.

—Lou, en la fachada hay columnas estípites, ¿verdad?

—Sí, Pau, el cuerpo superior forma un armonioso conjunto de ellas. ¿Entramos?

—Tú dijiste que sabías algo de este templo, Andrés.

—Más o menos. La hermosa imagen del crucificado que está en el nicho arriba del altar, le llaman el Cristo de los Siete Velos. También se venera aquí un fragmento de la Verdadera Cruz, muy adecuado al nombre del templo.

—¿Y por qué le dicen el Cristo de los Siete Velos?

—Porque lo cubren siete telas de punto, y al fiel que conseguía que se las quitaran le eran concedidas toda una serie de indulgencias. A aquellos pobres diablos sentenciados a muerte por la Inquisición los traían aquí, recuerda que el quemadero quedaba enfrente. El día de la ejecución, los cofrades acompañaban al condenado con el Señor de los Siete Velos entre dos tablas blancas en las que estaban escritos los diez mandamientos.

—Qué terribles recuerdos igual de sangrientos que esta imagen de Cristo que está junto a la entrada. Da espanto.

—Veamos si está el sacristán para que nos deje pasar a la capilla de la Santa Cruz…

Salieron por la puerta lateral y Andrés las detuvo, para que notaran el ancho de la calle.

—Hay mucha confusión respecto a los acueductos que hubo en la ciudad. Lo que sé es que en 1454 Moctezuma I mandó construir el primer acueducto —que era más bien una atarjea— que iba desde Chapultepec a Tenochtitlan. Fue trazado y dirigido por Netzahualcóyotl, salía de un manantial en Chapultepec, daba vuelta en la Tlaxpana y terminaba aquí. Durante el sitio a la capital azteca, Cortés lo mandó destruir, pero lo tuvo que reparar cuando reconstruyó la ciudad. Esta reconstrucción se terminó en 1525, pero seguía siendo un canal sencillo. Conforme fue creciendo la ciudad, se requirió más agua y en 1604 se inició la construcción de un nuevo ducto, para reemplazar al viejo. Esta gran obra se concluyó en 1620, tenía alrededor de mil arcos y terminaba aquí en una caja de agua. Lo notable es que era doble: por el canal superior circulaba lo que llamaban el agua delgada que provenía de los manantiales de Santa Fe, por el inferior el agua gorda de Chapultepec. Fue derribado por partes, incluyendo la fuente de la Tlaxpana, entre 1851 y 1889. El otro acueducto, llamado de Belén, construido entre 1711 y 1779, traía agua «gorda» de Chapultepec; tenía 904 arcos, su recorrido era por la avenida de ese nombre y terminaba en una hermosa fuente llamada Salto del Agua.

—¿Y de esos acueductos no queda nada?

—Sólo unos cuantos arcos sobre la avenida Chapultepec. Recuerden: este sitio, en donde terminaba el acueducto, se llamó La Mariscala y en esta esquina, hoy calle Hidalgo y Eje Central, estuvo la casa del mariscal de Castilla, pero hoy tenemos un cajón de cemento gris. Junto estuvo la casa de Manuel Tolsá, que por cierto fue sepultado en la Santa Veracruz. Durante muchos años se conservó una acequia en lo que hoy es el Eje Central, que se podía cruzar con el llamado puente de la Mariscala, diseñado y construido por Pedro de Arrieta, el arquitecto de la Profesa. Enfrente, tenemos la Alameda, el primer paseo de la ciudad, en donde se han paseado por igual virreyes que esclavos, ricos mineros y pordioseros, carruajes elegantes y galanes a caballo. Aunque luego hubo otros paseos, como el de Bucareli, el paseo de la Viga y el paseo de la Reforma que hoy sigue siendo un lugar de esparcimiento.

—¡Uf! ¡Vaya que fue un sitio importante!

—Amiguita, creo que desconoces su verdadera importancia: de este crucero, parte, ni más ni menos, que toda la nomenclatura y numeración de esta enorme ciudad… Pero ya es tarde y ya me cansé, así que mejor vamos por un helado aquí a Sanborns de Madero.

¡Párale, párale Andrés, por lo que más quieras! No vayas a mencionar a la Plateros, la presumida esa. Dijiste Madero, eso ya es suficiente referencia. Entren y salgan a Sanborns por 5 de Mayo ¡y no se vayan para el otro lado! ¡No pisen a la sangrona!

# De la plaza Tolsá
## al Templo Mayor

Paulina, Lourdes y Andrés se reunieron junto al Caballito en la Plaza Tolsá. Le tomaron fotos por todos lados a la famosa escultura y admiraron su perfección. Se pararon frente a la placa descriptiva, la leyeron con cuidado y se enteraron de que esa estatua de Carlos IV no fue colocada allí para honrar a ese gobernante, sino únicamente por su valor estético. Andrés les sugirió regresar a la esquina del Eje Central. En el trayecto, Paulina se detuvo.

—Aquí hay una placa que dice que esta casa perteneció a Hernán Martín y tiene fecha del año 1527. ¿Sería pariente de Cortés?

—No. Sólo se trata de una similitud de nombres que puede crear confusión porque Cortés se llamaba Hernán y sus dos hijos, Martín. Pero bueno, ¿recuerdan que les dije que este crucero era muy importante? Bueno, nomás vean cómo desde este ángulo se ve lo ancha que se hace la calle de Hidalgo. Si no sabes que en este lugar estuvo la caja de agua del acueducto, piensas que la calle se hace ancha sin motivo aparentemente. En contra esquina de lo que fue la Casa de la Mariscala está uno de los edificios más representativos del porfiriato, el palacio de correos. Del otro lado de la avenida está Bellas Artes que, aunque también se empezó a construir en tiempos de don Porfirio, no se pudo concluir sino hasta 1934 porque estalló la revolución y porque como aquí, en este Eje Central, terminaba la isla de Tenochtitlan y empezaba el lago hacia el Oeste, Bellas Artes sufrió el mismo hundimiento que el edificio de Minería que está a una cuadra.

Los tres siguieron su marcha hacia el Zócalo.

—Andrés, estas tres casas entre el Eje Central y la plaza Tolsá están hermosas, se ve que han sido restauradas con muy buen gusto.

—Sí, de hecho, todo este espacio luce soberbio. La plaza parece diseñada para resguardar esta escultura y aunque son de distintas épocas, los edificios que la rodean, sí armonizan. No siempre fue así. En donde hoy está el Museo Nacional de Arte estuvo el hospital de San Andrés, una construcción adusta, casi, casi me atrevería a calificarla de fea, construida originalmente como colegio jesuita. Cuando la demolieron se construyó este hermoso edificio, llamado entonces el palacio de Comunicaciones, aunque la gente le decía simplemente el telégrafo.

—Aquel seguro que también es otro palacio porque por aquí todos son palacios, el de Bellas Artes, el de Correos, el de Comunicaciones, el de Minería. Seguro por eso el viajero ése, de quien siempre se me olvida su nombre, llamó la ciudad de los palacios a nuestra capital —dijo Pau.

—Se llama Latrobe —dijo Lou— un viajero inglés que visitó nuestro país en el siglo XIX.

Estos sí saben apreciar. A pesar del insoportable ruido que arman los vehículos, aquí me solazo trasladándome a un pasado glorioso. En esta placita se pueden admirar obras arquitectónicas de alta calidad y por eso me siento tan orgullosa de las construcciones que mencionan los jóvenes. Todas son muy recientes, apenas tienen un siglo, y si las autoridades incultas no hubieran arrasado con tantos otros palacios, nos seguirían llamando así.

¡Ay ay ay!, en mis buenos tiempos, cada cuadra tenía palacios que se alternaban con templos maravillosos.

—¿Entramos al palacio de Minería?

—Me temo que hoy no se puede, hay un evento oficial. Cuando lo visiten, admiren su escalera monumental y noten que con letras de oro está escrito el nombre de Andrés Manuel del Río.

—¡Tu tocayo!, ¿y él qué hizo?

—Ni más ni menos que descubrir un elemento químico, el vanadio.

—¿Y para qué sirve el vanadio?

—Es un metal de gran dureza y resistencia a los ácidos que se utiliza para alear aceros especiales…

—¿Ale… qué?

—No importa, lo que sí es importante es que sepan que Del Río fue de los científicos más renombrados de su época, compañero de estudios de Humboldt y que debería estar en la rotonda de los hombres ilustres, pero sus restos se perdieron.

—¿Cómo?

—Sí, cuando murió en 1849, sumido en la más absoluta pobreza, lo enterraron en lo que era el panteón de Tacuba. Con el tiempo, sobre el panteón se construyeron casas y nadie se preocupó por sus huesos y es una lástima porque de él sí podemos sentirnos orgullosos…

Después de decir esto, Andrés quedó sumido en una breve decepción y con un suspiro les dijo a sus amigas:

—Antes de que sigamos adelante, quiero que sepan que

esta fue la zona de hospitales durante la Colonia. El hospital de San Juan de Dios estaba allá atrás; en donde hoy está el edificio de Correos, estuvo el hospital de Terceros, operado por franciscanos; a mis espaldas está el hospital de San Andrés y en la cuadra siguiente, sobre la acera sur, estaba el hospital de los betlemitas.

—O sea que aquí era algo así como la colonia de los doctores y antes de que te distrajeras, nos dijiste que el edificio de San Andrés, con todo y que llevaba tu nombre, era feo.

—Sí, Pau, ese sí era poco agraciado. La mayoría de los edificios coloniales, cuando no son hermosos, son señoriales.


Andrés siguió caminando sin darse cuenta de que sus amigas habían entrado en un grandioso edificio colonial. Pidieron informes en la mesa de recepción y echaron una breve mirada al patio. Luego volvieron a la calle.

—¿Sabes, Lou? Me gustan estos árboles que han plantado sobre las dos aceras. A parte de que dan agradable sombra, le ponen un toque de color a este bosque de cemento.

—Yo también así lo siento, Pau, esta zona no me da esa sensación de aridez que produce el cemento. Aquí hay fachadas de tezontle rojo y negro que se alternan armoniosamente con la chiluca que hace de marco a balcones y ventanas. Y si le agregas el verde de los árboles, en verdad se obtiene un alegre colorido. Es más, mira esa hermosa capillita que está en la esquina, seguro la restauraron porque recuerdo un grabado de cuando era cantina.

—Ya llegamos al Café de Tacuba, ¿no se te antojan unas ricas enchiladas?

—La verdad sí, pero no veo a Andrés. Sigamos despacito, ya aparecerá.

—Allí adentro está Andrés, míralo, comprando quién sabe qué chuchería. Mejor lo esperamos afuera. ¿Te has dado cuenta que en esta zona hay muchísimas tiendas de perfumería? Lo que en el área de Tacuba eran zapaterías, una junto a la otra, aquí son perfumerías, esencias, expendedores, frascos. Debería llamarse la calle de los olores.

¡Qué lista es esa chica! Ese nombre sí me gusta, matarilirilirón. En esta zona nadie puede pasar por alto que estoy rodeada de fragancias, de aromas de flores: jazmín, lavanda, rosas, de frutas, naranja, canela, limón, mandarina. Ahora que lo pienso, se siente bien ser una calle perfumada.

—¿Qué compraste, Andrés?

—Frasquitos para un negocio; es que sólo por aquí se consiguen algunos recipientes. ¿Vieron los símbolos franciscanos en el ex convento de Santa Clara? Ahora es la biblioteca del Congreso de la Unión.

—Claro que los vimos, en parte ese convento fue el origen de estas visitas, ¿no? Incluso comentamos que las monjas clarisas son la contraparte femenina de los frailes franciscanos. Mientras tú hacías tus compras, también nos fuimos a asomar al Museo Interactivo de Economía, ¡qué maravilla! Debería hacerse más publicidad para que venga más gente.

—Sí, hicieron una excelente adaptación de lo que fue el hospital de Betlemitas. Pero ahora estamos frente a este edificio de tezontle que formaba parte de las casas de Cortés. Las casas de este conquistador sí que eran grandes, abarcaban desde el Zócalo hasta esta calle, Isabel la Católica, y de Tacuba hasta Madero en dirección sur. En las esquinas lucían miradores como éste, el único que se conserva, y que vinieron a sustituir los imponentes torreones originales que fueron parte de la fortaleza.

—Oye, pero no puede ser, se atraviesa la calle de Palma...

—Efectivamente, los herederos abrieron esa calle y la de 5 de Mayo para dividir ese enorme predio en cuatro y hacerlo más operable.

Lourdes, Andrés y Paulina siguieron andando hasta que a mano derecha se abrió la imponente vista al Zócalo. Cruzaron la calle y se detuvieron bajo la sombra de los árboles del pequeño jardincito al lado oeste de la catedral.

—Este lugar se llamaba la plaza del Marqués, porque las casas de Cortés, que también era marqués del valle de Oaxaca, ocupaban el espacio de enfrente. Antes de la conquista allí estuvo el palacio de Axayácatl...

—Otro palacio...

—Aquí Cortés construyó su mansión, aunque más bien era una especie de fortaleza con accesorias en la parte inferior. En esta esquina se alojaron los primeros gobiernos de la Nueva España, las audiencias y virreyes, hasta que la corona española le compró a los herederos de Cortés el predio en donde hoy está el palacio nacional, que era el palacio virreinal durante la colonia.

—Más palacios...

—Sí, Pau. Cuando en este edificio gobernaban las primeras audiencias, en la parte superior estuvo colocado el que fue el primer reloj de la ciudad.

—¿Y qué fue de él?

—Lo trasladaron al palacio virreinal y por eso lo que hoy es la calle de Argentina antes era conocida como la calle del Relox, escrito con equis o con jota. Por cierto, encima del reloj se colocó una campana que llegó desterrada de España.

—¿Cómo que una campana desterrada?

—Ahorita te cuento la historia Pau, pero primero quiero terminar con esta zona. La calle de aquí enfrente, donde está el Monte de Piedad, se llamó Empedradillo y fue la primera que tuvo ese acabado. En donde ahora estamos parados, estuvo durante siglos la capilla de Talabarteros; en esta capilla se veneraba una cruz dorada que era muy festejada por los albañiles el día 3 de mayo, pero la cruz y la capilla también fueron botín de la piqueta, por eso no las vemos ya. En esta esquina estuvo el primer café de la ciudad en donde también se cantó la Marsellesa por primera vez en estas tierras, al menos eso es lo que cuenta don Artemio de Valle Arizpe.

—Vaya que tiene historia este lugar. Para mí esta zona del Centro era completamente desconocida, mi familia nunca viene para acá porque dicen que es un lío llegar y que al fin no es necesario.

—Pues todavía hace cincuenta o sesenta años, si querías comprar unas tijeras de calidad, tenías que venir a la Casa Boker; para conseguir un buen casimir, pasar por Casa Cuesta; para medicamentos ir a la droguería Cosmopolita; para telas, pasabas a La Gran Sedería o al Centro Mercantil, en donde admirabas el enorme vitral y ni qué decir del Palacio de Hierro o Puerto de Liverpool que no tenían sucursales. En el último piso de Liverpool podías tomar un café vienés en la cafetería del señor Bondy, quien atendía personalmente a sus buenos clientes. Venir de compras al centro era toda una experiencia, sobre todo en la época navideña, cuando estaba prendida la iluminación del Zócalo y los aparadores estaban adornados; en esos días la gente abarrotaba las aceras.

—Oye, Andrés, quiero ver el Templo Mayor, dicen que es una maravilla, pero la calle está cerrada, aquí termina. ¿No dijiste que la calzada Tacuba era una sola calle hasta San Lázaro?

—Sí, Lou, eso dije y era cierto hasta 1978, cuando encontraron a la Coyolxauhqui. Como parte de las excavaciones del Templo Mayor, cortaron la calle de Guatemala, así que tendremos que rodear la catedral.

¡Ah, pero qué manera más fría y prosaica de relatar una amputación! A mí me dolió y mucho y no era debido a alguna gangrena, no, nada de eso. Es más, ni era necesario. Yo estaba muy sana como siempre, vieja sí, pero no había motivos para cortarme decenas de metros. Ahora soy una calle mutilada, inválida...

—Andrés, ¿qué estatua es esa, la de la esquina del atrio?

—Representa a la ciudad y fue erigida en honor de Enrico Martínez, el cosmógrafo que diseñó el desagüe de los lagos del valle a principios del siglo XVII. Recibe el nombre de monumento Hipsográfico, llamado popularmente El Nivel. Aparte de mostrar patrones de medidas como el metro y la yarda, indicaba el nivel del lago de Texcoco para prevenir a la población de posibles inundaciones. La cantina de la calle de Moneda adoptó el nombre de El Nivel cuando este monumento todavía estaba del lado este de la catedral. Vamos a asomarnos al atrio para ver los restos de columnas que estuvieron en la catedral primitiva y que no se utilizaron para edificar ésta, la segunda. También dentro del área del Templo Mayor podríamos ver una base de columna que en su parte inferior está labrada con unas garras y que es claramente una piedra prehispánica utilizada para la primera iglesia mayor... Pero, creo que será mejor hacer después la visita a la catedral. Es un recinto tan lleno de arte y de historia que merece un día entero sólo para ella.

Los ritmos de los concheros llenaban los aires. Bum-bum-bum, chaz-chaz-chaz. Una nube blanca de copal se desprendía de los incensarios que envolvían a los pacientes de una limpia y a los transeúntes curiosos. «¡De a cinco, de a cinco, sólo por hoy, pásele, pásele!» «¿Qué le gusta, qué le gusta?» Bum-bum-bum, chaz-chaz-chaz.

—¿Nos vas a explicar la maqueta de los lagos con Tenochtitlan?

—Sólo muy brevemente. Aunque hoy no tiene agua, imagínensela y distinguirán las tres calzadas principales que describen Cortés y Bernal Díaz del Castillo, la de Ixtapalapa al Sur, la de Tepeyac hacia el Norte y Tacuba al Oeste. Observen las cortaduras de las que les he hablado. Hacia el norponiente se desprenden las calzadas de Nonoalco y Tenayuca. En cuanto al centro ceremonial, mejor veamos la maqueta dentro del Museo del Templo Mayor.

Cruzaron la entrada al Templo Mayor y bajaron al nivel del piso de lo que fue el centro ceremonial de Tenochtitlan. Avanzaron lentamente por los pasillos, intentando descifrar los restos de diferentes templos e imaginándose las ceremonias en este sitio sagrado. A pesar de todas las explicaciones de Andrés, Paulina y Lourdes estaban confundidas con las diversas etapas de construcción de las pirámides, aunque el conjunto era tan imponente que literalmente se les fue el habla.

—¿Andrés, para qué servía este canal de ladrillos?

—Ese es un tubo de drenaje de la época porfiriana, corría debajo de la calle de Guatemala y fue lo que dio origen a toda esta excavación, cuando encontraron la enorme escultura de la Coyolxauhqui. En esos días se tomó la decisión de demoler los edificios sin gran valor que estaban encima de los vestigios prehispánicos, para terminar con las dudas de que había debajo. Ahora podemos darnos cuenta cómo eran estas construcciones antes de la Conquista. Cuando excavaron encontraron miles de objetos que ayudan a entender segmentos de la vida cotidiana de los aztecas. Aquí en el museo pueden apreciar todas esas ofrendas, pero igual que con la catedral, propongo que otro día hagamos una visita para conocerlo.

—Sí, es mucha información para un solo día. Además ya tengo hambre. Por aquí, en Guatemala y Donceles, hay excelentes restaurantes con vista al Templo Mayor, les propongo que vayamos a comer y allí nos cuentas de la campana.

—¿La campana? ¡Ah, sí, la que llegó desterrada!

Llegaron al restaurante y mientras comían con gran apetito, Andrés les contó la historia.

—Luis González Obregón, uno de los grandes historia-dores de nuestra ciudad, cuenta que en un pequeño pueblo de España, cuyo nombre no consigna la historia, había una iglesia con su respectiva torre y su campana. Cierta noche, Pau, dicen que por la temporada de Pascua, ya cerca de las doce, esta campana empezó a tocar. No era un toque nor-mal, sonaba fuerte y su sonoro tañido seguía y seguía.

Desde luego el pueblo se alborotó, incluidos perros y ga-llos. Los somnolientos vecinos saltaron de sus camas espan-tados, temiendo un incendio, terremoto o inundación. Pero nada. Ninguna novedad, todo estaba tranquilo. La campana siguió tocando alocada, frenética. Los vecinos se fueron reu-niendo en el cementerio. Con velas en las manos observaban la torre y oían aterrados el continuo tañido. Estaban parali-zados de miedo e indecisos. Nadie sabía qué hacer en esta inu-sitada situación. Por fin, el cura y el alcalde se acercaron al templo. Este último se armó de valor, caminó hacia la torre, de una patada abrió la puerta apolillada, subió la escalera y lleno de azoro y espanto se encontró con que no había nadie, bueno, sólo un gato que por supuesto no podía haber toca-do la campana. De súbito, la campana calló.

Después de esto, las mujeres, principalmente las ancia-nas, le pidieron al cura que conjurase la campana y que la rociase con agua bendita para espantar al demonio que se había apoderado de ella. Al día siguiente, un interrogatorio sacó a la luz que el campanero no había dormido en la igle-sia y que no había duda de que la campana se había tocado sola. Como el asunto era grave, fue turnado a la corte. Ya en Madrid, el fiscal estuvo recabando información para con-cluir que «el diablo había tenido que ver una parte directa o indirecta en el asunto.» Hubo una audiencia que dicen duró cuatro días. Los magistrados efectuaron acalorados debates y finalmente mandaron:

1. Que se diera por nulo y de ningún valor el repique de la campana.
2. Que a ésta se le arrancara la lengua o badajo para que en lo sucesivo no osase sonar motu propio y sin el auxilio del campanero.
3. Que saliese desterrada de aquellos dominios a las Indias.

La campana, ya sin badajo, fue embarcada hacia estas tierras para cumplir su condena. Estuvo arrinconada en un corredor de palacio hasta que un virrey, el primer conde de Revillagigedo, al dar por concluida la reconstrucción del palacio, consideró que la campana no debía estar ociosa. Aunque no se atrevió a colocarle un nuevo badajo, ordenó montarla encima del reloj. Allí estuvo hasta diciembre de 1867, cuando en tiempos de don Benito Juárez se mandó fundir. Dicen los que cuentan esta historia que al ponerla al fuego «se descompuso el metal», quién sabe qué quisieron decir con esto, pero ahí sigue la campana. Esa es la historia, querida Pau.

—Oye, oye, cómo que querida Pau…

—No me digas que tienes celos, que-ri-da Lou, le dije así de cariño, igual que a ti. Por favor toma nota de que no la estoy enamorando, sino seduciendo para que se interese por los asuntos del pasado, eso es todo.

—Bueno, pero conste…

—Nos vemos aquí la semana próxima para el último tramo, ¿de acuerdo?

# Del Zócalo a San Lázaro

Los tres caminantes salieron de la calle de Academia y prosiguieron en su marcha hacia el Este sobre Guatemala, a espaldas del Templo Mayor. Miraban hacia todos lados, como si buscaran algo, avanzaban lentamente. Los edificios sobre la acera no merecían su atención. Llegaron frente a varios locales que vendían telas, se asomaron y siguieron adelante. En la siguiente cuadra, los comercios de textiles se multiplicaron y aparecieron verdaderos almacenes. Sobre la calle, y en ambas banquetas, se efectuaba la carga y descarga de rollos de tela. Había una febril actividad. Llegaban camiones de carga trayendo mercancía, mientras otros arrancaban para llevar a repartir.

> Ay, qué pena me da, pero ni cómo evitarlo. Siento como si estuvieran viéndome recién acabada de despertar, toda somnolienta, greñuda y, para acabarla de amolar, sucia. Pero ni modo, así es, así soy por estos rumbos y qué más da, ya no me importa que me conozcan tal como soy, sin maquillaje ni adornos.

—Oye Andrés, por este rumbo ya no hay edificios bonitos como del otro lado del Templo Mayor, ¿por qué?

—La única explicación que tengo, Lou, es que desde su origen, la parte oriental de Tenochtitlan, luego de la ciudad de México, fue muy insalubre. Los drenajes desembocaban en el lago de Texcoco y cuando éste crecía, o cuando el viento soplaba desde el Este, la suciedad regresaba a la ciudad.

—De veras que estas casas son simplonas, no tienen ningún atractivo. Apenas allá, mira, una puerta tallada. Se nota que a los habitantes de esta colonia no les interesa la estética de sus residencias.

—Pero para que veas, allí en la esquina está una figura en tamaño natural de la santa Muerte, qué terrible.

—Sí, lo veo como un símbolo de la decadencia de nuestra sociedad, Pau. Para enaltecer a la muerte en vez de a la vida, debes estar bastante tocado.

—Ahora que hemos cruzado esa ancha avenida, tu calle ya no se llama Guatemala sino Miguel Negrete. ¿Quién fue?

—Un general que luchó en contra de los franceses, aunque luego se sublevó contra el gobierno de Benito Juárez.

—Mientras más avanzamos, más simples están las casas. No son antiguas ni nuevas, unos cajones de ladrillo y cemento, casi todas de un piso. Lo que sí abundan son los almacenes de telas y por alguna que otra tienda perdida entre esos almacenes. El resto es sólo la calle sucia. Se ve que hace tiempo que no han recogido la basura.

Basura y polvo, eso es lo que ha quedado de mí. Aquí soy una calle llena de baches donde se forman charcos que crecen con cada llanta que golpea en ellos. Cada rueda me lastima al caer. Y me siguen hiriendo sin cesar. ¿Hasta cuándo?, ¿cuánto más tendré que aguantar? Hermoso recuerdo haber sido alguna vez una calzada tersa en donde la rueda de hule resbalaba como una caricia. Hoy me lesionan los transportes de carga, las carcachas, esos cofres de lámina que no se deshacen porque un alambrito los detiene. Estoy rodeada de tristeza, las caras largas y cenizas de los vecinos de este rumbo que apenas disimulan su dolor, eso es lo que me representa en mi extremo oriental. Para siempre se ha ido la sana alegría. Ya no existen niños que juegan a la roña, a los encantados, ni aquellos que me perforaban para hacer el hoyito del juego de las canicas. Las niñas que brincaban la reata sobre mis espaldas son graciosas remembranzas de un pasado sano que se ha perdido. En este extremo no existe la alcurnia, la belleza y grandiosidad que tuve en mi lado oeste. Lo que queda es desolación y amargura.

—Oye Andrés —Pau se detuvo de pronto— este tramo ya no es la calzada México-Tacuba, es una calle angosta y sucia con casuchas como cualquiera otra en un barrio pobretón en donde pululan los indigentes. Aquí no construyeron con tezontle. ¿Hasta dónde nos vas a llevar? Yo creo que no vale la pena seguir, ya casi llegamos a la Candelaria de los Patos.

—Vamos a encontrar una estación de ferrocarril…

—Pues aquí se acaba tu calle —sentenció Lourdes—. Mira, esta avenida Ferrocarril de Cintura la bloquea. Ahora sí terminamos, han cerrado tu calzada que cada vez se fue haciendo más angosta y más pobre conforme nos fuimos alejando del Zócalo. Acaba entonces, nuestra aventura.

—Estoy desconcertado, ¿en dónde quedó lo que debía estar aquí, la estación, el hospital y la iglesia de San Lázaro?

—¿Por qué no le preguntas a esa viejita que está parada allí enfrente? Me parece que nos está observando. A juzgar por todas las arrugas que tiene, debe ser viejísima y por lo mismo ha de conocer bien este lugar.

—Fíjate —Lourdes y Andrés avanzan hacia ella— sus ojos tienen una gran vitalidad, hasta parece tener siglos. Está erguida, como orgullosa. Andrés, parece que nos quiere decir algo.

—Oiga señora, disculpe que la moleste, ¿no debería estar por aquí una estación de ferrocarril?

—No joven, aquí, en donde está usted parado pasaba el Ferrocarril de Cintura, la estación a la que usted se refiere, la del tren Interoceánico, estaba dos cuadras más adelante, pero no es la misma calle.

—Nosotros hemos venido para conocer lo que aquí hubo en el pasado, pero parece que ya no queda nada.

—Sí, ya sé, los he estado observando, he seguido sus pasos de cerca. Efectivamente, ya sólo queda el recuerdo de lo que alguna vez hubo. Por ejemplo, de las Atarazanas que mandó construir Cortés no queda una sola barda.

—¿Y del hospital de San Lázaro para leprosos que también estuvo por aquí?

—Del leprosario quedan unos restos de barda en un estacionamiento. La verdad, esa institución tuvo una vida difícil, azarosa, a pesar de su fascinante historia y haberle dado nombre a toda esta zona, incluyendo al actual Palacio Legislativo.

—Vaya, cuando menos un palacio quedó en este barrio. ¿Nos puede contar la historia de ese hospital?

—Por supuesto, me encanta reseñar todo lo que tiene que ver conmigo. Los inicios del hospital se dan en la zona de la Tlaxpana, y en 1572 el benemérito doctor Pedro López lo estableció de nuevo en este sitio, que en ese tiempo quedaba a la orilla del lago de Texcoco. Estuvo en servicio hasta 1862, cuando se cerró.

—Señora, ¿entonces antes aquí estaba la orilla del lago?

—Por supuesto, el nombre de la Candelaria de los Patos lo dice. El vestigio más antiguo, si existiera, sería la albarrada de Ahuízotl, un muro llamado así por el tlatoani azteca que lo construyó para detener las crecidas del lago. Estaba enfrente, a unos pasos. Entre este extremo y el pueblo de Tacuba se extiende lo que fui y lo que todavía soy: la calzada México-Tacuba. Aquí termino, o comienzo, si prefieren caminar en dirección inversa.

Paulina abrió mucho los ojos y se acercó al oído de Lourdes para decirle en voz muy baja:

—Lou, creo que esta señora está medio loca, cree que ella es la calzada México-Tacuba.

Pero Lourdes no la escuchó y siguió atenta a lo que la vieja decía.

—Entonces, Pau y Lulú, hoy concluye nuestro recorrido. Hemos conocido desde la zona de Tacuba hasta aquí, pasando por la Tlaxpana, San Cosme, San Hipólito, la Alameda con dos iglesias inclinadas haciéndole frente. Admiramos la plaza Tolsá y no pudimos contener la emoción al recorrer el Zócalo y entrar al Templo Mayor. Una lección intensiva de historia y ahora podemos decir que en realidad conocimos a la calzada, ¿verdad, señora?

—Así es, qué bueno que hicieron este recorrido. Ahora conocen lo que ha quedado de mí. A los viejos nos da mucho gusto que nos visiten, por eso aprecio en todo lo que vale la extensa caminata que han hecho. A los viejos nos rejuvenecen las visitas, nos traen remembranzas de lo que hemos visto y vivido, incluyendo también lo que a nosotros nos contaron. Por eso hay que comunicar a los jóvenes nuestras vidas y experiencias, para que aprendan de nuestros errores y no los repitan, que sepan de nuestras alegrías y tristezas, de nuestros triunfos y fracasos, y... creo que ya es tiempo de concluir mi extenso relato.  •

# Para leer más

ALBERRO, Solange: *Estampas de la Colonia*, México: Patria, 1994.

AMERLINCK DE CORSI, María Concepción y Manuel RAMOS MEDINA: *Conventos de Monjas: fundaciones en el México virreinal*, México: Ediciones del Equilibrista / Turner Libros / Condumex, 1995.

ARCHIVO GENERAL DE LA NACIÓN y UNIVERSIDAD AUTÓNOMA DE MÉXICO (UNAM): *Corsarios franceses e ingleses en la Inquisición de la Nueva España, siglo XVI*, México: Imprenta Universitaria, 1945.

BENÍTEZ, Fernando: *Historia de la ciudad de México*, Barcelona: Salvat, 1984.

CALDERÓN DE LA BARCA, Fanny: *La vida en México durante una residencia de dos años en ese país*, México: Porrúa, 2006.

CARRILLO DE ALBORNOZ, José Miguel: *Moctezuma: el semidios destronado*, Madrid: Espasa-Calpe, 2004.

CASTRO MORALES, Efraín: *Alameda mexicana: breve crónica de un viejo paseo*, México: Museo Mexicano, 2004.

CERVANTES DE SALAZAR, Francisco: *México en 1554*, México: UNAM, 1964.

CORTÉS, Hernán: *Cartas de relación*, México: Porrúa, 1969.

Díaz del Castillo, Bernal: *Historia verdadera de la conquista de la Nueva España*, Madrid: Instituto Gonzalo Fernández de Oviedo, 1982.

Espinoza Soriano, Waldemar: *Los incas: economía sociedad y estado en la era del Tahuantinsuyo*, Lima: Amaru, 1997.

Fernández, Martha: *Arquitectura y gobierno virreinal*, México: Instituto de Investigaciones Estéticas-UNAM, 1985.

Galindo y Villa, Jesús: *Historia sumaria de la ciudad de México*, México: Cultura, 1925.

García Cubas, Antonio: *El libro de mis recuerdos*, México: Patria, 1945.

Gonzalbo Aizpuru, Pilar (dir.) y Pablo Escalante Gonzalbo (coord.): *Historia de la vida cotidiana en México: Mesoamérica y los ámbitos indígenas de la Nueva España*, México: El Colegio de México / Fondo de Cultura Económica (FCE), 2004, tomos 1 y 4.

Greenleaf, Richard E.: *La Inquisición en Nueva España, siglo XVI*, México: FCE, 1995.

González Obregón, Luis: *Las calles de México*, México: Botas y Alonso, 2005.

Hoffmann, Anton: *Die Eroberung von Mexiko*, Múnich: Graphische Kunstanstalt J. C. Huber, 1918.

Icaza, Alfonso de: *Así era aquello: sesenta años de vida metropolitana*, México: Botas y Alonso Editores, 2007.

Ita Rubio, Lourdes de: *Viajeros isabelinos en La Nueva España*, México: Universidad Michoacana de San Nicolás de Hidalgo / Instituto de Investigaciones Históricas-UNAM / FCE, 2001.

LINNÉ, Sigvald: *El valle y la ciudad de México en 1550*, Estocolmo: The Ethnographical Museum of Sweden, 1948.

LOMBARDO DE RUIZ, Sonia: *Desarrollo urbano de México-Tenochtitlan*, México: Secretaría de Educación Pública (SEP) / Instituto Nacional de Antropología e Historia (INAH), 1973.

MARQUINA, Ignacio: *El Templo Mayor de México*, México: INAH, 1960.

MATOS MOCTEZUMA, Eduardo: *Tenochtitlan*, México: El Colegio de México / Fideicomiso Historia de las Américas / FCE, 2006.

MAZA, Francisco de la: *La ciudad de México en el siglo XVII*, México: FCE, 1968.

— *El churrigueresco en la ciudad de México*, México: FCE, 1969.

— *El guadalupanismo mexicano*, México: FCE, 1981.

MIRANDA, Francisco: *La Virgen de los Remedios: origen y desarrollo de su culto 1521-1684*, Zamora: Morevallado, 2009.

MUSEO MURAL DIEGO RIVERA: *Diego Rivera y la Inquisición; un Puente en el tiempo*, México: Conaculta / Instituto Nacional de Bellas Artes (INBA) / Mueseo Mural Diego Rivera, 2008.

OLAVARRÍA, Roberto (ed.): *México en el tiempo: fisonomía de una ciudad*, México: Talleres Excélsior, 1945, tomos I y 2.

OLVERA RAMOS, Jorge: *Los mercados de la Plaza Mayor en la ciudad de México*, México: Cal y Arena, 2007.

PALERM, Ángel: *Obras hidráulicas prehispánicas en el sistema lacustre del valle de México*, México: SEP / INAH, 1973.

RAMÍREZ APARICIO: *Los conventos suprimidos en México*, México: Miguel Ángel Porrúa, 1982.

Reyna, María del Carmen y Jean-Paul Krammer: *Casas y Huertas en la ribera de San Cosme, siglos XVI-XIX*, México: INAH, 2009.

Riva Palacio, Vicente: *México a través de los siglos*, México: Cumbre, 1953.

Rojas, R. Teresa, et al.: *Nuevas noticias sobre las obras hidráulicas prehispánicas y coloniales en el valle de México*, México: INAH / Centro de Investigaciones Superiores. Seminario de Etnohistoria del valle de México / SEP, 1974.

Rosas, Alejandro: *Anecdotario insólito de la historia mexicana*, México: Trilce, 2008.

Rubial García, Antonio: *Monjas, cortesanos y plebeyos: la vida cotidiana en la época de sor Juana*, México: Santillana Ediciones Generales, 2005.

— (coomp.): *La Ciudad de México en el Siglo XVIII (1690-1780), Tres Crónicas*, México: Conaculta, 1990.

Sahagún, Bernardino de: *Historia general de las cosas de Nueva España*, México: Porrúa, 1956.

Secretaría de Asentamientos Humanos y Obras Públicas: *500 planos de la ciudad de México, 1325-1933*, México: 1982.

Staples, Anne, et al.: *Historia de la vida cotidiana en México: bienes y vivencias en el siglo XIX*, México: El Colegio de México / FCE, 2005, tomo IV.

Tovar y de Teresa, Guillermo: *La ciudad de los palacios: crónica de un patrimonio perdido*, México: Fundación Cultural Televisa, 1990.

— «La portada principal de la primitiva catedral de México» en *Boletín de Monumentos Históricos*, No. 12, México: INAH, 2008.

Toussaint, Manuel: *La catedral de México*, México: Porrúa, 1973.

Valle Arizpe, Artemio de: *Virreyes y virreinas de la Nueva España*, Madrid: Espasa-Calpe, 1933.

— *Por la vieja calzada de Tlacopan*, México: Cultura, 1937.

— *El Canillitas*, México: Porrúa, 2001.

— *Historia de la Ciudad de México según los relatos de sus cronistas*, México: Jus, 1977.

— *La Güera Rodríguez*, México: Alpe, 2006.

Vargas Lugo, Elisa: *Claustro franciscano de Tlatelolco*, México: Secretaría de Relaciones Exteriores, 1994.

— *México barroco, vida y arte*, México: Hachette Latinoamérica, 1993.

# Tabla de contenidos

*México-Tacuba* de Joachim von Mentz
se terminó de imprimir y encuadernar en agosto de 2011
en Servicios Editoriales y de Impresión, S. A. de C. V.
Salvador Velazco 106, Parque Industrial Exportec 1,
ME-50200, Toluca

•

Yeana González, dirección editorial; Claudia Rivera, edición;
Soraya Bello y Elman Trevizo, cuidado de edición;
Antonio Colin, formación